rororo

Hans Rath, Jahrgang 1965, studierte Philosophie, Germanistik und Psychologie in Bonn. Er lebt in Berlin, wo er sein Geld unter anderem als Drehbuchautor verdient. Mit seinem Romanerstling «Man tut, was man kann» (rororo 24941) hat er die Bestsellerlisten im Sturm erobert.

«Fast wie ‹Sex and the City› – aber hier geht es um Kerle.» (NDR Kultur)

«Klingt nach Männerbuch, ist aber leichte Sommerlektüre mit Happy-Hour-Garantie. Am Ende ist man fast traurig, dass man die Jungs ihrem Schicksal überlassen muss.» (Myself über «Man tut, was man kann»)

Hans Rath

DA MUSS MAN DURCH

Roman

Rowohlt Taschenbuch Verlag

Veröffentlicht im Rowohlt Taschenbuch Verlag,
Reinbek bei Hamburg, Juni 2011

Umschlaggestaltung yellowfarm gmbh,
Stefanie Freischem
(Foto: Corbis; Tashka / iStockphoto.com; thinkstockphotos.de)
Satz aus der Swift PostScript, InDesign,
bei Pinkuin Satz und Datentechnik, Berlin
Druck und Bindung CPI – Clausen & Bosse, Leck
Printed in Germany
ISBN 978 3 499 25455 0

FSC www.fsc.org MIX Papier aus verantwortungsvollen Quellen FSC® C083411

Das für dieses Buch verwendete FSC®-zertifizierte Papier
Lux Cream liefert Stora Enso, Finnland.

DA MUSS MAN DURCH

DU KANNST USCHI ZU MIR SAGEN

Audrey findet Sex über den Wolken super, vorausgesetzt, das Wetter spielt mit. «Bei Gewitter kannst du es nämlich vergessen, einen Orgasmus zu kriegen, weil das Rumpeln dich ständig aus dem Rhythmus bringt», erklärt sie mit ernster Miene und nippt an ihrem Kaffee.

Seit gut einer Stunde erzählt Audrey von ihren erotischen Abenteuern, und inzwischen kommt mir das Kamasutra ziemlich lückenhaft vor.

«Bei Gewitter muss man aus Sicherheitsgründen ja eigentlich auch immer angeschnallt bleiben», erklärt Henning mit vorwurfsvoller Miene. Er sitzt rechts von mir am Fenster und hat auf den freien Platz zwischen uns einen Ratgeber gegen Flugangst und ein ziemlich abgegriffenes Stofftier gelegt.

«Da hab ich aber andere Sachen erlebt», erwidert Audrey amüsiert. «Ich bin schon mit Airlines geflogen, da gab es an manchen Sitzen überhaupt keine Gurte. Außerdem durfte man rauchen und telefonieren. Und als ich gefragt hab, ob Handys nicht die Bordelektronik stören, hat die Stewardess geantwortet: ‹Welche Bordelektronik?›»

Henning verzieht gequält das Gesicht. Offenbar sind solche Gespräche in zwölftausend Meter Höhe kein gutes Rezept gegen seine Flugangst.

«Ist das ein Glücksbringer?», fragt Audrey und deutet auf das Stoffknäuel auf dem freien Platz.

Henning nickt. «Ein Biber. Hat mir mein Sohn geschenkt.»

«Süß. Wie alt ist er denn?», fragt Audrey interessiert.

Henning blickt ratlos auf seinen Biber.

«Der Sohn, nicht der Biber», werfe ich ein. Ich habe schon gemerkt, dass man Henning gelegentlich auf die Sprünge helfen muss, weil er sonst flugangstbedingt die Reaktionszeit einer Galapagosschildkröte hat.

«Ach so. Zwölf.»

«Ich hab auch einen Glücksbringer», grinst Audrey. «Ein Tattoo.»

Henning schaut sie interessiert an. Für den Moment scheint er seine Sorgen vergessen zu haben.

Sie errät seine Gedanken und schüttelt den Kopf. «Kann ich jetzt leider nicht zeigen. Ist nicht jugendfrei.» Dabei wirft Audrey einen vielsagenden Blick auf ein paar pubertierende Jungs in der Reihe vor uns. Die Clique hatte zu Beginn des Fluges lautstark mit erotischen Urlaubsplänen geprahlt, war aber während der Schilderungen von Audrey zunehmend stiller geworden. Inzwischen herrscht ehrfürchtiges Schweigen unter den Halbstarken. Ich vermute, sie überlegen gerade, ob sie wirklich schon bereit sind für das Abenteuer Sex oder ob Tischfußball und Nachtwanderungen nicht auch schöne Freizeitbeschäftigungen sind.

Kapitän Arne Petersen setzt uns nun davon in Kenntnis, dass wir die Reiseflughöhe soeben verlassen haben und uns im Anflug auf Palma de Mallorca befinden. Das hätte ich auch ohne Durchsage gewusst, denn gerade krallen sich Hennings Fingernägel in die Armlehnen.

«Oh, dann muss ich schnell nochmal wohin», zwitschert Audrey, springt auf und hat die Toilettentür hinter sich geschlossen, bevor Henning einwenden kann, dass die Anschnallzeichen längst leuchten.

Henning ist um die vierzig und hat seine Bio-Imkerei von Deutschland nach Mallorca verlegt. Seine Familie wollte sich ihren Traum von einem Leben unter südlicher Sonne erfüllen, weshalb Henning nun alle zwei Wochen unter Höllenqualen in die alte Heimat fliegt, weil er dort den größten Teil seiner Ernte absetzt. Ökologisch findet Henning das selbst alles äußerst fragwürdig, aber er muss eine bis zum Windrad verschuldete Finca abbezahlen, hat zudem Ärger mit dem Finanzamt, sein Sohn will ein Segelboot, die Tochter ein eigenes Pferd und Hennings Frau hat das Hobby, ihm ständig mit Scheidung zu drohen. Darüber hat er irgendwie Flugangst bekommen. Ich sage dazu nichts, denn ich glaube, wenn die Bank erst seine Bienenstöcke zwangsversteigern lässt, wird Henning schon selbst drauf kommen, was der Auslöser sein könnte.

«Der Copilot ist total süß», schwärmt Audrey und lässt sich wieder in ihren Sitz fallen. Henning schaut besorgt zu ihr herüber, Audrey winkt locker ab. «Keine Sorge. Wir haben nur ein bisschen geflirtet.»

Audrey ist Mitte zwanzig und von Beruf Fotografin. Sie jettet durch die Weltgeschichte und schießt Modefotos für Hochglanzmagazine, am liebsten Bilder von Beachboys in Unterwäsche oder Badehose. Manchmal auch ohne Hose, das kommt laut Audrey ganz aufs Magazin an.

Mit sechzehn ist sie nach New York gezogen, um Fotografie zu studieren, und wurde die Muse ihres Professors, eines mehr als vierzig Jahre älteren Starfotografen, der sie am Tag ihrer Volljährigkeit heiraten wollte. Der Plan zerschlug sich, weil Audrey zuvor die halbe Upper East Side flachlegte. Ihr Ehemann in spe verfiel dem Alkohol und versuchte, seinem Leben durch einen Sprung von der Brooklyn Bridge ein Ende zu setzen. Ein Zipfel seines Bademantels blieb jedoch an einem hervorstehenden Bolzen hängen, und so baumelte der Professor eine Stunde lang nackt über dem East River, bis ein von den Hilferufen genervter anderer Selbstmörder die Polizei informierte. Gerichtlich verordnete man Audreys Ex daraufhin eine Suchttherapie. Jetzt ist er trocken, hockt in einem ärmlichen Zimmerchen in der Bronx und fotografiert Hundewelpen für einen Züchter aus New Jersey.

Audrey findet, dass ihr Ex Glück gehabt hat, weil der Selbstmordversuch ja auch schlimmer hätte ausgehen können. Ob der Professor das auch so sieht, wage ich zu bezweifeln, denn ich vermute, dass ein Mann, der früher die Rolling Stones oder den Sultan von Brunei fotografiert hat und nun den ganzen Tag Chihuahuas knipsen muss, sich nichts sehnlicher wünscht, als vom nächsten Bus überfahren zu werden.

Audrey heißt eigentlich Andrea-Regina. Auf Anregung eines Londoner Violinisten änderte sie jedoch ihren Namen. Nach einer kurzen, aber heftigen Affäre verließ sie den liebeskranken Musiker kurz vor seinem ersten Auftritt im Teatro Colon. Prompt schwänzte der Mann die Vorstellung und fiedelte stattdessen stundenlang Tangomelodien vor Audreys Hotel. Am Ende waren drei Polizisten nötig, um den Unglücklichen von seiner schluchzenden Violine zu trennen.

Audrey findet, dass sie ihm einen Gefallen getan hat, denn ihrer Meinung nach war er offensichtlich psychisch zu labil für eine internationale Karriere. Dass der Mann sich bereits mitten in einer solchen befand, als Audrey ihn abservierte, scheint sie nicht einmal bemerkt zu haben. Überhaupt wird aus ihren Erzählungen deutlich, dass sie Männerherzen schneller schreddern kann als die Stasi ihre Geheimakten.

Ein Schnaufen zu meiner Rechten erinnert mich daran, dass Henning Landeanflüge schrecklich findet.

«Alles okay?», frage ich leicht besorgt.

Henning nickt tapfer, die Augen geschlossen, schnauft aber weiter.

«In ein paar Minuten sind wir da», versuche ich ihn zu beruhigen.

Wieder nickt Henning, behält die Augen weiterhin geschlossen, presst nun die Lippen zusammen und atmet durch die Nase.

Audrey schenkt mir ein zartes Lächeln, wahrscheinlich findet sie es süß, dass ich versuche, Henning vor einem Kreislaufkollaps zu bewahren.

Ich lächle zurück, möglichst verhalten, denn sie soll nicht denken, dass ich mit ihr flirten möchte. Das hält sie allerdings nicht davon ab, mit mir zu flirten. Dabei bin ich bestimmt nicht ihr Typ. Ich hab so gar nichts von einem Model. In Unterwäsche sehe ich aus, als hätte man mich nach einer Pechsträhne aus dem Kasino geworfen.

Ich wende den Blick von ihr ab, lasse den Kopf auf die Rückenlehne sinken und schließe die Augen. Ich möchte allein schon deshalb professionelle Distanz zu ihr halten, weil sie nach Lage der Dinge bald mein Boss sein wird. Sie gehört nämlich jener Familie an, deren Unternehmen ich in Zukunft leiten soll. Wir haben das zufällig kurz nach dem Abflug herausgefunden. Ich betrachtete gerade ein Foto von Iris, als Audrey sich bei dem Versuch, ihre Löwenmähne zu bändigen, in ihrem Sitz streckte und dabei einen Blick auf das Bild warf.

«Sie kennen meine Schwester?», fragte sie verdutzt.

Ich sah sie an, ähnlich orientierungslos wie einst Varus im Teutoburger Wald. Eine Schrecksekunde lang fragte ich mich, ob Audrey wohl von der Sache mit mir und Iris wüsste, hielt diesen Gedanken aber dann doch für zu abwegig. Im nächsten Moment wurde mir klar, dass sich auch ein Bild von Audrey in meinem Dossier befinden müsste. Ich blätterte, wurde fündig und zog das Foto hervor. Audreys Gesichtsausdruck verdüsterte sich.

«Wo haben Sie die Fotos her?» Es klang gereizt. «Sind Sie etwa einer von diesen Typen, die sich Bilder aus dem Netz ziehen?»

«Sehe ich aus wie ein Internetperverser?», fragte ich verwundert.

Sie musterte mich. «Eigentlich nicht, aber wer weiß?»

Ich seufzte und reichte ihr die Mappe. «Das hier ist ein Dossier über Ihre Familie. Ein paar Bilder und allgemeine Informationen, um genau zu sein.»

Ihr Gesichtsausdruck wechselte von argwöhnisch zu erstaunt.

«Ich heiße Paul Schuberth. Ihre Familie möchte mich kennenlernen, weil ich in Zukunft den Verlag leiten soll. Deshalb fliege ich nach Mallorca. Und deshalb hab ich auch diese Fotos dabei. Damit ich ungefähr weiß, mit wem ich es dort zu tun haben werde.»

Audreys Gesicht hellte sich auf. Sie blätterte kurz durch die Mappe, dann sah sie mich an und lachte. «Sie sind also Paul Schuberth.» Sie musterte mich. «Hab schon einiges von Ihnen gehört. Sie werden mit Spannung erwartet. Ihretwegen hat Lissy uns alle auf die Insel zitiert.»

Ich überlegte, ob ich den Namen Lissy schon mal gehört hatte.

Audrey erriet meine Frage, blätterte in der Mappe, zog ein Foto hervor und reichte es mir. «Elisabeth von Beuten. Meine Großmutter.»

Das Foto zeigte eine alte Dame, die in einem stahlblauen Kleid auf einem roten Samtsessel thronte. Zuerst dachte ich, Audreys Großmutter hätte sich einen Spaß daraus gemacht, im Stil der englischen Königin zu posieren. Dann wurde mir mit leichtem Unbehagen klar, dass die stahlblaue Patriarchin nicht einmal ansatzweise so etwas wie Spaß ausstrahlte, wohl aber ein ungewöhnlich stark ausgeprägtes Machtbewusstsein.

Audrey riss mich aus meinen Gedanken, sie war immer noch mit der Mappe beschäftigt. «Was steht denn hier eigentlich so über mich drin?»

«Keine Ahnung», erwiderte ich. «Ich hab gerade erst angefangen zu lesen.»

«Verstehe», sagte sie und warf mir einen provozierenden Blick zu. «Und da haben Sie sich gleich mal in meine Schwester verguckt, was?»

Ich zuckte merklich zusammen, was glücklicherweise nicht auffiel, weil in diesem Moment ein leichter Ruck durch die Maschine ging. Audrey ahnte nicht, wie sehr sie den Nagel auf den Kopf getroffen hatte.

Um Zeit zu gewinnen, lächelte ich. Hatte Iris ihrer Familie gegenüber erwähnt, dass wir uns kannten? Oder würde sie mich bei unserem Wiedersehen wie einen Fremden behandeln? Ich beschloss, mich ins Ungewisse zu retten: «Ich dachte, ich würde sie irgendwoher kennen.»

Audrey nickte, aber ich war nicht sicher, ob die Antwort sie wirklich zufriedenstellte. Glücklicherweise mischte sich in diesem Moment Henning in unser Gespräch, indem er nach meiner Hand griff und sie fest umklammert hielt. «Flugangst», nuschelte er entschuldigend. «Wird gleich besser.»

Ich blickte zu Audrey, die mitfühlend nickte und mir bedeutete, dass wir unter diesen Umständen wohl besser schweigen sollten, bis Henning sich ein wenig beruhigt hätte.

Ich lehnte mich also zurück und schloss die Augen. Da saß ich nun, Paul Schuberth, designierter Vorstandsvorsitzender der Beuten Medien GmbH, Hand in Hand mit einem deutsch-mallorquinischen Bio-Imker.

Am Flughafen wartet Ursula auf uns. Sie begrüßt Audrey überschwänglich. Ursula und ihr Mann Josef kümmern sich schon seit vielen Jahren um das Anwesen der Familie von Beuten. Zuvor hatte das Paar einen Strand-Imbiss betrieben, aber die Kunden waren für deftige Suppen bei vierzig Grad im Schatten leider nicht zu begeistern gewesen. Im Hause von Beuten ist Ursula für die organisatorischen Abläufe zuständig, während Josef handwerkliche Arbeiten erledigt und die Außenanlagen in Schuss hält.

All das erfahre ich binnen knapp zwei Minuten.

Ursula ist eine rundliche Blondine Anfang fünfzig mit hochtoupierten Haaren. Unter ihrem gelben Top zeichnet sich ein bis zum Zerreißen gespannter Büstenhalter ab. Ich hoffe, er ist seiner Aufgabe gewachsen, denn sollte er explodieren, werden die umherfliegenden Haken und Ösen eine Menge Menschenleben kosten.

«Du kannst Uschi zu mir sagen», verkündet Ursula in breitestem rheinischen Dialekt und schüttelt mir ausgiebig die Hand.

«Freut mich, ich bin Paul», erwidere ich und befürchte, es klingt freudlos.

«Fein, dann wollen wir mal», frohlockt Uschi und öffnet die Tür eines monströsen Geländewagens. «Immer rein in die gute Stube.»

Henning, der bislang etwas abseits stand, kommt näher. Er ist immer noch blass um die Nase und etwas wackelig auf den Beinen.

«Das ist Henning», erklärt Audrey. «Seine Frau wollte ihn abholen, aber es scheint was dazwischengekommen zu sein.»

«Wo musser denn hin?», fragt Uschi und öffnet den Kofferraum, um unser Gepäck zu verstauen.

«Can Negte. Das ist in der Nähe von ...»

«Inca. Ich weiß», unterbricht Uschi und nickt freundlich. «Liegt ja sowieso auf'm Weg. Und je mehr Leute wir sind, desto lustiger isset doch.»

Eine mäßig lustige Stunde später setzen wir Henning an seiner Finca ab. Sie ist klein, ein wenig heruntergekommen und im Moment verwaist. In einem Western wäre sie die verlassene Poststation.

«Sind wohl alle schwimmen gegangen», mutmaßt Henning, ein wenig enttäuscht darüber, dass seine Familie ihn offenbar eher am Flughafen verrotten lässt, als auf einen Strandtag zu verzichten.

«Die kommen sicher bald», versucht Audrey ihn aufzumuntern.

Henning quittiert ihre Bemerkung mit einem dankbaren Lächeln. Zum Abschied bekommen wir ein großes Glas Bio-Honig geschenkt, außerdem sollen wir vorbeischauen, wenn wir mal wieder in der Gegend sind.

Eine weitere Stunde später verlassen wir die Hauptstraße und gelangen durch unzählige Serpentinen zum Anwesen der Familie von Beuten. Der Geländewagen passiert ein reichverziertes schwarzes Eisentor, über dem in großen silbernen Lettern zu lesen ist: «Faber est suae quisque fortunae».

Audrey sieht, dass ich mir Mühe gebe, meine armseligen Lateinkenntnisse zusammenzukratzen, um den Sinnspruch zu entschlüsseln, und übersetzt kurzerhand: «Jeder ist seines Glückes Schmied.»

Danke. Das hätte bei mir wesentlich länger gedauert.

«Daddy ist stolz auf seine humanistische Bildung», erklärt Audrey.

Toll, dann bin ich ja schön aufgeschmissen.

«Früher war er ein ziemlicher Besserwisser», ergänzt sie. «Aber das hat inzwischen etwas nachgelassen.»

Wir verlassen ein Waldstück und fahren auf einer unbefestigten Straße eine Anhöhe hinauf. In der Ferne funkelt das Meer.

Vor uns taucht ein Radfahrer auf. Es ist ein kleiner Junge von vielleicht sechs oder sieben Jahren, der energisch in die Pedale tritt und nun freudig zu winken beginnt.

«Seht mal! Der Alphons!», ruft Uschi.

«Mein kleiner Bruder», ergänzt Audrey und winkt zurück.

In diesem Moment holpert das Kinderfahrrad über einen Stein, Alphons verliert das Gleichgewicht, schießt mit seinem Gefährt über den Straßenrand hinaus und stürzt kopfüber einen steilen Abhang hinab.

Mir stockt der Atem.

«Ach, der Alphons!», lacht Uschi und passiert, ohne den Fuß vom Gas zu nehmen, jene Stelle, an der Alphons mutmaßlich gerade sein Leben ausgehaucht hat.

Ich schaue irritiert den Hang herunter und versuche die Überreste von Alphons zu erspähen, derweil Audrey entspannt erklärt: «Mein Bruder ist ein Tollpatsch. So was passiert ihm andauernd.»

Um mir die Stelle zu merken, an der die Rettungsmannschaft später nach Alphons suchen muss, blicke ich durch die Heckscheibe und sehe dabei mit Erleichterung, dass der Junge den Sturz wie durch ein Wunder überlebt hat. Alphons kraxelt humpelnd auf die Straße zurück und zieht dabei die Reste seines Fahrrads hinter sich her.

Als ich mich wieder nach vorne wende, staune ich erneut. Der Feriensitz der von Beutens liegt nun vor uns. Es ist ein imposantes Herrenhaus, an dessen mit Bougainvilleen bewachsenem Portal uns ein älterer Herr mit graumelierten Haaren erwartet. Seine Kleidung und seine aristokratische Haltung passen dermaßen gut zum Ambiente, dass ich das Gefühl habe, in einen Sonntagabendfilm hineinzufahren.

Der Wagen hält, Audrey springt ins Freie. «Grandpa!», höre ich sie rufen und sehe durch die Frontscheibe, wie sich die beiden in die Arme fallen.

«Der alte Herr von Beuten», erklärt Uschi. «Audrey und er sind ein Herz und eine Seele. Sind ja auch beide Künstler.»

Derweil Audrey im Badehaus verschwindet, um sich für ein paar Bahnen im Pool umzuziehen, machen Karl von Beuten und ich es uns auf einer der zahlreichen Terrassen bequem. Der Blick ist phantastisch, und es geht eine leichte Brise.

«Was darf ich Ihnen denn zu trinken anbieten, Paul?», fragt Karl und gießt sich selbst einen mehrstöckigen Brandy ein. «Wir haben Gin, Rum, Whisky ...» Er hält inne, betrachtet das opulente Alkoholangebot. «Eigentlich gibt es nichts, was wir nicht haben.»

Ich schiele auf meine Uhr. Es ist früher Nachmittag. Wenn ich jetzt anfange, Schnaps zu trinken, werde ich beim Abendessen wahrscheinlich Seemannslieder grölen. Das möchte ich vermeiden. «Nur ein Glas Wasser bitte.»

Karl nickt und schenkt ein, derweil sich auf der anderen Seite des Pools die Tür zum Badehaus öffnet und Audrey erscheint. Sie trägt nichts außer einem kleinen, schwarzen Bikini-Slip.

Ich nicke lächelnd und wende mich dann rasch wieder meinem Gesprächspartner zu, damit Audrey nicht denkt, ich würde sie beobachten. Dass sie einen sehr hübschen Busen und eine ungemein ansehnliche Figur hat, habe ich sowieso längst gesehen.

Karl reicht mir mein Wasser, im selben Moment fällt sein Blick auf Audrey, und ein Anflug von Ärger ist in seinem Gesicht zu lesen. «Kind, zieh dir bitte was an. Wir haben schließlich Gäste.»

Audrey stemmt die Hände in die Hüften und verlagert ihr Körpergewicht auf das linke Bein. Das sieht ebenso keck wie sexy aus.

«Ach, komm. Wir sind doch unter uns, Grandpa. Und Paul hat bestimmt nichts dagegen, oder?» Sie sagt es lässig und sieht mich dabei fragend und ein wenig herausfordernd an.

Ich zucke ratlos mit den Schultern. Grundsätzlich habe ich nichts gegen die Gesellschaft halbnackter Frauen, möchte mich aber auch nicht in die Etikette der Familie von Beuten einmischen.

Karl bleibt unnachgiebig. «Außerdem kommen die anderen gleich. Du weißt genau, dass Lissy und Konstantin es nicht ausstehen können, wenn du hier so rumläufst.»

Audrey seufzt und hat offenbar ein Einsehen mit ihrem

Großvater, denn sie dreht sich nun um und schlendert zurück zum Badehaus.

Ich sehe ihr nach, und mein Blick fällt auf das Tattoo, das Audrey im Flugzeug erwähnt hat, oder genauer gesagt, auf jenen Fetzen Stoff, unter dem es verborgen ist. Das Motiv wird nämlich größtenteils von ihrem Slip verdeckt, einige zarte Linien, die sich auf ihren Po und ihre Hüften schlängeln, verraten aber ziemlich genau, wo es sich befindet.

Da ich mir vorzustellen versuche, wie Audreys Glücksbringer wohl aussieht, vergesse ich diesmal, meinen Blick zeitnah von ihr loszureißen. Das fällt aber glücklicherweise nicht auf, weil Audrey mir ja den Rücken zuwendet und Karl sein Glas in einem Zug geleert hat und nun damit beschäftigt ist, sich großzügig nachzuschenken. Er lässt Eis in seinen sechsstöckigen Brandy purzeln.

«Sie wissen vielleicht schon, dass ich mich nicht sonderlich fürs Geschäft interessiere», sagt er und nimmt Platz. «Es ist halt eine leidige Pflicht.»

Da ich mich im Flugzeug mit Audrey und Henning unterhalten habe, statt mein Dossier zu studieren, weiß ich leider gar nichts über Karl von Beuten. Ich mache also ein erwartungsvolles Gesicht und hoffe, dass er mir ein bisschen von sich erzählt, bevor er sturzbetrunken mit dem Kopf auf die Tischplatte knallt, was nach meiner Einschätzung in weniger als fünf Minuten der Fall sein wird.

«Obwohl ich meine Karriere ja schon vor langer Zeit an den Nagel gehängt habe, schlägt mein Herz immer noch fürs Theater. Wer einmal Theaterluft geschnuppert hat, der vergisst das nicht.» Er nippt an seinem Brandy, ist offenbar sehr zufrieden mit dem Drink und kippt wie zur Bestätigung das halbe Glas in einem Zug. «Was ist Ihr Lieblingsstück?», fragt er.

Darüber habe ich mir bislang noch keine Gedanken gemacht. Ich überlege angestrengt, während von Beuten sich ein wenig vorbeugt: «Ich glaube ja, dass man Menschen nach ihrem Theatergeschmack beurteilen kann.»

Etwas Ähnliches hatte ich schon befürchtet.

«Macbeth», sage ich, da mir gerade nichts Besseres einfällt. Ich kenne das Stück einigermaßen, weil ich es zufällig mehrmals gesehen habe. Außerdem finde ich die Story zeitlos. Es gibt ja immer wieder Männer, die von ihren Frauen zu allem möglichen Scheiß angestiftet werden.

«Gute Wahl!», bescheinigt mir der alte von Beuten. «Den Macbeth habe ich auch gegeben. Mitte der Fünfziger. In Unna.» Er kippt die andere Hälfte seines Drinks. «Vielleicht haben Sie ja davon gehört.»

Nein. Ich hab schon viele verrückte Sachen gehört. Aber ein Jahrhundert-Shakespeare in Unna war nicht dabei.

Auf der anderen Seite des Geländes erscheint nun eine kleine Gesellschaft, angeführt von Elisabeth von Beuten. Sie ist in ein blaues Strandkleid gehüllt, trägt eine große Sonnenbrille und führt einen cremefarbenen Windhund an der Leine. Ihr Hofstaat besteht aus einem schlaksigen Mann um die fünfzig, der Karl auffallend ähnlich sieht, und einer stark gebräunten Frau um die vierzig, die sich bei dem Schlaks eingehakt hat. Ein kleiner, dicker Mann in einem blauen Overall schleppt zwei große Picknickkörbe hinter dem Grüppchen her. Ich vermute, es ist Uschis Mann Josef, denn auf seinem Sonnenhütchen prangt das Emblem einer Kölner Brauerei.

Elisabeth schreitet mitsamt Entourage würdevoll durch die Poollandschaft, derweil Karl und ich uns erheben, um sie zu begrüßen. Karl öffnet theatralisch die Arme. «Liebste! Wie schön, dass du wieder da bist.»

Elisabeth macht keine Anstalten, die Begrüßung zu erwidern, ihr Blick fällt auf das leere Brandyglas.

«Trink bitte nicht so viel», sagt sie mit leiser, ruhiger Stimme. Es klingt freundlich, dennoch ist ein gefährlicher Unterton unüberhörbar.

Karl überspielt ihre Bemerkung mit einem Lächeln. «Darf ich dir unseren Gast vorstellen? Dr. Schuberth ist eben erst aus ...»

«Später», unterbricht Elisabeth und streckt mir einen Arm entgegen. Ganz offensichtlich erwartet sie einen Handkuss.

«Sehr erfreut», sage ich und hauche ihr einen Kuss auf den Handrücken, obwohl ich solche angestaubten Umgangsformen ähnlich überflüssig finde wie Operettenfilme und Kosakenuniformen.

«Ich sehe Sie dann ja beim Abendessen», ordnet Elisabeth mit einem distinguierten Lächeln an, wendet sich ab und strebt dem Haus zu.

Der Schlaks folgt ihr beflissen und nickt mir dabei zu. «Ich möchte Mutter nur gerade auf ihr Zimmer bringen und bin gleich bei Ihnen, Dr. Schuberth.»

Etwas perplex schaue ich dem Grüppchen hinterher und bemerke nun, dass die braungebrannte Dame noch an unserem Tisch steht.

«Willkommen auf der Insel, Mr. Schuberth», sagt sie mit leichtem, aber unüberhörbarem britischen Akzent und einem breiten Lächeln. «Ich bin Melissa von Beuten.»

«Freut mich ebenfalls», erwidere ich und erwarte leicht verunsichert, dass auch sie mir die Hand zum Kuss reichen wird. Melissa hakt sich stattdessen locker bei mir ein. «Kommen Sie, ich führe Sie ein wenig herum. Hat man Ihnen schon Ihr Zimmer gezeigt?»

Ich schüttle den Kopf, Melissa wendet sich Karl von Beuten zu. «Papa, du erlaubst, dass ich unseren Gast kurz entführe?»

«Lasst euch bitte nicht aufhalten», erwidert Karl bester Laune und schielt nach der Brandyflasche.

Wenig später flaniere ich mit Melissa durch den Garten. Ich bin unschlüssig, was ich von Elisabeth von Beutens Begrüßungszeremonie zu halten habe. Im Moment werde ich das Gefühl nicht los, dass sie mich als Vorstandsvorsitzenden bereits abgeschrieben hat, aber noch darüber nachdenkt, mich als Stallknecht einzustellen.

«Mr. Schuberth?» Melissa reißt mich aus meinen Gedanken. Ich habe ihre letzten Bemerkungen überhört, sie sieht, dass mir das unangenehm ist. «Entschuldigung», sage ich. «Was haben Sie gerade gesagt?»

«Ich habe gesagt, dass ich Sie ungemein attraktiv finde», erwidert sie, und ihre vollen Lippen entblößen eine Reihe makellos gebleachter Zähne.

ICH BIN ERST SIEBENUNDDREISSIG

Melissa hat mich durch den verführerisch duftenden Garten des Anwesens zum Privatstrand geleitet, vorbei am hauseigenen Tennisplatz und einem etwas abseits liegenden Gartenhaus, das Uschi und ihr Mann Josef bewohnen. Die malerische Bucht ist zu beiden Seiten von Felsen eingerahmt. An einem Steg dümpelt ein Schlauchboot, bereit, Gäste zur familieneigenen Motoryacht überzusetzen. Sie liegt ein paar hundert Meter weiter vor Anker und trägt den Namen *Bertolt Brecht*. Ich halte es für eine hübsche Idee, Luxusgütern Namen berühmter Kommunisten zu geben. Derweil meine Gedanken um einen neuen Mercedes-Geländewagen in einer Leo-Trotzki-Edition kreisen, erzählt mir Melissa, dass Karl ein großer Bewunderer Bertolt Brechts ist. Um ein Haar hätten die beiden sogar mal zusammengearbeitet, sie erspare mir aber die Details, denn der alte von Beuten werde mir die Geschichte sicher bei nächstbester Gelegenheit selbst erzählen. Ich habe ihr nur mit halbem Ohr zugehört, weil ich meinen Leo-Trotzki-Mercedes im Geiste gerade serienmäßig mit leninroten Ledersitzen und einem Brüder-zur-Sonne-Schiebedach ausstatte.

«Ich habe in Ihrem Dossier gelesen, Sie sind unverheiratet, Mr. Schuberth», sagt Melissa, derweil wir die Treppen zum Haupthaus hinaufsteigen, um unsere Besichtigung dort fortzusetzen.

«Geschieden», antworte ich.

«Oh. Das tut mir leid», erwidert Melissa.

«Das muss es nicht. Ist auch schon eine Weile her.»

Melissa nickt verständig. «Haben Sie Kinder?»

«Nicht direkt», sage ich. «Meine Exfrau hat ein Kind mit in die Ehe gebracht. Sophie ist meine Quasitochter geworden.»

Wieder nickt Melissa. «Wir sind ja auch eine Patchworkfamilie», erwidert sie, und für das Wort «Patchwork» verwendet sie derart exzellentes Oxford-Englisch, dass ich ihren Elite-Uni-Abschluss förmlich gerahmt vor mir sehe. «Konstantin hat zwei Töchter aus erster Ehe. Iris lebt in London. Seit ihrer Heirat vor ein paar Monaten.»

Ich weiß. Wir haben am Tag zuvor miteinander geschlafen, und ich habe es dann vermasselt, die Hochzeit zu sprengen. Letzteres hat Iris nie erfahren. Ich habe ihr gesagt, dass ich aufgrund einer Autopanne in jenem Dorf gelandet bin, wo die Feierlichkeiten stattfanden. Das stimmte sogar, gelogen war hingegen, dass ich zufällig dort war. In Wahrheit wollte ich Iris nämlich bitten, nicht vor den Traualtar zu treten, kam aber leider zu spät.

«Ich kenne ihren Mann aus London», fährt Melissa fort. «Timothy ist ein Gentleman mit einer blendenden Zukunft. Er hat einen tadellosen Ruf und verkehrt nur in den besten Kreisen.»

Bestimmt ein Upperclass-Bubi, dessen Sippe seit Jahrhunderten arme Bauern ausbeutet.

«Alter Adel?», frage ich Interesse heuchelnd.

«Nein», erwidert Melissa. «Timothy hat sein Geld mit Immobilien verdient. Sein Vater war ein einfacher Dachdecker.»

Na klar. Die meisten Hollywoodstars kommen ja auch

aus einfachen Verhältnissen, sind aber seltsamerweise dennoch mit irgendwelchen reichen oder mächtigen Leuten verschwistert oder verschwägert. Außerdem nennen Dachdecker ihre Söhne vielleicht Brendan oder Mike, aber niemals Timothy.

«Es würde mich aber nicht wundern», ergänzt Melissa, «wenn Timothy eines Tages von der Queen zum Ritter geschlagen würde. Er engagiert sich sozial sehr stark, und es gab schon mehrfach das Gerücht, er würde in die Politik gehen.»

Ich habe genug von Heldengeschichten über den künftigen Sir Timothy. Ich halte inne, schaue mich um, als würde ich die Aussicht genießen, und hoffe, dass Melissa unterdessen das Thema wechselt. Dabei fällt mein Blick auf Audrey, die ein Sonnenbad auf der großzügigen Poolterrasse nimmt. Melissa bemerkt es.

«Meine Nichte Audrey. Konstantins zweite Tochter aus erster Ehe. Ist sie Ihnen eigentlich schon vorgestellt worden?»

«Wir haben uns zufällig im Flugzeug kennengelernt.»

«Dann wissen Sie ja schon, dass sie kein Blatt vor den Mund nimmt.»

Ich nicke. So kann man es auch ausdrücken.

«Manchmal beneide ich Audrey.» Melissa klingt wehmütig. «Sie weiß, was sie will, und sie hat das ganze Leben noch vor sich.»

Ich stutze. «Haben wir das nicht auch?», frage ich. «Zumindest noch ein gutes Stück.»

Melissa sieht mich an. «Wir Frauen haben da eine etwas andere Zeitrechnung, wissen Sie?»

Ja, ich weiß. Ich kenne ein paar, deren biologische Uhr so laut tickt, dass man sein eigenes Wort nicht mehr versteht.

«Glauben Sie mir, Mr. Schuberth, es ist für eine erfolgreiche Frau nicht leicht, einen Partner zu finden. Manche Männer wollen nur Geld, manche stecken in ungeklärten Beziehungen fest, andere haben Probleme mit dem Job, mit Drogen oder mit ihrer Gesundheit. Und unter den wenigen, die dann übrig bleiben, muss man auch noch denjenigen finden, der eine Familie gründen will, und das nicht erst in fünf Jahren.»

Sie bemerkt, dass ich nun auch ernst geworden bin, und lächelt breit. «Machen Sie doch nicht so ein trauriges Gesicht, Mr. Schuberth. Ich bin erst siebenunddreißig. Mir bleibt also noch etwas Zeit. Keine Sorge.»

Keine Sorge? Ich bin offensichtlich gerade in ein Bewerbungsgespräch geraten. Natürlich mache ich mir da Sorgen.

«Ich bin sicher, Sie werden den richtigen Mann schon noch finden», sage ich und befürchte, dass das nicht sehr überzeugend klingt.

Melissa zeigt erneut ihr schneeweißes Lächeln. «Wer weiß, Mr. Schuberth? Vielleicht ist der Richtige mir ja bereits über den Weg gelaufen», sagt sie mit einem beunruhigenden Blitzen in den Augen.

Melissas Attacke wird von Uschis Mann Josef unterbrochen, der nun am Ende der Treppe erscheint. Er schleppt meine Koffer und möchte wissen, auf welches Zimmer er sie bringen soll.

«Wir kommen», ruft Melissa bester Laune und zieht mich sanft, aber bestimmt in Richtung Haupthaus.

Derweil Josef, den man Jupp nennen darf, meine Koffer in die obere Etage schleppt, zeigt Melissa mir das weitläufige Erdgeschoss. Den Eingangsbereich dominiert ein großformatiges Ölgemälde. Das Bild zeigt Elisabeth von Beuten als stahlblaue Patriarchin und ist fast identisch mit dem Foto, das sich in meinem Dossier befindet. Der Unterschied besteht lediglich darin, dass Elisabeth in Öl noch grimmiger aussieht.

Im Erdgeschoss befinden sich eine Bibliothek, mehrere Arbeits- und Besprechungszimmer, ein Salon mit offenem Kamin und eine sich daran anschließende Terrasse mit einem phantastischen Blick auf die Bucht und das Meer. Hier werden wir offenbar heute Abend speisen, denn ein spanisches Hausmädchen ist gerade dabei, eine lange Tafel einzudecken.

Die hinter dem Salon liegende Küche bekomme ich nicht zu Gesicht.

«Die Wirtschaftsräume sind dem Personal vorbehalten», erklärt Melissa. «Wenn Sie irgendetwas brauchen, wenden Sie sich einfach an Uschi. Die kümmert sich um alles.» Melissa flirtet ein wenig. «Wenn Sie noch etwas wissen möchten, können Sie natürlich selbstverständlich auch mich fragen, Mr. Schuberth.»

Ich habe das Gefühl, Melissa würde mir gerne noch persönlich mein Zimmer zeigen, aber auf dem Weg in die obere Etage wird sie von ihrem Bruder Konstantin gerufen. Elisabeth hat ein Anliegen, und da Elisabeths Wünsche ganz offensichtlich höchste Priorität haben, bringt Melissa mich nur rasch bis vor die Tür meines Zimmers, um dann in jenen Flügel des Hauses zu eilen, in dem sich Elisabeths Privatgemächer befinden.

Mein Zimmer ist geräumig, die Einrichtung ein bisschen pompös, aber geschmackvoll, außerdem gibt es ein separates Bad. Das finde ich besonders angenehm, denn bei einem Gemeinschaftsbad würde Melissa mir wahrscheinlich regelmäßig den Rücken schrubben wollen.

Jetzt, wo ich ein wenig Ruhe habe, möchte ich gern wissen, wie es meinem Hund geht. Fred ist während meines Besuches auf Mallorca bei meiner Exfrau und ihrem bescheuerten Lebensgefährten untergebracht.

«Gut, dass du anrufst.»

«Ist was passiert?», frage ich unbehaglich.

«Kann man so sagen», erwidert Lisa. «Tommy ist ziemlich sauer.»

«Auf mich?»

«Auch. Aber erst mal auf Fred. Ein befreundeter Musiker hat uns besucht und seine beiden Hunde mitgebracht ...»

«Moment mal», unterbreche ich. «Ich hab euch gesagt: keine anderen Hunde. Keine Hunde, keine Katzen, keine Kinder. Mein Hund hasst alles und jeden auf der Welt. Das hab ich ausdrücklich gesagt.»

«Ich weiß», antwortet Lisa. «Wir haben nicht geahnt, dass Gordon seine Rottweiler mitbringt ...»

«Rottweiler?», unterbreche ich erneut, und diesmal bin ich besorgt. Fred ist zwar ein Bullterrier-Jagdhund-Mix und insofern ziemlich robust, aber wenn er sich mit zwei Rottweilern angelegt hat, dann dürfte das selbst für ihn übel ausgegangen sein.

«Geht es ihm gut?», frage ich vorsichtig.

Schweigen am anderen Ende der Leitung.

«Ist er etwa verletzt?»

«Nun ja», erwidert sie leicht gedehnt. «Die beiden haben ihm ein kleines Stück vom Ohr abgebissen.» Bevor ich etwas erwidern kann, setzt sie rasch nach: «Aber keine Sorge, der Arzt hat gesagt, das wird wieder. Wenn alles verheilt ist, sieht er fast so gut aus wie vorher.»

Ich atme hörbar aus. Wenn man sich einen verrückten Hund aus dem Tierheim holt, muss man auch damit leben, dass er verrückte Sachen macht. Also sollte ich mich nicht zu sehr aufregen. Fred hat Scheiße gebaut, aber immerhin hat er es überlebt. Damit kann man bei ihm schon mehr als zufrieden sein.

«Und warum ist Tommy jetzt sauer?», will ich wissen.

«Gordon hatte vor, ihn als Studiomusiker für sein nächstes Album zu verpflichten. Aber das hat sich jetzt erledigt. Stattdessen will Gordon uns verklagen. Außerdem kommen da noch ein paar ziemlich hohe Rechnungen auf dich zu. Du bist doch versichert, oder?»

«Ja klar», sage ich wie aus der Pistole geschossen, weiß aber nicht mehr hundertprozentig, ob ich die Versicherungsunterlagen damals nur angefordert oder auch unterschrieben zurückgeschickt habe. «Aber was denn für Rechnungen?»

«Na, für die Behandlung der Rottweiler. Fred hat sie übel zugerichtet, und Gordon überlegt jetzt, ob er sie in eine Spezialklinik nach Orlando bringt. Dazu müsste man aber ein Flugzeug chartern ...»

«Moment, Moment», unterbreche ich, derweil sich vor meinem geistigen Auge in Windeseile mein Konto leert, weil zwei Rottweiler in einem Learjet Pay-TV gucken und Kobesteaks fressen. «Das ist völlig unverhältnismäßig. Das zahlt doch keine Versicherung.»

«Vielleicht findet Gordon ja einen Richter, der dich persönlich für die Sache haftbar macht», erwidert Lisa.

«Ist das denkbar?», frage ich etwas kleinlaut und hoffe, dass ich auf Lisas anwaltlichen Beistand in dieser Sache zählen kann.

«Ich weiß nicht», antwortet sie. «Wenn es Gordon gelingt, dich in Amerika zu verklagen, dann halte ich so ziemlich alles für möglich.»

Ich denke kurz nach. «Könntest du vielleicht ...?»

«... versuchen, die Sache geradezubiegen?», ergänzt Lisa. «Klar kann ich das versuchen. Aber ich kann dir nichts versprechen.»

«Danke.»

«Schon gut. Ich meld mich, wenn ich was weiß.»

Für den Moment ist meine Laune im Keller, da ich aber sowieso nichts weiter tun kann, als auf Lisas Verhandlungsgeschick zu vertrauen, konzentriere ich mich wieder auf den Grund meines Besuches. Ich habe einen Hund, der mich mehr kosten könnte als eine Ehe mit einem Topmodel. Nach Lage der Dinge brauche ich den Job als Vorstandsvorsitzender also dringend.

Ich ziehe das Dossier hervor und lege die Fotos aufs Bett.

Oben Elisabeth, daneben Karl, darunter deren Kinder Konstantin und Melissa. Unter Konstantin lege ich dessen Kinder Iris, Audrey und Alphons. Ein Bild von Timothy fehlt in meinem Dossier. Da er vermutlich mit den Geschäften der Familie wenig zu tun hat, kann ich ihn unter strategischen Aspekten erst mal vernachlässigen.

Vor mir liegt nun die Familie von Beuten. Wenn ich den kleinen Alphons mal außen vor lasse, dann entscheiden sechs Leute darüber, ob ich den Job bekomme oder nicht. Mit Timothy wären es sieben.

Da ich nicht davon ausgehe, dass im Hause von Beuten demokratische Strukturen herrschen, vermute ich, dass letztlich Elisabeth allein entscheiden wird. Vielleicht fragt sie Karl nach seiner Meinung, wenn der zwischen zwei Drinks mal eine Minute Zeit hat. Mit Sicherheit wird der beflissene Konstantin ein Wörtchen mitzureden haben. Und wahrscheinlich hat auch Melissas Stimme Gewicht.

Fraglich ist, ob sie sich in die Geschäfte der Familie einmischt, denn wie ich ihrem Lebenslauf entnehme, besitzt sie in London mehr als ein Dutzend Sportstudios. Sie hat also genug mit ihrem eigenen Unternehmen zu tun. Nebenbei bemerke ich, dass Melissa bei ihrem Alter gemogelt hat. Sie ist zweiundvierzig. Damit bleibt ihr deutlich weniger Zeit für die Familienplanung als von ihr behauptet. Ich muss höllisch aufpassen, dass ich nicht vor Ende der Woche mit ihr verheiratet bin.

Elisabeth wird sich aus Gründen der Höflichkeit anhören, was ihre Enkelinnen von mir halten. Ob Iris und Audrey jedoch Einfluss auf die Entscheidung ihrer Großmutter haben, ist ebenfalls fraglich. Und was Iris von mir hält, weiß sowieso der Himmel. Vielleicht fungiert Timothy als eine Art neutraler Beobachter. Er kennt die Familie noch nicht so lange, außerdem ist er nicht in die Geschäfte der von Beutens involviert. Womöglich verspricht man sich deshalb von ihm eine möglichst objektive Einschätzung meiner Person.

Je länger ich die Fotos betrachte, desto klarer wird mir, dass ich nicht die leiseste Ahnung davon habe, wie ich strategisch vorgehen muss. Ich brauche also einen Rat. Einen Rat von einem eiskalten Strategen. Und das heißt: einen Rat von Schamski. Da er nicht nur mein Freund ist, sondern außerdem mein Stellvertreter im Vorstand werden soll, kann er sich jetzt schon mal als Berater nützlich machen. Ich greife zum Handy, im selben Moment klopft es an der Tür. Rasch packe ich die Fotos zusammen, stecke sie zurück in meinen Koffer und sage: «Ja, bitte.»

Die Tür öffnet sich, Konstantin von Beuten erscheint.

«Ich wollte es mir nicht nehmen lassen, Sie nochmal persönlich zu begrüßen, Dr. Schuberth», beginnt er und bleibt unschlüssig in der Tür stehen. «Mutter war etwas indisponiert, aber wie ich gehört habe, hat meine Schwester sich ja um Sie gekümmert.»

Am liebsten wäre sie mit mir sofort nach Acapulco durchgebrannt.

«Ja, vielen Dank», erwidere ich und bedeute Konstantin, doch bitte einzutreten.

Er hebt abwehrend die Hand. «Danke, ich möchte Sie nicht zu lange aufhalten, Dr. Schuberth, ich wollte mit Ihnen nur kurz die Termine für die nächsten Tage durchgehen.»

Ich nicke und zücke meinen Terminkalender, einen Ramschartikel mit grünem Plastikeinband, den ich in einer Apotheke beim Kauf von Zahnpflegekaugummis geschenkt bekommen habe. Überall ragen Notizzettel aus dem Büchlein hervor, weil mir der Platz für Notizen im Kalender selbst nicht ausreicht. Bis vor ein paar Monaten kümmerte sich Frau Hoffmann, meine Sekretärin, um sämtliche Termine. Seit sie im Ruhestand ist, mache ich das selbst, allerdings mit mäßigem Erfolg. Ich hab zwar den Überblick noch nicht verloren, das wäre aber der Fall, wenn mein Kalender einem Windstoß zum Opfer fiele. Ein wenig irritiert schaut der junge von Beuten auf den Klumpen Papier in meiner Hand.

Ich sehe jetzt, dass auch er seinen Kalender mitgebracht hat. Es ist ein in Kalbsleder gebundenes Filofax, das neben ausgewählten und akkurat verstauten Visitenkarten einen goldenen Füllfederhalter enthält, den Konstantin nun mit spitzen Fingern hervorzieht.

«Dann legen Sie mal los», sage ich, um ihn von meinem Plastikkalender abzulenken, stelle dabei fest, dass mein Ein-Euro-Kugelschreiber gerade den Geist aufgegeben hat, und glaube zu bemerken, dass Konstantin fast unmerklich die Nase rümpft.

Wenige Minuten später bin ich für die kommenden Tage ausgebucht. Neben diversen innerfamiliären Sitzungen, in denen meine Vorstellungen von der künftigen Verlagspolitik diskutiert werden sollen, gibt es eine Handvoll gesellschaftlicher Anlässe, die dazu dienen, mich Freunden und Verbündeten der Familie vorzustellen. Ob ich an den Tagesausflügen der von Beutens, insbesondere den Bootsausflügen, teilnehme, bleibt mir überlassen. Die noch verbleibende Zeit, schätzungsweise also die Viertelstunde vor dem Abendessen, steht zu meiner freien Verfügung. Ich merke, dass Konstantin ganz in seinem Element ist. In einer perfekten Welt wäre er wahrscheinlich ein glücklicher Buchhalter. Zum Abschluss gibt er mir ein kleines Zettelchen mit den sauber notierten Zugangsdaten für das hauseigene Computernetz. Die ganze Kommunikation laufe über Satellit, erklärt Konstantin, weshalb im Haus auch fast alle Fernsehsender der Welt zu empfangen seien. Bei speziellen Wünschen könne ich mich gerne an Uschi wenden, die kümmere sich nämlich um alles.

Gleich nachdem Konstantin sich verabschiedet hat, logge ich mich ein und versuche im Internet herauszufinden, um welche Rasse es sich bei Elisabeths Windhund handelt. Falls beim Abendessen das Gespräch darauf kommt, möchte ich vorbereitet sein. Nebenbei hoffe ich, dass unser gemeinsames Interesse für Hunde mir helfen wird, bei Elisabeth das Eis zu brechen. Ihr Hund ist ein Saluki, stelle ich fest, ein persischer Windhund. Obwohl er aussieht, als hätte er Bulimie und kreisrunden Haarausfall, ist er ziemlich teuer. Außerdem gilt der Saluki als hochsensibel und schreckhaft. Offenbar also ein angenehmer Hund, besonders wenn ich ihn mit dem Kneipenschläger vergleiche, den ich zu Hause habe.

Was wollte ich denn eben noch? Schamski anrufen, genau. Ich greife zum Handy und drücke die Wahlwiederholung.

«Ich kann jetzt nicht», höre ich Schamski sagen, dann wird das Gespräch einfach weggedrückt.

Ich weiß, dass Schamski sich nach seiner Herzoperation eine längere Auszeit genommen hat. Unwahrscheinlich, dass er gerade in Terminen erstickt. Ich wähle also erneut, die Verbindung wird hergestellt.

«Man schaltet die Mailbox ein oder stellt das Handy ganz aus», sage ich. «Aber man geht nicht ran und sagt dann: Ich kann jetzt nicht.»

«Wart mal kurz», erwidert Schamski, dann höre ich, wie eine Tür geöffnet und wieder geschlossen wird, gefolgt von einem Knistern und dem Aufflammen eines Feuerzeugs. Schamski inhaliert und atmet geräuschvoll aus.

«Rauchst du etwa?», frage ich.

«Professor Neuberger findet es vernünftiger, wenn ich moderat rauche, statt ständig auf Entzug zu sein.»

«Der Professor ist offenbar ein toleranter Zeitgenosse», sage ich.

«Der Professor ist eine Sie und liegt gerade in meinem Bett», erwidert Schamski. «Deswegen hab ich dich eben weggedrückt.»

«Du hast eine Affäre mit deiner Kardiologin», stelle ich fest.

«So ist es», entgegnet Schamski. «Und es wäre mir deshalb sehr recht, wenn du dich kurz fassen könntest.»

Ich erkläre Schamski in groben Zügen, wie die Verhältnisse in der Familie von Beuten sind, und frage ihn, wie ich strategisch vorgehen soll.

Schamski hört geduldig zu, dann nimmt er einen Zug aus seiner Zigarette und schweigt eine kurze Weile.

«Du bist auf Mallorca mit zwei anstrengenden Frauen, einem Alkoholiker, einem Muttersöhnchen und einer alten Schachtel», konstatiert er. «Das nennt sich Familienurlaub und passiert jedes Jahr millionenfach.»

So kann man es auch sehen.

«Ich würde dir raten, dich ganz normal zu verhalten. Familien sind sowieso unberechenbar. Mit Strategie kommt man da nicht weit.»

Ich überlege. Hört sich ebenso simpel wie logisch an. Vielleicht sollte ich wirklich nicht versuchen, um jeden Preis eine gute Figur zu machen, zumal ich ja auch keine Vorstellung davon habe, wie eine gute Figur in den Augen der von Beutens aussähe.

Da ich Schamski nicht länger als unbedingt nötig davon abhalten möchte, mit Professor Neuberger zu schlafen, mache ich es kurz: «Danke, Guido. Du hast mir sehr geholfen.»

«Gern geschehen», erwidert Schamski. «Ach, und du sollst übrigens Günther anrufen.» Ich höre, wie Schamski Zigarettenrauch in die Luft bläst. «Und zwar über eine gesicherte Verbindung.»

«Aha», erwidere ich tonlos. Keine Ahnung, was Günther mir damit sagen will. «Was meint er denn mit einer gesicherten Verbindung?»

«Weiß ich doch nicht», erwidert Schamski. «Du kennst doch Günther.»

Allerdings. Günther ist mein ältester Freund, ein herzensguter Mensch und ein begnadeter Computerfachmann. Leider wird seine Herzensgüte nur noch übertroffen von seiner Naivität, weshalb Günther sich zu Zeiten des Internetrausches um Firmenanteile im Wert von mehreren Millionen hat prellen lassen und nun arm ist wie eine Kirchenmaus. Immerhin hat er anderweitig Glück gehabt. Vor ein paar Monaten ist es Günther gelungen, in den Hafen der Ehe einzulaufen. Daran habe selbst ich in schwachen Momenten nicht mehr geglaubt, denn Günther war Ende der Neunziger schon länger Single als Helmut Kohl Bundeskanzler. Als Günthers einziger und damit wichtigster Berater in Herzensangelegenheiten habe ich aber nie aufgehört, ihm Mut zu machen. An dem Tag, als Günther seine Auserwählte Iggy vor den Traualtar führte, fühlte ich mich deshalb ein bisschen wie Mahatma Gandhi, weil wir beide ähnlich lange gebraucht haben, um unsere Lieben in ein unabhängiges Leben zu führen.

Günther und Iggy sind für ein halbes Jahr nach Kansas gezogen, wo Günther die amerikanische Regierung in Sachen Computersicherheit beraten soll. Angeblich hat die CIA höchstpersönlich Günther angeheuert, aber es ist gut möglich, dass er da wieder was falsch verstanden hat. Ich vermute, aus ganz ähnlichen Gründen möchte er jetzt nur noch über gesicherte Telefonleitungen kommunizieren. Ich werde ihn einfach mal auf seinem Handy anrufen, und dann wird sich ja zeigen, ob wir beide wegen Plaudereien am Telefon in einem amerikanischen Hochsicherheitsgefängnis landen.

«Was gibt's? Schamski hat gesagt, ich soll mich bei dir melden.»

«Ist deine Leitung sicher?»

«Günther, ich hab keine Ahnung, ob die Leitung sicher

ist. Ich ruf dich von meinem Handy aus an. So wie immer.»

«Ruf mich wieder von einem öffentlichen Fernsprecher aus an», sagt Günther. Er klingt betont sachlich. «Und du musst deine Mails ab jetzt verschlüsseln.»

«Günther, ich werde sicher keine Agentenausbildung machen, um mit dir übers Wetter zu plaudern. Also lass den Quatsch.»

Indigniertes Schweigen am anderen Ende der Leitung.

«Paul, du sollst einfach nur deine Mails verschlüsseln», erwidert Günther nach einer Weile ein bisschen beleidigt. «Wo ist denn da das Problem?»

«Das Problem ist, ich hab nicht die leiseste Ahnung, wie man Mails verschlüsselt.»

«Ach so! Sag das doch! Mit Kryptographie-Programmen», erklärt Günther und klingt jetzt etwas zugänglicher. «Ich mail dir gleich mal eins.»

So langsam finde ich die Unterhaltung amüsant.

«Dann denk aber bitte dran, es auch zu verschlüsseln», sage ich.

«Aber dann kriegst du es ja nicht auf», erwidert Günther leicht irritiert.

Ich atme durch. «Günther, wenn uns jemand abhören will, dann hatte er dazu gerade alle Zeit der Welt. Möchtest du mir also nicht einfach erzählen, was los ist?»

«Ruf wieder an, wenn die Leitung sicher ist», sagt Günther nachdrücklich.

Dann wird das Gespräch weggedrückt.

Während ich den Nachmittag damit verbringe, mich auf die Sitzungen im Hause von Beuten vorzubereiten, denke ich über Schamskis Ratschlag nach. Schließlich bin ich davon überzeugt, dass er recht hat.

Ich lasse also Anzug und Krawatte im Schrank und ziehe zum Abendessen ein legeres Hemd und eine Jeans an. Ich bin zuversichtlich, dass die Familie von Beuten es zu schätzen wissen wird, dass der neue Verlagsleiter ein unkomplizierter Typ ist. Ein Irrtum, wie ich etwas später feststelle.

ICH FINDE DAS KEINE GUTE IDEE

Als ich die Terrasse betrete, ist die Familie bereits um den Tisch versammelt. Nur Elisabeth fehlt noch, außerdem bemerke ich zwei überzählige Gedecke, vermutlich sind sie für Iris und Timothy bestimmt.

«Oh, bin ich zu spät?», scherze ich.

«Ja, aber das macht überhaupt nichts», erwidert Konstantin freundlich und bedeutet mir, dass der freie Platz zwischen Melissa und Alphons für mich bestimmt ist. «Wir warten sowieso noch auf Mutter.»

Während ich mich setze, schaue ich unauffällig auf meine Uhr. Ich habe mich tatsächlich verspätet – um ungefähr eine knappe Minute. Das war durchaus beabsichtigt, weil ich nicht wie ein ausgehungerter Pauschaltourist zu früh bei Tisch erscheinen wollte. Dass man im Hause von Beuten offenbar eine Form der Pünktlichkeit pflegt, an der sich so manche Atomuhr ein Beispiel nehmen könnte, hatte ich nicht einkalkuliert. Der kleine Fauxpas spielt aber sowieso keine Rolle, weil sich die Anwesenden mehr für mein Äußeres interessieren als für die Tatsache, dass ich ein paar Sekunden zu spät bei Tisch erschienen bin.

Konstantin und Karl tragen Anzug und Krawatte, Melissa ist in ein zitronengelbes Kostüm gehüllt. Selbst Audrey hat Jeans und Tanktop gegen ein dezentes schwarzes Kleid eingetauscht, und der kleine Alphons trägt ein Tweedsakko mit Einstecktuch. Seine Krawatte harmoniert obendrein farblich mit dem Kopfverband, den er seit seinem Sturz am Mittag trägt. Mit Jeans und Hemd sehe ich inmitten dieser illustren Runde wie der Poolreiniger beim alljährlichen Adventsessen aus.

Gerade überlege ich, ob ich mich kurzerhand für ein paar Minuten entschuldigen soll, um mich doch noch rasch in Schale zu werfen, da kommt Elisabeth durch eine weit geöffnete Flügeltür auf die Terrasse gerauscht. Sie wird begleitet von ihrem cremefarbenen Saluki und trägt ein zum Hund passendes helles Ballkleid mit einer roten Stola.

Instinktiv will ich mich erheben, doch Elisabeth winkt ab. «Bitte behalten Sie Platz, lieber Herr Dr. Schuberth. Wir sind doch heute ganz leger.» Während sie das sagt, lässt sie ihre Stola auf die Rückenlehne eines Thronsessels gleiten, den ihr im nächsten Moment der beflissene Konstantin unter den mit Tüll gepolsterten Hintern schiebt.

Ich nicke Elisabeth lächelnd zu. Dabei sehe ich, dass sie meinen Aufzug mit einem Anflug von Verachtung zur Kenntnis nimmt.

«Timothy und Iris wollten die letzte Maschine nehmen. Wenn alles klappt, sind die beiden in einer knappen Stunde hier», erklärt Konstantin und macht seinem Job als Familienbuchhalter alle Ehre. «Ich dachte, wir lassen uns ein bisschen Zeit mit den Aperitifs und der Vorspeise. Dann schaffen die beiden es noch zum Hauptgang.»

«Gute Idee», wirft der alte von Beuten ein. «Was wollen wir denn trinken?»

Wie auf Kommando fährt das spanische Hausmädchen einen vor Alkoholika berstenden Servierwagen auf die Terrasse.

«Was darf ich Ihnen anbieten, Paul?», fragt der alte von

Beuten und erhebt sich geschäftig. «Sekt? Sherry? Oder vielleicht einen Campari?»

«Wir haben auch Bier», wirft Elisabeth ungerührt ein. Die Anspielung gilt eindeutig meiner sozial schwachen Garderobe. Ich merke es daran, dass es am Tisch abrupt still wird.

«Haben Sie denn auch Dosenbier?», frage ich ebenso ungerührt, sehe aus den Augenwinkeln ein Lächeln über Audreys Gesicht huschen und halte derweil Elisabeths Blick stand.

Karl ist sich offenbar nicht ganz sicher, ob meine Bemerkung als Witz gedacht sein sollte, und bemüht sich, sie zu überspielen: «Sie dürfen mich auch gerne herausfordern, Paul. Ich habe als Barkeeper gearbeitet, um mir meine Schauspielausbildung zu finanzieren. Meine Spezialität war der Singapore Sling.»

Ich mag nur sehr wenige Cocktails, weil ich finde, dass die meisten schmecken, als hätte man die Reste einer Party zusammengeschüttet, möchte aber Karl nicht an seiner Lieblingsbeschäftigung hindern und bestelle deshalb einen Bellini.

Elisabeth von Beuten nimmt es mit einem fast unmerklichen Kopfnicken zur Kenntnis, dann sagt sie in entspanntem Tonfall: «Den hätte ich auch gerne, Karl», und während ich ein leichtes Aufatmen bei Konstantin zu bemerken glaube, schließen sich uns Melissa und Audrey an. Der junge von Beuten möchte einen alkoholfreien Drink, der alte von Beuten wird wenig später den so gesparten Schnaps für einen Horse's Neck verwenden, der fast ohne Ginger Ale auskommt. Im Prinzip ist es purer Brandy, garniert mit einer Zitronenschale.

Derweil wir an unseren Drinks nippen, plaudern wir

über Mallorca, das nach einhelliger Meinung aller Anwesenden seine wahre Schönheit erst offenbart, wenn man es vom Meer aus erkundet, weshalb besonders Melissa mir ans Herz legt, doch bitte an den Bootsausflügen der Familie teilzunehmen. Karl, der am schnellsten von uns allen genippt hat, mixt sich noch einen Horse's Neck und bittet seine Lieben, mich nicht zu sehr zu bedrängen: «Vielleicht geht es Paul ja wie mir und er wird leicht seekrank.» Ich erkläre, dass ich damit eigentlich keine Probleme habe, und nehme Melissas Einladung auf die von Beuten'sche Yacht dankend an.

Wenig später werden Melonenschiffchen mit Serranoschinken serviert. Der kleine Alphons, der bislang noch keinen Ton gesagt hat und insofern entweder ein sehr stilles Kind oder aber das Opfer einer rabiaten Erziehung ist, katapultiert bei dem Versuch, die Melone anzuschneiden, seinen Schinken in hohem Bogen auf die Terrasse. Sofort stürzt sich Elisabeths Saluki darauf und verputzt die Scheibe vor den Augen des sichtlich erschrockenen Jungen, der nun in Tränen ausbricht.

Weil ich Alphons beruhigen will, biete ich ihm meinen Schinken an, woraufhin Konstantin interveniert: «Es wäre kein Problem, neuen Schinken aus der Küche kommen zu lassen, Herr Dr. Schuberth. Aber ich denke, mein Sohn muss lernen, dass man im Leben schnell als Verlierer dasteht, wenn man sich allzu ungeschickt anstellt.»

Was für ein Schwachsinn, denke ich, sage jedoch: «Ich möchte mich keineswegs in Ihre Erziehungsmethoden einmischen, Herr von Beuten. Ich denke aber, dass der Verlust einer Scheibe Schinken Ihren Sohn nicht davor bewahren wird, beispielsweise später mal die falsche Frau zu heiraten.» Eigentlich will ich damit ausdrücken, dass ich es

Unfug finde, Kindern abstrakte Sachverhalte durch abstrakte Erziehungsmaßnahmen nahebringen zu wollen, merke aber im gleichen Moment, dass das von mir gewählte Beispiel für heftige Irritationen sorgt. Konstantin blickt leicht verstört in die Runde, während sich Karl am anderen Ende des Tisches an seinem vierten Brandy verschluckt. Elisabeths ungnädiger Blick ruht derweil auf mir wie Lehmboden auf einem Sargdeckel. Nur Audrey grinst, wie nur eine Frau grinsen kann, die ihre Tage mit Unterwäschemodels verbringt.

Ich überlege noch, wie ich die Situation entschärfen kann, da hört man von draußen ein Motorengeräusch. Der Geländewagen fährt vor.

«Ah! Da kommen sicher Iris und Timothy», frohlockt Karl und schüttet sich auf dieses erfreuliche Ereignis Brandy nach.

Ich merke, dass mein Herz ein wenig schneller schlägt. Gleich werde ich Iris wiedersehen. Ich hatte gehofft, dass es sich irgendwie ergeben würde, wenigstens kurz mit ihr allein zu sein. Jetzt sitze ich inmitten ihrer Familie, und wahrscheinlich wird sie mir in ein paar Minuten ihren Ehemann vorstellen. Hätte schlimmer kommen können. Aber eben auch besser.

Timothy erscheint, und er ist ... allein. Während er zweimal den Tisch umrundet und zunächst formvollendet Handküsse und Komplimente an die Damen verteilt, um danach die Männer mit kernigem Händedruck zu begrüßen, erzählt er uns, dass Iris noch Termine in London wahrnehmen müsse. Ein wichtiges Charity-Projekt nehme sie so in Anspruch, dass sie leider erst morgen Mittag auf die Insel kommen könne.

Während er das sagt, hebt Timothy bedauernd die Arme,

und ich stelle fest, dass sein blauer Zweireiher praktisch keine Falten wirft. Ich vermute, es handelt sich um einen Maßanzug, der direkt auf die Haut genäht wird, denn anders kann ich es mir nicht erklären, dass er trotz eines mehrstündigen Fluges und einer langen Autofahrt noch so perfekt sitzt. Meine Anzüge sehen nach zwei Stunden im Büro immer so aus, als hätte ich damit tagelang auf einer Parkbank übernachtet.

Konstantin zieht sein ledergebundenes Filofax hervor und zückt den goldenen Füllfederhalter. «Wann kommt Iris denn an? Ich schicke dann Uschi zum Flughafen», sagt er und scheint sich darauf zu freuen, gleich einen neuen Termin in seinen Kalender eintragen zu können.

«Vielen Dank», erwidert Timothy. «Aber ich würde es bevorzugen, meine Frau selbst abzuholen.»

Elisabeth scheint zu bemerken, dass ich Timothy aufmerksam mustere, und ich lese einen Anflug von Hochmut in ihrem Gesicht. Sie würde jede Wette eingehen, dass ich ihrem perfekten und stilsicheren Schwiegerenkel in keiner Hinsicht das Wasser reichen kann. Wahrscheinlich hat sie damit sogar recht.

«Ich muss übrigens leider unseren Termin morgen früh absagen», sagt Konstantin und blättert eifrig in seinem Filofax. «Mutter und ich möchten noch etwas besprechen.»

«Wie schade», erwidert Timothy. «Aber das Geschäft geht natürlich vor.»

Er überlegt kurz, blickt dann zu mir. «Spielen Sie eigentlich Tennis?»

Ich bin nicht ganz bei der Sache, deshalb antworte ich, ohne nachzudenken: «Ich hab früher mal gespielt, aber das ist schon ...»

«Wunderbar», unterbricht mich Timothy. «Dann können wir beide ja morgen spielen.»

«Gute Idee», wirft Konstantin ein und bringt seinen Füllfederhalter in Position, um den Termin in seinem Kalender zu korrigieren.

Ich habe eigentlich nicht die geringste Lust, mich von Timothy über den Tenniscourt jagen zu lassen. Er wirkt ziemlich fit, wahrscheinlich lässt er mich also alt aussehen. Und das muss ja nicht sein.

«Gerne», höre ich mich sagen, weil ich andererseits auch keine Lust habe zu kneifen. Falscher Stolz, würde ich tippen.

Während wir einen ausgezeichneten Fischeintopf löffeln, erzählt Timothy ein bisschen von sich und seinen Immobiliengeschäften. Seine Unternehmensphilosophie ist schnell erklärt: «Kaufen und verkaufen. Und niemals Kompromisse machen, was die Lage betrifft.»

Die Aufzählung seiner Besitztümer dauert dann allerdings fast bis zum Dessert. Timothy scheint sich halb London zusammenspekuliert zu haben, weshalb er und Iris nun die Qual der Wahl haben, wo sie künftig wohnen werden. Es läuft wohl hinaus auf ein kleines Anwesen vor den Toren von London, einundzwanzig Zimmer, also nicht zu groß, mit fünfeinhalb Hektar Parkfläche, damit man sich auch mal die Füße vertreten kann.

Zum Dessert gibt es Kaffee und Mandelkuchen. Als der kleine Alphons nach einem zweiten Stück greifen möchte, stößt er versehentlich gegen meine Espressotasse, deren Inhalt auf meinem Hemd landet.

Während Alphons erneut den Tränen nahe ist, entschuldigt sich Konstantin wortreich für die Ungeschicklichkeit seines Sohnes. Ich versichere, dass alles nur halb so wild ist. Elisabeth pflichtet mir bei, mit leichter Häme bemerkt sie, dass ja Gott sei Dank nicht meine Abendgarderobe in Mitleidenschaft gezogen worden sei. Sie betont das Wort «Abendgarderobe». Ich verstehe den Wink und entschuldige mich kurz.

Auf meinem Zimmer tausche ich mein legeres Hemd gegen ein formelles, binde mir eine Krawatte um und ziehe statt der Jeans meinen besten Anzug an. Jetzt fühle ich mich mit den von Beutens zumindest in modischer Hinsicht auf Augenhöhe. Zufrieden will ich das Zimmer verlassen.

Ich habe bereits die Türklinke in der Hand, da frage ich mich, ob ich meinen Job eigentlich auch im Clownskostüm machen würde, falls Elisabeth von Beuten das für eine gute Idee hielte. Warum soll ich mich überhaupt dem Modediktat der Familie beugen? Erstens bin ich nicht hier, um künftig eine Herrenboutique zu leiten, und zweitens hat mir niemand gesagt, dass man sich bei Gucci und Prada eindecken muss, wenn man im Hause von Beuten Melonenschiffchen essen möchte. Außerdem geht mir dieser Dünkel ziemlich auf die Nerven. Ich finde, Menschen werden nicht besser oder schlechter durch ihre Kleidung. Einstein trug keine Socken und erschuf die Relativitätstheorie, Ludwig XVI. lief in Strumpfhosen durch die Gegend und landete auf der Guillotine. Die Weltgeschichte ist gespickt mit begabten Clochards und Vollidioten in Hermelinmänteln.

Ich schließe die Tür. Dann ziehe ich meinen Anzug wieder aus.

Als ich ein paar Minuten später mit Jeans und einem ebenso frischen wie legeren, obendrein ziemlich bunten Hemd an den Tisch zurückkehre, sehe ich eine leichte Bestürzung in den Gesichtern von Karl und Konstantin. Timothy wirkt irritiert, Elisabeth registriert meinen Auftritt mit versteinerter Miene. Audrey amüsiert sich, Melissa wirft mir im Verlauf des Abends einige vielsagende Blicke zu und nutzt das Abtragen des Desserts, um mir unauffällig ein Zettelchen in die Hand zu drücken.

Mein Wecker klingelt um halb sieben. Ich bin um halb acht mit Timothy verabredet, möchte aber zuvor duschen, ein paar Dehnübungen machen und mich etwas aufwärmen. Gestern Abend habe ich nicht geraucht und fast keinen Alkohol getrunken. Ich bin also vorbereitet auf das Match, zumindest soweit das in der Kürze der Zeit machbar war.

Timothys Tenniskleidung muss vom gleichen Schneider stammen wie seine Zweireiher. Ich war nicht auf Tennis vorbereitet und habe lediglich ein paar Laufschuhe eingepackt. Zu denen trage ich jetzt irgendeine kurze Hose und irgendein T-Shirt. Das ist aber auch egal, weil mein Ruf in modischer Hinsicht sowieso ruiniert ist.

«Was halten Sie von einem Match?», fragt Timothy nach ein paar Ballwechseln zum Warmwerden.

«Gerne», antworte ich prompt. Die Frage habe ich schon erwartet, deshalb entgegne ich direkt: «Ihr Aufschlag, Timothy.»

Wir einigen uns darauf, die Seiten nicht während des Matches zu wechseln, ansonsten gelten die offiziellen Regeln.

Timothy schlendert lässig zur Grundlinie: «Möchten Sie vielleicht um einen Einsatz spielen, damit es interessanter wird?»

«Ja, ich würde gern mein Sommerhaus in den Hamptons setzen», erwidere ich und schlendere ebenso lässig zur Aufschlaglinie.

Timothy stutzt, dann erwidert er: «Okay, ich setze ein Londoner Stadthaus dagegen. Ich denke da an eines in Notting Hill. Es wird Ihnen gefallen.»

Jetzt stutze ich. «Das war nur ein Witz. Ich habe überhaupt kein Sommerhaus in den Hamptons», sage ich, während ein Schmetterball an mir vorbeirauscht und hinter mir in den Maschendrahtzaun rasselt.

Timothy grinst. «Das habe ich mir schon gedacht. Ich hätte sowieso kein Interesse an einem Haus in den Hamptons. Ist schon lange keine gute Gegend mehr.» Er zeigt mir den nächsten Ball. Ich nicke und begebe mich leicht verärgert in Position. Ich finde, es reicht, dass Timothy den ersten Punkt gemacht hat, da muss er nicht auch noch das letzte Wort haben.

Eine ganze Weile ist das Spiel ausgeglichen, zumindest sehe ich es so. Wir schenken uns nichts und kämpfen verbissen um jeden Ball. Immer wieder bringe ich Timothy in arge Bedrängnis, aber er schafft es beständig, seinen Kopf aus der Schlinge zu ziehen. Ich muss zugeben, er spielt ziemlich gut.

Ich habe das Gefühl, wir spielen knapp drei Stunden, weshalb es mich überrascht, dass das Match nach fünfunddreißig Minuten vorbei ist. Timothy gewinnt mit sechs zu null, sechs zu null und sechs zu null. Während ich schweißüberströmt feststelle, dass mein linkes Bein ein bisschen zittert, zieht Timothy einen Kamm hervor und bringt damit eine Haarsträhne, die ihm während des Spiels ins Gesicht gefallen ist, wieder in Form. Er sieht jetzt exakt so aus wie vor dem Match.

«Sind Sie sicher, dass Sie zwei Stunden durchstehen?», fragt er.

Nein. Ich bin sicher, dass man für mich bereits in zehn

Minuten eine schöne Seebestattung organisieren kann, wenn ich mich weiterhin so abrackern muss wie in der letzten halben Stunde.

«Selbstverständlich», sage ich. «Seitenwechsel.»

Auf der anderen Seite herrschen wesentlich bessere Lichtverhältnisse, ich bin überzeugt, Timothy hat deshalb gewonnen. Ich komme trotzdem nicht so richtig ins Spiel. Einen Ball verliere ich, weil mich mein zitterndes Bein zu Fall bringt, einen anderen, weil ich aufgrund von Kreislaufproblemen kurzzeitig erblinde.

Beim Stand von sechs zu null und sechs zu null beschließe ich, diesen Vormittag als Erfolg zu werten, wenn es mir gelingt, auch nur ein einziges gottverdammtes Spiel zu gewinnen. Obwohl die Temperatur auf dem Platz beständig steigt und ich mit leichter Besorgnis Lähmungserscheinungen in meinem linken Arm bemerke, kämpfe ich wie ein Löwe.

Es steht fünf zu null im dritten Satz, als mir im sechsten Spiel ein Einstand gelingt, der die alles entscheidende Wende bringen könnte.

Da klingelt plötzlich Timothys Handy. Es ist Iris. Er zuckt bedauernd mit den Schultern: «Entschuldigen Sie bitte, aber das wird länger dauern. Vielen Dank, Sportsmann. Hat Spaß gemacht mit Ihnen.»

Er wirft sich sein unbenutztes Handtuch über die Schulter, verlässt den Platz und schlendert telefonierend in den Garten.

Ich humpele zur Bank und setze mich. Ich könnte die Sache so auslegen, dass Timothy mit dem Verlassen des Platzes nach internationalem Reglement das Spiel aufgegeben hat. Die Wahrheit ist, er hätte keine drei Minuten gebraucht, um auch diesen Satz zu gewinnen. Ich sollte mich deshalb nicht grämen, sondern darüber freuen, dass ich dem Tod nochmal von der Schippe gesprungen bin.

Als ich etwas später mein Zimmer betrete, geht es mir bereits besser. Ich habe noch eine Stunde Zeit bis zur ersten Sitzung, genug für eine kalte Dusche und ein leichtes Frühstück. Ich öffne die Tür zum Bad. Zu meinem großen Erstaunen erblicke ich Audrey. Sie steht nackt vor meinem Spiegel und ist gerade dabei, sich das Gesicht einzucremen.

«Hallo», sagt sie.

«'tschuldigung», erwidere ich und schließe die Tür. Mein erster Gedanke ist, dass ich beim Tennis einen Hirnschlag erlitten habe. Dann komme ich auf die Idee, dass ich mich im Zimmer geirrt haben könnte. Ich sehe mich um und stelle fest, dass das nicht der Fall ist.

Ich überlege. Habe ich da wirklich gerade gesehen, was ich zu sehen geglaubt habe? Vorsichtig öffne ich erneut die Badezimmertür. Kein Zweifel, Audrey steht immer noch nackt vor meinem Spiegel.

«Was ist denn?», will sie wissen.

«Das hier ist ein bisschen merkwürdig», sage ich.

«Was ist merkwürdig?» Sie blickt mich erstaunt an.

«Na, dass Sie in meinem Bad sind.»

Audrey mustert mich lächelnd. «Ich finde es höchstens merkwürdig, dass wir uns siezen. Eine nackte Frau und ein ziemlich verschwitzter Mann könnten auch du zueinander sagen, oder?»

Jetzt muss auch ich lächeln. «Das stimmt», erwidere ich. «Ich frage mich trotzdem, was du in meinem Bad machst.»

Audrey zeigt auf eine Tür, die ich bislang übersehen habe. «Das hier ist nicht nur dein Bad, es ist unser Bad. Das

Haus ist so gebaut, dass sich immer zwei Zimmer ein Bad teilen.»

«Aha», sage ich und freue mich einerseits darüber, dass mein Hirn offenbar noch funktioniert. Andererseits ist es mir peinlich, dass ich die Tür nicht schon früher bemerkt habe, denn dann würde ich jetzt hier nicht blöd rumstehen und Audrey bei ihrem Schönheitsprogramm stören.

«Bisher habe ich mir das Bad immer mit Iris geteilt, deshalb hab ich vergessen abzuschließen», erklärt Audrey. «Aber wenn du willst, kannst du gerne duschen. Ist kein Problem für mich.»

«Danke», sage ich. «Ich hab Zeit. Ich werd einfach später ...» Ich vollende den Satz nicht, sondern schließe rasch die Tür. Ich mag zwar Audreys unkomplizierte Art, möchte aber einen professionellen Abstand zur gesamten Eigentümerfamilie aufrechterhalten. Den sehe ich nicht gegeben, wenn ich mit ausgewählten Familienmitgliedern Körperpflege betreibe.

Es klopft. Audrey schaut herein. Sie hat sich inzwischen einen Bademantel übergezogen. «Paul, ich weiß, dass du gleich eine Sitzung hast. Ich brauch hier aber noch ein bisschen. Also sei nicht albern und spring unter die Dusche.» Sie schließt die Tür und öffnet sie im nächsten Moment wieder. «Außerdem bringt es mein Job mit sich, dass ich öfter nackte Männer sehe. Unterwäschemodels sehen das nicht so eng, wenn man ihnen beim Umziehen zuschaut. Du kannst also sicher sein, dass dein Anblick mich nicht aus der Fassung bringt.» Sie lächelt und schließt endgültig die Tür.

Tja. Da hat sie nun auch wieder recht. Wir sind schließlich erwachsene Menschen. Und ich will ja auch nicht prüde erscheinen – wobei ich nicht mal sicher bin, ob Audrey das Wort überhaupt kennt.

Ich betrete also das Bad, ziehe mein T-Shirt aus und sehe, dass Audrey mir im Spiegel zulächelt, derweil sie Lotion in ihren Handflächen verteilt.

Ich entledige mich meiner Hose erst, als ich schon in der Dusche stehe und den Vorhang zugezogen habe. Das ist vielleicht ein bisschen albern, aber ich will nicht den Eindruck erwecken, dass ich Audrey unbedingt meinen nackten Körper zeigen möchte. Außerdem scheue ich Vergleiche mit professionellen Unterwäschemodels.

Ich öffne den Hahn. Das Wasser ist angenehm kühl. Eine Weile tue ich nichts und genieße das Gefühl, in einem Sommerregen zu stehen. Ich spüre, dass meine Lebensgeister zurückkehren, und beginne, mich mit einem Duschgel einzuschamponieren, das verspricht, «vitalisierend» zu sein. Mit etwas Glück bin ich in ein paar Minuten also wieder topfit.

Der Vorhang wird nun zur Seite geschoben. Audrey betritt ganz selbstverständlich die Dusche. Ich bin leicht verunsichert, weil ich aussehe wie jemand, der überstürzt eine Schaumparty verlassen hat. Viel mehr verunsichert mich allerdings Audreys Blick. In ihm ist zu lesen, dass sie jetzt gerne Sex mit mir hätte.

«Ich finde das keine gute Idee», sage ich.

WAS FÜR EIN ZUFALL

Ich hatte eben Sex mit Audrey. Erstaunlich, dass mein Körper das hinbekommen hat, obwohl ich nach dem Match mit Timothy bereits klinisch tot war. Die vergangenen Monate haben mir viel Arbeit und wenig Sex beschert. Deshalb wollte mein Lustzentrum die günstige Gelegenheit wohl nicht verstreichen lassen und hat alle körperlichen Reserven mobilisiert.

Wobei Audrey auch ziemlich mobilisierend wirkt, denn sie ist nicht nur jung und schön, sondern auch ansprechend verludert. Jetzt ist mein Duschgel leer, der Vorhang hat an einer Ecke einen Riss, und ich weiß, wie ihr Tattoo aussieht. Vielleicht gibt es ja da draußen doch einen Gott, der mir als Trost für meine schändlichen Leistungen auf dem Tenniscourt einen Quickie mit einem Hippiemädchen spendiert hat.

Obwohl ich mich im Moment ziemlich gut fühle, weil mein Gehirn in Hormonen badet, ärgert mich, dass ich meinen Prinzipien untreu geworden bin. Das ist zwar nichts Neues, aber ich dachte, mit zunehmendem Alter wäre es einfacher, seinen Prinzipien zu folgen. Das Gegenteil scheint der Fall zu sein. Zum einen ist mein professioneller Plan im Eimer. Zum anderen habe ich immer noch eine Schwäche für Iris, was mich aber nicht daran gehindert hat, mit ihrer Schwester unter die Dusche zu steigen. Ein moralisch akzeptables Verhalten sieht definitiv anders aus. Da würde mir wohl auch die Familie von Beuten zustimmen. Wenn herauskäme, dass ich mit Audrey geschlafen habe, wäre meine Zeit als Vorstandschef zu Ende, bevor sie überhaupt begonnen hätte. Elisabeth mag mich sowieso nicht, für sie wäre die Gelegenheit ideal, mich abzuschießen. Timothy und Konstantin würden sich auf die Seite der Patriarchin schlagen, gefolgt von Melissa, die bestätigt fände, dass Männer meines Alters entweder beziehungsunfähig, suchtkrank oder verhaltensauffällig sind. In gewisser Weise hat sie sogar recht, ich hätte mich unter der Dusche ja auch anders entscheiden können. Ich habe mich also moralisch zweifelhaft verhalten, was mich nun politisch in große Schwierigkeiten bringen könnte. Kurz gesagt: der Klassiker.

«Dr. Schuberth?» Konstantin reißt mich aus meinen Gedanken. Seit mehr als zwei Stunden reden wir über die künftige Geschäftspolitik, und er wird nicht müde, sich als Traditionalist in Szene zu setzen. Jeder seiner Diskussionsbeiträge dreht sich um das Bewahren des Erreichten durch effizientes Kostenmanagement und einen umfassenden Investitionsstopp. Wäre Konstantin ein hanseatischer Kaufmann, würde er sich zum einen weigern, die alten Windjammer durch moderne Containerschiffe zu ersetzen, und zum anderen bei den Segeln sparen.

Da es sich heute um unser erstes Treffen handelt, halte ich mich mit meiner Meinung zurück. Morgen möchte ich eine Analyse der massiven Verluste in unseren Printprodukten durch konkurrierende Online-Dienste vorstellen, danach müsste auch Konstantin einsehen, dass man eine Sturmflut nicht verhindert, indem man seine Gummistiefel verscherbelt.

«Entschuldigung, ich war gerade in Gedanken. Wie war Ihre Frage?»

Konstantin streckt sich in seinem Sessel, man merkt, er fühlt sich ungeheuer kreativ und effizient. «Ich habe angeregt, die Porto-Politik im Verlag genau unter die Lupe zu nehmen, und wollte wissen, was Sie davon halten, Dr. Schuberth.»

Ratlos schaue ich in die Runde. Timothy blickt zur Decke, er scheint die Sitzung auch etwas zäh zu finden. Der alte von Beuten wirkt schon seit einer Stunde teilnahmslos. Wahrscheinlich ist ihm ebenso langweilig wie mir, weshalb er im Geiste die Alkoholvorräte durchgeht oder neue Cocktails kreiert.

«Die Porto-Politik», sage ich und habe keinen blassen Schimmer, was Konstantin meinen könnte.

«Genau», erwidert der beflissen. «Wir verschicken täglich Briefe, Zeitungen und Pakete. Ich vermute, da gibt es ein enormes Einsparpotenzial.»

«Ich werde das überprüfen», erwidere ich und kritzele «Porto-Politik» auf meinen Block. Dort stehen inzwischen rund ein halbes Dutzend Vorschläge von Konstantin. So regt er beispielsweise an, die im Verlag verwendeten Seifen- und Papierhandtuchspender mit dem Hinweis «Sei sparsam» zu versehen oder die Firmenwagen nur noch vierzehntäglich statt wöchentlich zu waschen. Außerdem hat Konstantin die bahnbrechende Idee, künftig im Verlag keine Heißgetränke mehr auszuschenken. Mal abgesehen davon, dass es Kunden und Bankvertretern großes Vertrauen in die Zukunft eines Unternehmens gibt, wenn man ihnen Leitungswasser vorsetzt, hat Konstantin übersehen, dass die Mitarbeiter längst für ihren Kaffee zahlen. Es gibt mehrere Münzautomaten im Haus, am Ende des Monats bleibt nach Abzug der Kosten sogar noch etwas Geld übrig, davon macht die Belegschaft einmal im Jahr einen Ausflug oder ein Grillfest.

«Müssen wir das denn machen mit dem Grillfest?», hatte Konstantin auf meine Erklärung hin ebenso forsch wie investigativ nachgehakt.

«Wir könnten beim Grillfest auf das Grillen verzichten», hatte ich gescherzt, was Konstantin aber wohl für einen ernsthaften Vorschlag hielt, denn er nickte und machte sich Notizen.

In diesem Moment begann meine innere Emigration. Ich bin mir im Klaren darüber, dass Unternehmen effiziente Strukturen brauchen und deshalb Kosten reduziert werden müssen, wo immer das möglich ist. Trotzdem finde ich es ziemlich widerlich, wenn millionenschwere Eigentümer auf ihren Yachten und mallorquinischen Sommerresidenzen darüber grübeln, wie sie in ihren Unternehmen Toilettengebühren einführen oder den Mitarbeitern die Pinkelpausen vom Gehalt abziehen können.

Zum Glück muss ich mich nicht länger aufregen, denn unsere Erbsenzählerrunde neigt sich dem Ende zu. Konstantin dankt den Anwesenden für den konstruktiven Vormittag und beschließt die Sitzung.

«Ach, eine Kleinigkeit noch, Dr. Schuberth», sagt er, als wir schon im Aufbruch begriffen sind. «Ich hatte heute Morgen Gelegenheit, mit Mutter über Ihre Vorschläge für die personelle Besetzung des Vorstands zu sprechen. Dr. Raakers scheidet ja aufgrund seiner Probleme leider als Ihr Stellvertreter aus ...»

Raakers hat sich kürzlich von seiner Frau getrennt und sich zu seiner Homosexualität bekannt. Mag sein, dass er momentan Probleme hat, die sind aber wahrscheinlich kleiner als jenes, ständig mit dem falschen Geschlechtspartner im Bett zu liegen.

«Es ist ja sowieso fraglich, ob er seine Aufgaben perspektivisch überhaupt noch erfüllen kann ...»

Görges, mein Vorgänger, hat mich bereits davor gewarnt, dass die konservative Familie von Beuten enorme Schwierigkeiten mit einem schwulen Finanzchef haben wird. Konstantins Attacke trifft mich also nicht ganz unvorbereitet.

«Was aber nun Ihren Wunsch betrifft, Herrn Schamski zum stellvertretenden Vorstandsvorsitzenden zu machen, so möchte Mutter in dieser Sache ihr Veto einlegen.»

Jetzt bin ich doch baff. Elisabeth von Beuten akzeptiert Schamski nicht als meinen Stellvertreter. Das freundlich formulierte Veto ist nichts anderes als ein klares Nein.

«Das wundert mich. Ich habe Herrn Schamski nicht nur ausgewählt, weil er viele Jahre im Verlag tätig ist, sondern auch, weil er ...»

Weiter komme ich nicht, denn Konstantin fällt mir ins Wort. «Herr Schamski hat mit Sicherheit eine Menge Qualitäten, Dr. Schuberth. Mutter glaubt aber nicht, dass er die politischen Fähigkeiten besitzt, den Verlag alleine zu führen, falls Sie längerfristig verhindert sind.» Konstantin sagt es mit einer Verbindlichkeit, die ich ihm gar nicht zugetraut hätte. «Und ich muss gestehen, ich stimme Mutter zu. Herr Schamski ist gelernter Automechaniker, hat dann eine Umschulung gemacht, war mal selbständig und ist schließlich als Anzeigenverkäufer bei uns gelandet.»

«Und hat sich zum Vertriebschef hochgearbeitet», hake ich ein.

«Trotzdem ist sein Lebenslauf alles andere als vertrauenerweckend», erwidert Konstantin ungerührt. «Außerdem verfügt Herr Schamski nicht mal über eine akademische Ausbildung.»

Da liegt also der Hase im Pfeffer. Im Hause von Beuten umgibt man sich mit Aristokraten und Akademikern. Alle anderen dürfen Hecken schneiden oder die Küche in Ordnung halten.

Für einen Moment habe ich große Lust, Konstantin zu sagen, dass er seinen Scheiß allein machen kann. Ich besinne mich aber und erwidere: «Ich möchte mir das gerne durch den Kopf gehen lassen.»

«Tun Sie das», erwidert Konstantin jovial. «Wir können ja später nochmal darüber sprechen, welche Kandidaten sonst noch in Frage kommen.»

Bevor ich etwas erwidern kann, hat er zusammen mit Timothy das Zimmer verlassen. Der alte von Beuten erhebt sich, klopft mir kurz auf die Schulter und sieht mich mit einem verständnisvollen Blick an, der zu sagen scheint: Nimm es nicht allzu tragisch, alter Junge. Elisabeth hat schon ganz anderen Leuten den Vormittag versaut – und mir das ganze Leben.

Für den mittäglichen Bootsauflug nebst Picknick in einer einsamen Bucht habe ich mich bereits beim Frühstück abgemeldet. Ich möchte die morgige Präsentation nochmal durchgehen und muss ein paar Telefonate führen. Ich hätte jetzt sowieso keine Lust, mit den von Beutens Höflichkeiten auszutauschen. Konstantins Blasiertheit und Elisabeths Selbstherrlichkeit gehen mir wahnsinnig auf den Senkel. Um mich zu beruhigen, mache ich einen Spaziergang. Leider falle ich dabei Melissa in die Hände.

«Mr. Schuberth! Wie schade, dass Sie nicht an unserem kleinen Ausflug teilnehmen können.» Sie hakt sich geschmeidig bei mir ein.

Wir gehen ein paar Meter, derweil sie sich umsieht, ob jemand in Hörweite ist. «Warum bist du gestern Nacht nicht gekommen?», fragt sie und fügt in gespielt tadelndem Ton hinzu: «Das ist keine Art für einen Gentleman. Ich habe auf dich gewartet.»

Zum einen bin ich kein Gentleman, zum anderen hatte ich gehofft, Melissa würde den Plan, mit mir eine Familie zu gründen, noch einmal überdenken, wenn ich dem Rendezvous unhöflicherweise einfach fernbliebe.

«Ich hatte uns eine Flasche Champagner mitgebracht», sagt sie und flirtet. «Ich dachte, wir würden mit dem Boot ein Stück rausfahren und den Sternenhimmel betrachten.»

Was Frauen Männern in den letzten Jahrzehnten so alles abgeguckt haben, ist wirklich beängstigend.

«Melissa, du bist eine attraktive Frau ...», beginne ich, aber sie winkt ab.

«Paul, das weiß ich. Ich bin attraktiv, ich habe Geld, ich mag gutes Essen, edle Weine und luxuriöse Hotels. Außerdem bin ich gebildet, und man kann sich ausgezeichnet mit mir unterhalten.» Sie sieht mir direkt in die Augen und bellt: «Was, zur Hölle, spricht also gegen ein Rendezvous mit mir?»

«Nichts», erwidere ich kleinlaut.

Allenfalls die Tatsache, dass Melissa mir Angst einjagt.

«Aber ...?», fragt sie bedrohlich.

Ich überlege angestrengt. «Ich wollte Berufliches und Privates nicht vermischen», versuche ich mich zu retten.

Ich bin nicht eben stolz auf diese Finte.

Sie mustert mich, überlegt nun ihrerseits. «Und das ist keine Ausrede?»

«Nein!», lüge ich wie aus der Pistole geschossen.

Sie sieht mich immer noch an und scheint sich etwas zu entspannen.

«Gib uns einfach ein paar Tage Zeit», sage ich und mache einen leicht zerknirschten Eindruck, als sei ich selbst unglücklich darüber, unsere Romanze kurzzeitig aufschieben zu müssen. «Lassen wir es ruhig angehen, was hältst du davon?»

Sie überlegt, während ich mich angemessen dafür schäme, was für ein Schmierentheater ich ihr da gerade vorspiele.

«Okay», sagt sie mit einem Lächeln. «Ich warte.» Sie küsst mich kurz auf die Wange und wendet sich ab. Im nächsten Moment dreht sie sich noch einmal um und wirft mir einen koketten Blick zu: «Aber ich warte nicht zu lange, Mr. Schuberth.»

Sie flaniert Richtung Bootssteg, ich sehe ihr nach. Sollte sie rauskriegen, dass ich heute Morgen mit Audrey gevögelt habe, wird Melissa von Beuten nicht eher ruhen, bis ich mit einem Anker um den Hals auf dem Grund des Meeres liege. So viel ist sicher.

Als ich etwas später die Unterlagen für meine morgige Präsentation studiere, kann ich mich nicht richtig konzentrieren. Ich ärgere mich. Es war eine idiotische Idee, mit Audrey zu schlafen. Ich hätte das wissen müssen. Die größten Komplikationen auf der Welt entstehen durch unkomplizierten Sex. Wenn Audrey unser Tête-à-Tête ausplaudert, was nicht unwahrscheinlich ist, weil sie sowieso das Herz auf der Zunge trägt, dann kann ich meine Koffer packen. Außerdem regt es mich auf, dass Elisabeth Schamski nicht im Vorstand duldet. Ich möchte um keinen Preis auf ihn als meinen Stellvertreter verzichten. Wenn nicht die Affäre mit Audrey gegen den Job spricht, dann die Personalie

Schamski. Im Prinzip kann ich den Kram also auch hinschmeißen. Ich überlege und merke dabei, dass ich noch keine Lust habe, jetzt schon die Flinte ins Korn zu werfen. Ich muss mit Audrey reden. Und ich muss Schamski anrufen.

Ich greife zum Handy und wähle seine Nummer.

«Wie läuft's im Circus Maximus?» Er ist bester Laune.

«Geht so. Ich hab mit der jungen von Beuten geschlafen. Und deren Tante stellt mir nach. Außerdem hassen mich alle, ich soll Raakers feuern, und sie wollen dich nicht als meinen Stellvertreter. Ob ich den Job überhaupt bekomme, ist mehr als fraglich.»

Eine kurze Pause entsteht.

«Na, das klingt doch alles lösbar», sagt Schamski gemütlich.

«Kannst du nach Mallorca kommen?»

«Klar. Wann?»

«Morgen früh. Zur Sitzung. Ich möchte, dass sie dich kennenlernen. Wenn sie dann immer noch der Meinung sind, du bist der Falsche für den Job, dann sehen wir weiter.»

«Die Kavallerie ist unterwegs», sagt Schamski sonnig.

«Die Kavallerie soll Anzug und Krawatte mitbringen», erwidere ich.

«Ich lasse mir nichts von Zivilisten befehlen», sagt Schamski und legt auf.

Etwas später stehe ich vor dem Gartenhaus von Uschi und Jupp. Ich möchte fragen, ob ich einen Wagen bekommen kann, um in die Stadt zu fahren. Einerseits schulde ich Günther noch einen Anruf, den ich aus Gründen der internationalen Sicherheit von einem öffentlichen Telefon aus führen muss, andererseits würde ich wahnsinnig gern normale Menschen sehen und einen Drink in einem normalen Café nehmen.

Ich klopfe.

«Ja!», ruft Uschi fast im selben Moment.

Ich öffne die Tür und stoße dabei gegen eine leere Flasche. Sie rollt laut klackernd über die Terrakottafliesen.

Jetzt sehe ich den Hinterkopf von Uschi. Sie liegt im Bett, ihre blonden Haare sind zerzaust. Dahinter ragen ihre großen, nackten Brüste unter der Bettdecke hervor.

Ich will gerade eine Entschuldigung stammeln, weil ich offenbar etwas falsch verstanden habe, da taucht zwischen Uschis Brüsten der Kopf des alten von Beuten auf.

«Es ist nicht so, wie Sie denken, Paul», sagt er leicht lallend.

«Genau! Der Karl und isch, wir lieben uns!», ruft Uschi.

Binnen der nächsten Minuten erfahre ich, dass Karl und Uschi seit fast zwanzig Jahren ein heimliches Liebespaar sind. Sie kannten sich schon, als Uschi und Jupp noch ihren Suppenimbiss betrieben. Karl hat es arrangiert, dass die beiden auf das Anwesen der von Beutens ziehen konnten. Jupp ist nicht Uschis Mann, sondern ihr Bruder. Er kam auf die Insel, weil er sich in eine Kneipiersgattin aus Palma verliebte. Nachdem er deren Ehemann überlebt hatte, hätte Jupp eigentlich bei der Witwe einziehen können, behielt aber seinen Wohnsitz im Gartenhäuschen bei, um Uschis Tarnung nicht zu gefährden. Gäbe es in der ganzen Geschichte noch eine verscharrte Leiche und einen diabolischen Staatsanwalt, könnte man einen prima Groschenroman daraus machen.

Ich gönne Elisabeth von Herzen, dass ihr Mann sie mit Uschi betrügt. Und ich gönne der frostigen Patriarchin auch, dass es sich bei ihrer Nebenbuhlerin um eine Frau aus dem Volk handelt, die obendrein zum Personal gehört und keine akademische Ausbildung hat, weil Uschi damit nämlich all das in sich vereint, was Elisabeth zutiefst verachtet.

Mehr noch gönne ich Karl und Uschi ihre heimliche Romanze. Ich verspreche deshalb, bei niemandem auch nur ein Sterbenswörtchen darüber zu verlieren. Die beiden wollen mich für mein Schweigen bezahlen, aber ich lehne selbstredend kategorisch ab. Außerdem finde ich es rührend, dass sie seit Ende der Achtziger darauf sparen, eines Tages ein neues Leben anzufangen. Uschis bescheidene Ersparnisse und Karls noch bescheideneres Taschengeld werden aber wohl erst nach Karls neunzigstem Geburtstag für einen Neuanfang reichen. Wenn überhaupt.

Auf dem Weg in die Stadt bin ich bester Laune. Das Cabrio schnurrt die Serpentinen entlang, ein warmer Wind streicht durch mein Haar, in der Ferne glitzert das Meer. Ein schöner Tag, und das in doppelter Hinsicht, denn ich habe gerade neue Verbündete gefunden.

Das Städtchen wirkt verschlafen und wenig touristisch. Im Zentrum gibt es einen kleinen Marktplatz mit einem Brunnen. Wie ich richtig vermutet habe, befindet sich dort auch ein Café. Es ist bunt eingerichtet und macht einen freundlichen Eindruck. Die meisten Gäste sitzen plaudernd und trinkend im Freien, drinnen ist es fast leer.

Ich stehe an der Theke, nippe abwechselnd an meinem Café con leche und meinem Mineralwasser und wähle mit dem Hausapparat Günthers Nummer in Kansas. Die Verbindung ist jetzt in seinem Sinne zwar sicher, dafür kann das halbe Städtchen unser Gespräch mitverfolgen. Das werde ich ihm aber dezent verschweigen.

«Okay, ich rufe dich gerade von einem öffentlichen Fernsprecher aus an. So, wie du es wolltest. Also, was gibt's?»

«Das erklär ich dir später. Ich brauch deine Hilfe.»

Ich spüre, dass ihn etwas beunruhigt.

«Hast du Ärger mit der Polizei oder so?»

«Nein!», erwidert Günther entschieden. «Überhaupt nicht! Aber hör auf, mich zu löchern. Sag einfach, ob du mir hilfst.»

Oft entpuppen sich Günthers gewaltige Probleme bei näherem Hinsehen als mikroskopisch kleine Schwierigkeiten. Ich weiß das aus Erfahrung. Mir ist aber auch klar, dass Günther nicht eher Ruhe gibt, bis er das selbst herausgefunden hat. Ich stecke also mal wieder mitten in einem von seinen bekloppten Plänen zur Lösung eines wahrscheinlich bekloppten Problems.

«Klar helfe ich dir», seufze ich. «Was soll ich tun?»

«Im Moment noch gar nichts», sagt Günther. «Aber ich werde dir eine Botschaft zukommen lassen. Und dann musst du dich bereithalten.»

«Ausgezeichnet», sage ich. «Soll ich uns denn schon mal Waffen besorgen? Und falsche Pässe?»

Günther atmet geräuschvoll aus. «Paul, ich hab hier 'n Problem. Da musst du mich nicht auch noch verarschen.»

«Günther», sage ich freundschaftlich. «Jetzt rück doch mal raus mit der Sprache. Vielleicht ist die Sache gar nicht so kompliziert, wie du denkst.»

«Doch, ist sie», erwidert Günther. «Ich meld mich.» Dann wird das Gespräch beendet.

Ich lege auf und nehme meinen Kaffee nebst Wasser, um mich ins Freie zu setzen. In diesem Moment tritt eine Frau an die Theke. Ich erstarre. Es ist Iris. Fast hätte ich sie nicht erkannt, denn statt ihrer dunklen Locken trägt sie eine blonde Hochsteckfrisur. Überhaupt wirkt sie völlig verändert. Früher habe ich sie fast nur in Jeans und Pulli gesehen, jetzt ist sie in ein Haute-Couture-Kleid in sommerlichem Gelb und Rot gehüllt. Nichts erinnert mehr an die Tierärztin im schmutzig grauen Kittel, die vor ein paar Monaten meinem Hund das Leben gerettet und mir das Herz gestohlen hat. Aus dem zarten Engel ist eine mondäne Frau von Welt geworden.

Sie bemerkt mich und scheint überrascht, aber auch ein bisschen erfreut. «Paul», sagt sie und versucht, entspannt zu wirken, aber das gelingt ihr nicht ganz.

«Hallo, Iris», erwidere ich und merke, dass meine Stimme weich klingt, fast ein wenig sehnsüchtig.

Sie lächelt, und ich habe plötzlich das Gefühl, unser letztes Treffen läge nur ein paar Tage zurück und nicht schon Monate. Für einen kurzen Moment sehe ich jene Frau vor mir, mit der ich ein gemeinsames Leben gewagt hätte, die sich aber entschieden hat, einen anderen zu heiraten.

Erinnerungen blitzen auf. Ein Abendessen, leidenschaftlicher Sex, eine Hochzeitsgesellschaft. Dann ist Iris aus meinem Leben verschwunden. Ich sitze mit einer Flasche Wein in meiner Küche und beschließe, von nun an nicht mehr dem Glück hinterherzulaufen.

Gut vier Monate ist das her. Bislang habe ich mich an den Entschluss gehalten. Erst im Flugzeug, als ich das Foto von Iris sah und mir klar wurde, dass der Zufall uns wieder zusammenführen würde, war ich versucht, meinen Vorsatz über Bord zu werfen. Jetzt, wo sie mir gegenübersteht, merke ich, dass ich mich seit diesem Moment innerlich warm laufe, um dem Glück doch noch einmal hinterherzusprinten.

«Magst du dich setzen? Vielleicht was trinken?» Ich sage

es in einem möglichst lockeren Tonfall, obwohl ich ein wenig nervös bin.

Sie lächelt scheu. «Timothy hat mich vom Flughafen abgeholt. Er wollte noch ein paar Besorgungen machen. Sicher ist er gleich hier.»

Verstehe. Sie hat nicht erwähnt, dass wir uns kennen. Weder ihrer Familie noch ihrem Mann gegenüber. Das war zu erwarten. Trotzdem bin ich ein bisschen enttäuscht.

«Sicher», sage ich. «Ich wollte auch nicht ...»

«Schon okay», erwidert Iris. «Vielleicht tun wir einfach so, als hätten wir uns nicht getroffen.»

Im gleichen Moment sehe ich in dem großen Spiegel hinter der Bar das Profil von Timothy, der gerade das Café betritt. Ohne ein weiteres Wort wende ich mich von Iris ab und tue so, als würde ich meinen Terminkalender studieren.

«Darling! Da bist du ja», höre ich in der nächsten Sekunde Timothy rufen.

Er kommt näher: «Hast du schon was bestellt?»

«Noch nicht», erwidert Iris.

«Wollen wir dann nicht lieber gleich fahren? Wir sind sowieso schon ein bisschen knapp ...» Er unterbricht sich. «Paul? Sind Sie das?»

Ich drehe mich um, spiele den Überraschten. «Timothy. Hallo.»

Die Situation behagt Iris nicht, das lese ich in ihren Augen.

«Was für ein Zufall», stellt Timothy amüsiert fest. «Darling, darf ich dir unseren Gast Dr. Paul Schuberth vorstellen? Ich hab dir schon von ihm erzählt. Er ist der kommende Mann im Verlag, muss aber noch ein kleines bisschen an seiner Rückhand arbeiten.» Er grinst breit.

Danke, Sportsmann, dass du Iris gleich mal meine Blamage beim Tennis auf die Nase gebunden hast.

«Freut mich», sage ich und reiche Iris die Hand.

«Ganz meinerseits», erwidert sie und lächelt leicht gequält.

«Entschuldigen Sie, Paul», sagt Timothy. «Aber wir wollten gerade los.»

«Lassen Sie sich nicht aufhalten», erwidere ich. «Wir sehen uns ja später beim Abendessen.»

«Genau.» Timothy zieht Iris sanft mit sich, und die beiden streben dem Ausgang zu. Ich sehe ihnen hinterher und habe die leise Hoffnung, dass Iris sich noch einmal kurz zu mir umschauen könnte. Aber sie tut nichts dergleichen, sie vermeidet sogar, mich anzusehen, als sie mit Timothy an dem Fenster vorbeigeht, hinter dem ich an der Bar stehe.

MÄNNER SIND KOMISCH

Es ist noch Zeit bis zum Abendessen, also fahre ich ans Meer, setze mich dort auf einen Felsen und genieße den Blick auf das makellose Blau.

Es dauert keine zwei Minuten, da geht mein Handy. Lisa hat mit Gordon darüber gesprochen, wie man die Geschichte mit Fred und den Rottweilern aus der Welt schaffen könnte. Leider ist Gordon nicht sehr entgegenkommend. Prinzipiell ist er bereit, sich außergerichtlich zu einigen, allerdings nur gegen Zahlung eines hohen fünfstelligen Betrages.

«Was heißt das?», frage ich und ahne, dass mein meditativer Moment am Meer gleich ein jähes Ende finden wird.

«Er will fünfundzwanzigtausend Dollar», erwidert Lisa. «Und zwar ...»

«Fünfundzwanzigtausend?», motze ich. «Für zwei Scheißrottweiler?»

«Wenn du mich ausreden lassen würdest, könnte ich es dir erklären», sagt Lisa ruhig, aber hörbar gereizt. «Er will fünfundzwanzigtausend pro Hund. Also fünfzigtausend für beide. Weil es nämlich Bühnenhunde sind.»

«Bühnenhunde für fünfzigtausend Dollar? Wer sind die beiden? Simon und Garfunkel?»

«Reg dich nicht so auf», sagt Lisa. «Die Hunde sind Teil der Bühnenshow von Gordons Rockgruppe. Sie haben eine spezielle Ausbildung. Und die war ziemlich teuer. Gordon sagt, er kann die Hunde nicht mehr einsetzen. Sie sind total verstört, Fred hat sie traumatisiert. Deshalb muss die Band neue Bühnenhunde besorgen.»

Ich blicke aufs Meer und atme tief durch. «Und was mach ich jetzt?»

«Du kannst gern nochmal selbst mit ihm reden. Aber, wie gesagt, wenn er dich in den Staaten vor Gericht bringt, kann es noch teurer werden.»

«Sag ihm, ich bin in ein paar Tagen wieder da. Dann reden wir.»

«Hab ich schon. Er glaubt, dass du auf Zeit spielen willst. Deshalb sollst du ihm eine Schuldanerkenntnis faxen. Sonst reicht er Klage ein.»

Ich überlege. «Und da gibt's keine andere Möglichkeit?», frage ich dann.

«Wie gesagt, wenn er dich in den Staaten verklagt ...»

«Schon gut», unterbreche ich. «Kannst du das für mich erledigen? Ich wollte dich sowieso bitten, mich in der Sache juristisch zu vertreten.»

«Das mit dem Fax kann ich machen», erwidert Lisa. «Ob ich dich vertreten will, weiß ich aber noch nicht. Tommi ist, wie gesagt, ziemlich sauer auf dich. Ich bin sicher, er findet es nicht so toll, wenn ich dir gegen Gordon helfe.» Sie räuspert sich. «Außerdem gibt es da nicht viel Spielraum. Du wirst zahlen müssen, die Frage ist nur, wie viel.»

«Ja, das sehen wir dann», sage ich etwas unwirsch. Ich bin nicht eben begeistert davon, dass Gordon mir meine Ersparnisse abknöpfen wird. Mehr noch ärgert mich aber, dass Tommi sich auf die Seite seines Geschäftspartners schlägt und dabei offenbar auch Lisa in Sippenhaft nimmt. Noch vor ein paar Monaten hat Tommi mir gesagt, wie glücklich er darüber ist, mich in der Familie zu haben. Daran muss ich ihn bei Gelegenheit mal erinnern.

Meine Laune ist im Keller. Ich beende das Gespräch und will aufbrechen, merke aber, dass ich mich nicht vom Anblick des Meeres und des Himmels losreißen kann. Ich setze mich also wieder, blicke in die Ferne und atme den Duft dieses Spätsommertages ein.

Alles halb so schlimm, denke ich nach einer Weile. Gordon kann das Geld haben. Ich brauche es eigentlich nicht. Obwohl ich in einer großen Wohnung lebe, guten Wein trinke, oft auswärts esse und mir auch sonst nichts versagen muss, reicht mein Gehalt sogar, um ein paar Rücklagen zu bilden. Ich schiebe jeden Monat eine mal etwas größere, mal etwas kleinere Summe auf ein Sparkonto, ohne zu wissen, wofür. Ich habe keine Frau, die ich mit Schmuck behängen kann, keine Kinder, denen ich Hobbys oder eine Ausbildung finanzieren kann, und ich selbst habe keine Wünsche, die so kostspielig wären, dass ich sie mir nicht erfüllen könnte. Was also soll ich mit dem Geld? Dann bin ich doch lieber einer der wenigen Menschen auf der Welt, die in die berufliche Entwicklung zweier Rottweiler investieren. Es gibt größeren Schwachsinn.

Zum Abendessen erscheine ich diesmal im Anzug, im Gegensatz zu den anderen Herren allerdings ohne Krawatte und mit offenem Hemd. Damit genüge ich halbwegs der Kleiderordnung, trage aber den sommerlichen Temperaturen Rechnung. Trotzdem wird mir schon nach ein paar Minuten derart warm, dass ich mein Sakko ausziehen muss. Wie Timothy, Karl und Konstantin in ihren Maßanzügen überleben können, ist mir schleierhaft. Vielleicht tragen die drei statt Unterwäsche eine Art Drainage.

Der kleine Alphons ist heute nicht dabei. Er hat am Nachmittag Hennings Bio-Honig gefunden und das Glas leergelöffelt. Jetzt liegt Alphons mit heftigem Bauchweh im Bett. Mir kommt das nicht ungelegen, denn ich habe nur diesen einen Anzug dabei, und es wäre mir lieb, wenn Alphons ihn erst am letzten Tag meines Aufenthaltes versehentlich bekleckern, zerreißen oder anzünden könnte.

Wir plaudern über Gott und die Welt. Melissa lässt kaum eine Gelegenheit aus, sich als charmante, witzige und intelligente Gesprächspartnerin in Szene zu setzen. Iris wirkt an der Seite von Timothy merkwürdig still. Ihr Mann beteiligt sich immer dann gern am Gespräch, wenn er eine Anekdote zum Besten geben kann, die seinen Status und seine finanzielle Potenz unterstreicht. Gerade erzählt er, dass er vor ein paar Jahren zwei Rennpferde gekauft hat. Eines hat sich beim «Ladies' day» in Ascot leider die Knochen gebrochen, weshalb Timothy das andere noch am selben Tag an einen Araber verkauft hat, um den wirtschaftlichen Schaden in Grenzen zu halten. Als Timothy dies einer Dame aus dem englischen Königshaus erzählte, sagte die: «Mr. Huntington, Sie wissen doch, nur wer die Wahrheit sagt, braucht ein schnelles Pferd. Das kann ja auf einen Immobilienhändler unmöglich zutreffen.»

Allgemeine Heiterkeit am Tisch, nur Iris' Lächeln wirkt bemüht. Vermutlich kennt sie die Geschichte bereits, denke ich, derweil Timothy das Wort an mich richtet: «Mögen Sie eigentlich Pferderennen, Paul?»

«Ja, durchaus», antworte ich. «Aber mein Vermieter hat mir verboten, Rennpferde in der Wohnung zu halten, deshalb habe ich mir einen Hund zugelegt.» Ich bemerke, dass Iris leicht amüsiert in meine Richtung schaut.

«Interessant. Was für eine Rasse?», fragt Elisabeth.

«Ein Mischling. Überhaupt nicht vergleichbar mit Ihrem reinrassigen Saluki», erwidere ich freundlich.

Meiner ist nämlich ein Hund und kein potthässlicher Pinsel mit Silberblick.

«Ach, Sie kennen sich aus?», sagt Elisabeth und scheint erstmals seit meiner Ankunft an einem Gespräch interessiert zu sein.

«Ein bisschen.»

Elisabeth legt das Besteck beiseite. «Es freut mich, dass Sie die Qualitäten meines Hundes erkennen, Herr Dr. Schuberth. Sie müssen wissen, ich bin sehr stolz auf Maja von Aschaffenburg ...»

Sogar der Köter ist ein Aristokrat. Das war zu erwarten.

«... sie hat sämtliche Preise gewonnen. Wir können uns gar nicht retten vor Angeboten von Züchtern, aber ich möchte in dieser Hinsicht nichts überstürzen.»

Sie blickt zu ihrem Hund, der auf einem Flokati in der Ecke liegt. Hund und Teppich sind farblich fast identisch, weshalb man schlecht erkennen kann, wo der Saluki aufhört und der Flokati anfängt.

Auch die Köpfe der anderen Anwesenden drehen sich nun in Richtung der hochdekorierten Schönheit. Maja von Aschaffenburg öffnet die Augen, hebt ihren Kopf und blickt interessiert in die Runde, wobei ihre Pinselohren umherflattern. Dann erhebt sie sich, streckt sich ein wenig und beginnt zu posieren, als würden gleich ein paar Wettkampfrichter hereinkommen.

«Sie ist ein Showtalent», sagt Elisabeth nicht ohne Stolz.

Mich erinnert sie an eine Bordsteinschwalbe, die auf Kundschaft wartet, denke ich, erwidere aber mit einem wohlwollenden Lächeln: «Ja, das sieht man.»

Elisabeth wendet sich wieder ihrem Essen zu, wie auf Kommando tun das auch die übrigen von Beutens.

«Wie schmecken Ihnen eigentlich die Gambas, Herr Dr. Schuberth?»

«Ausgezeichnet, vielen Dank, Frau von Beuten.»

«Dann greifen Sie zu», bittet Elisabeth. «Es ist genug da.»

«Das mache ich gern», erwidere ich. Während ich mir aus Höflichkeit noch zwei Garnelen auftue, spüre ich, dass sich die Atmosphäre merklich entkrampft hat. Niemandem am Tisch ist verborgen geblieben, dass Elisabeth mir soeben die Gnade erwiesen hat, mit mir zu sprechen. Eine freundliche Bemerkung über den prämierten Puderquast Maja von Aschaffenburg hat gereicht, um das Eis zu brechen. Würde ich nun noch die personellen Wünsche Elisabeths umsetzen und zudem die Handtuchspender im Verlag mit dem Hinweis «Sei sparsam» versehen, wäre mir der Job als Vorstandschef wohl sicher. Ich könnte ab jetzt ein paar entspannte Tage auf Mallorca verbringen und dabei meine gerade erfolgte Aufnahme in die bessere Gesellschaft genießen. Leider werde ich der besseren Gesellschaft nicht sehr lange angehören. Noch wissen die Anwesenden nichts von meiner eigenmächtigen Entscheidung, Schamski auf die Insel zu holen. Sobald das rauskommt, werde ich sicher wieder in Ungnade fallen, und zwar schneller, als Karl einen Horse's Neck kippen kann.

Beim Dessert ist es so weit. Konstantin hat offensichtlich etwas auf dem Herzen, denn er kann sich nicht auf seine Wildfeigen in Portwein konzentrieren. Irgendwann schiebt er den Teller beiseite und gibt sich einen Ruck. «Wenn Sie nichts dagegen haben, Dr. Schuberth, würde ich Sie gleich noch auf einen kurzen Drink in die Bibliothek bitten.» Er bemüht sich, unverfänglich zu klingen. «Sie hatten ja inzwischen Gelegenheit, über die Personalfrage von heute Morgen nachzudenken, oder?»

«Sie meinen die Personalfrage Schamski», erwidere ich leichthin.

Er nickt. «Genau, aber lassen Sie uns das gleich besprechen.»

Ich nicke nun ebenfalls. «Es hat sich nichts an meiner Einstellung geändert. Ich favorisiere Herrn Schamski nach wie vor», sage ich in einem ebenso verbindlichen wie ruhigen Ton.

Wieder entsteht diese merkwürdige Stille am Tisch. Elisabeth isst ungerührt weiter und lässt sich nicht anmerken, dass sie meine Haltung ähnlich indiskutabel findet wie die Abschaffung des Manchesterkapitalismus.

«Wie gesagt, wir sollten das später besprechen», wirft Konstantin rasch ein. Er ist bemüht, Elisabeth auf keinen Fall den Abend zu verderben.

Dann muss ich das eben machen.

«Ich habe mir die Freiheit genommen, Herrn Schamski zur morgigen Sitzung einzuladen», sage ich. Fast im gleichen Moment hört man das schrille Geräusch einer Messerklinge, die über Porzellan kratzt. Elisabeth ist beim Zerteilen einer Feige abgerutscht. Scheint so, als hätte sie gerade die Contenance verloren. Das ist doch mal was.

«Ich finde, Sie sollten sich selbst ein Bild von Herrn Schamski machen, bevor wir eine Entscheidung treffen», sage ich. Die Patriarchin legt ihr Besteck beiseite und sieht mich an. Ihr Blick ist jetzt wieder so erfrischend frostig wie ein Eisberg im Nordpolarmeer, was ich geflissentlich ignoriere. Sie erhebt sich. Ich und die anderen Herren am Tisch tun das ebenfalls.

«Ich ziehe mich jetzt zurück», sagt Elisabeth, nickt kurz

in die Runde, dreht sich um und geht. Konstantin hat kaum Gelegenheit, mir einen verächtlichen Blick zuzuwerfen, er ist vollauf damit beschäftigt, seine aufgebrachte Mutter hinauszubegleiten.

Kaum hat sie die Terrasse verlassen, setze ich mich wieder. So langsam gefallen mir die Abende im Hause von Beuten. Ich bin so frei und nehme mir noch vom Dessert. Für eine kurze Weile ist nur das Klappern des Löffels zu hören, mit dem ich Feigen auf meinen Teller befördere.

«Einen Brandy dazu?», fragt der alte von Beuten, und ich glaube, ein kaum wahrnehmbares Lächeln über sein Gesicht huschen zu sehen.

Als ich wieder auf meinem Zimmer bin, ist es noch früh. Ich habe weder Lust zu arbeiten noch Lust zu lesen. Vielleicht sollte ich mal eines der Millionen Fernsehprogramme ausprobieren, die die hauseigene Satellitenstation empfangen kann. Ich greife zur Fernbedienung, als es klopft.

Konstantin ist sichtlich verärgert, bemüht sich aber, das zu überspielen. «Ich muss Sie dringend bitten, künftig solche Entscheidungen mit mir abzusprechen», fällt er mit der Tür ins Haus. Seine Stimme zittert ein wenig.

«Ich wollte nach dem Essen mit Ihnen über alles reden», erwidere ich lammfromm. «Aber da Sie schon das Gespräch darauf gebracht haben ...»

«Wie dem auch sei», unterbricht er unwirsch. «Wann soll Uschi Herrn Schamski denn vom Flughafen abholen?» Er zieht sein kalbsledernes Filofax hervor und fingert nervös nach dem goldenen Füllfederhalter.

«Herr Schamski hat gesagt, er organisiert das selbst.»

Indigniert klappt Konstantin sein Filofax zu. «Wie Sie meinen, Dr. Schuberth. Wobei Taxis und Mietwagen rausgeschmissenes Geld sind, wenn Sie mich fragen. Einen schönen Abend noch.» Er schließt die Tür.

«Wünsche ich Ihnen auch, Herr von Beuten.» Korinthenkacker.

Ich schalte den Fernseher ein und beginne zu zappen. Die Auswahl ist beeindruckend. Ich halte den Umschaltknopf gedrückt und jage nun im Halbsekundentakt durch Shows, Nachrichtensendungen, Dokumentationen, Spielfilme, Magazine und Werbeblöcke. Sprach- und Musikfetzen untermalen den Bilderrausch. Die Welt in einem bunten, zappelnden, lärmenden Schnelldurchlauf.

Ich halte erstaunt inne. Was war das? Langsam schalte ich ein paar Sender zurück auf der Suche nach einem Bild, das ich gerade gesehen habe, oder vielmehr: geglaubt habe, zu sehen.

Wieder klopft es.

«Herein», sage ich, während ich ungläubig auf den Bildschirm starre, weil ich nun gefunden habe, was ich suche. Es ist eine chinesische Sendung.

Die Badezimmertür öffnet sich, und Audrey erscheint. Sie sieht, dass ich gebannt zum Fernseher blicke. «Du sprichst Chinesisch?»

«Nein», sage ich.

Sie überlegt kurz. «Aber du willst es lernen.»

Ich schüttele den Kopf.

«Aha! Dann zeigst du also gerade typisch männliches Fernsehverhalten. Du siehst dir etwas an, was du nicht verstehst. Das macht dir aber nichts aus, weil die Sendung dich sowieso nicht interessiert. Richtig?»

«Falsch. Ich hab das per Zufall gefunden», erkläre ich und zeige auf den Bildschirm. «Der da ist ein Freund von mir. Er heißt Bronko.»

Audrey blickt genauer hin und sieht den langhaarigen, schielenden Bronko, der von vier Herren in schwarzen Anzügen eskortiert wird.

«Er sieht nett aus», stellt sie fest. «Was macht er da?»

«Keine Ahnung. Er scheint in Schwierigkeiten zu stecken.» Ich starre weiterhin auf den Bildschirm. «Wird er da gerade abgeführt? Ist das ein Gerichtssaal oder ein Gefängnis oder was?»

Audrey mustert das Gebäude, das Bronko und die dunklen Herren durchschreiten. «Ich kann nur einen Gang erkennen. Könnte alles Mögliche sein.»

Jetzt sind Bronko und seine Begleiter an einer Tür angelangt. Die Stimme des Kommentators klingt aufgeregt. Die Tür wird geöffnet, und im gleichen Moment sieht man Hunderte Asiaten, die Bronko zujubeln. Der tritt nun durch die Tür und hebt die Arme, woraufhin der Jubel frenetisch wird.

«Ist er vielleicht 'n Rockstar?», mutmaßt Audrey.

Ich schüttle erstaunt den Kopf. «Eigentlich ist er Künstler. Aber er hat bislang kaum Bilder verkauft, soweit ich weiß.»

Wie zur Bestätigung vollführt die Kamera nun einen rasanten Flug über den Platz, den Bronko gerade betreten hat, und zeigt dabei großformatige Gemälde, die die umliegenden Fassaden schmücken und von riesigen Scheinwerfern in gleißendes Licht getaucht werden.

«Sieht so aus, als ob er in China etwas mehr Erfolg hat», stellt Audrey nüchtern fest, während Bronko unter lauten Fanfarenklängen eine Bühne besteigt, auf der eine paar festlich gekleidete Damen und Herren auf ihn warten, offenbar um ihm irgendeinen Preis zu überreichen. Bronko verbeugt sich vor seinen applaudierenden und johlenden Fans.

Im nächsten Moment endet der Bericht, und das Bild eines Sprechers, der wahrscheinlich den nächsten Beitrag anmoderiert, erscheint. Ich bin immer noch perplex und schalte den Fernseher ab.

«Wusstest du das nicht?», fragt Audrey.

«Ich wusste, dass Bronko in China ist, aber dass er da eine Blitzkarriere hingelegt hat, davon hatte ich keine Ahnung.»

«Ich denke, er ist dein Freund.»

«Ist er auch, aber wir kennen uns noch nicht so lange. Er hat eine Weile bei mir gewohnt und ist dann vor ein paar Monaten nach Shanghai gegangen. Außer einer Postkarte habe ich seitdem kein Lebenszeichen von ihm erhalten.»

«Warum hast du ihn nicht einfach mal angerufen?»

«Er hat kein Handy. Und ich weiß nicht, wie ich ihn sonst erreichen kann.» Während ich das sage, merke ich, dass ich es bedauere, so lange nicht mit Bronko gesprochen zu haben.

«Er hat sicher im Moment eine Menge zu tun. Er wird sich schon melden», versucht Audrey mich aufzumuntern.

Ich nicke. Ist kaum ein halbes Jahr her, dass Bronko mich durch die Gegend chauffiert hat, weil ich meinen Führerschein versoffen hatte und er Geld brauchte. Wir saßen mit Schamski und Günther in meiner Küche, tranken Wein und versuchten herauszufinden, was das Leben mit uns noch vorhaben könnte. Ein paar Monate, die mir gerade wie eine Ewigkeit erscheinen.

Audrey bemerkt, dass ich meinen Gedanken nachhänge. «Soll ich vielleicht später nochmal ...?»

«Nein», sage ich. «Ist schon gut, ich wollte sowieso noch mit dir reden.»

«Klar. Gerne. Worüber denn?»

«Über uns.» Ich überlege, wie ich Audrey am besten beibringen kann, dass ich unsere kurze Affäre nicht weiterführen möchte, finde solche strategischen Erwägungen aber im selben Moment überflüssig. Wenn man mit jemandem offen über Sex reden kann, dann mit Audrey.

«Wir sollten nicht wiederholen, was heute unter der Dusche passiert ist.»

Sie stutzt. «Denkst du, ich bin gekommen, weil ich Sex von dir will?», fragt sie leicht amüsiert.

So ganz abwegig ist der Gedanke nicht, denn Audrey trägt einen dünnen Morgenmantel, der vermuten lässt, dass sie darunter nackt ist. Ich zucke mit den Schultern.

«Ich bin nicht hier, um mit dir zu schlafen», sagt sie und wirkt nun wieder ernst. «Außerdem fand ich das mit uns beiden in der Dusche auch nicht so toll.»

Derweil meine Gesichtszüge entgleiten, obwohl ich mich bemühe, den Nackenschlag möglichst gefasst wegzustecken, lacht Audrey laut auf. «Paul! Entspann dich! Wir hatten einen Quickie unter der Dusche. Und es war sehr nett. Aber ich bin nicht davon ausgegangen, dass du mir deshalb gleich einen Heiratsantrag machst.»

Kein Wunder, dass dieses Luder die Männer scharenweise in den Wahnsinn treibt.

Sie setzt sich neben mich auf die Bettkante. «Es ist wegen Iris, oder?»

Ich sehe sie leicht erschrocken an und versuche im gleichen Moment, mein Erschrecken zu überspielen. «Nein, wieso?» Ich bemühe mich, beiläufig und leicht erstaunt zu klingen, dabei weiß ich längst, dass Audrey mich gerade ertappt hat.

Und sie weiß es auch, denn betont locker erwidert sie: «Gut, dann kann ich es Iris ja sagen.»

«Was willst du ihr sagen?»

«Na, dass wir Sex hatten.»

Und damit sitze ich in der Falle.

«Wieso musst du ihr das denn überhaupt sagen?», frage ich unbehaglich.

«Wieso nicht? Sie ist meine Schwester. Und sie hat mich gefragt. Bevor ich ihr antworten konnte, kam Daddy aber dazu.»

«Sie hat gefragt? Einfach so? Ohne Grund?», will ich wissen.

«Nicht ganz ohne Grund. Ich hab ihr gesagt, dass ich dich nett finde.»

«Und deshalb denkt sie gleich, du hättest mit mir geschlafen?»

«Findest du das so abwegig?»

Na ja. Ja und nein.

«Nein», sage ich dann.

«Na also», sagt Audrey. «Soll ich ihr nun die Wahrheit sagen oder nicht?»

Sie sieht mich an und wartet. Ich überlege. Es behagt mir nicht, Iris zu belügen. Andererseits hat sie sich für Timothy entschieden. Insofern bin ich ihr keine Rechenschaft darüber schuldig, was ich tue oder lasse. Das ist aber auch nicht ganz richtig, weil im speziellen Fall Audrey eine wesentliche Rolle spielt. Vielleicht sollte sie entscheiden, ob Iris die Wahrheit erfährt oder nicht. Jedenfalls ist das hier offenbar einer dieser Augenblicke, in denen man Farbe bekennen sollte.

«Iris und ich hatten eine sehr kurze Affäre, unmittelbar vor ihrer Hochzeit», beginne ich.

«Wow. Hätte ich ihr gar nicht zugetraut.»

«Sie hat sich für Timothy entschieden und ihn geheiratet. Das ist im Prinzip schon die ganze Geschichte.»

Audrey sieht mich an. «Im Prinzip», wiederholt sie und schaut mir tief in die Augen. «Das heißt, du liebst sie immer noch.»

«Ich weiß es nicht», sage ich. «Ja, wahrscheinlich schon. Aber das ist jetzt sowieso egal. Sie hat Timothy geheiratet, und damit basta.»

«Weiß sie denn, dass sie die Frau deines Lebens ist?»

«Ich wollte es ihr sagen, aber ich bin zu spät gekommen. Die Trauung war schon vorbei.»

«Sie weiß es also nicht.»

«Nein. Ich sag doch. Ich war zu spät. Wir haben uns zuletzt kurz nach ihrem Hochzeitstanz gesehen. Das ist nicht gerade der ideale Zeitpunkt, um einer Frau eine Liebeserklärung zu machen.»

Audrey seufzt.

«Was?», frage ich unwirsch.

«Männer sind komisch», sagt Audrey. «Erst wissen sie eine Ewigkeit lang nicht, was sie wollen. Und wenn sie es dann endlich wissen, lassen sie sich von der kleinsten Kleinigkeit entmutigen.»

«Eine Hochzeit würde ich nicht als Kleinigkeit bezeichnen», werfe ich ein.

«Eine Ehe heißt noch nicht viel» erwidert Audrey. «Das kann dir jede Sekretärin, die sich ihren ehemals glücklich verheirateten Chef geangelt hat, bestätigen.»

Okay, da ist was dran.

«Wenn man sich von irgendwelchen Umständen abschrecken lässt, dann ist das nur Feigheit», fährt Audrey fort. «Das weiß ich aus Erfahrung.»

Ich merke auf. Sieht so aus, als sei ihr der letzte Satz rausgerutscht, denn sie beißt sich auf die Unterlippe.

«Soso, aus Erfahrung», sage ich und warte. Wenn Audrey mir schon intime Geständnisse entlockt, dann kann sie auch selbst mal aus dem Nähkästchen plaudern. Also sehe ich sie weiterhin erwartungsvoll an.

«Okay», sagt Audrey. «Ich liebe einen verheirateten Mann.»

«Sieh an!», sage ich, und meine Laune bessert sich.

«Er heißt Shawn, kommt aus Irland und lebt in New York. Er arbeitet als Kriegsfotograf, und wenn die Chance besteht, dass wir uns irgendwo auf der Welt sehen können, dann tun wir es.»

«Schöne Geschichte», sage ich. «Und? Liebt er dich?»

«Ja. Ich glaube, er liebt mich sogar sehr. Trotzdem schafft er es nicht, seine Frau zu verlassen.»

«Das heißt also, ihr lebt nicht zusammen. Wo ist dann der Unterschied zu Iris und mir?»

Audrey sieht mich an, als würde ich gerade auf der Leitung stehen. «Shawn weiß, dass ich ihn liebe. Und er weiß auch, dass ich nicht ewig auf ihn warten werde. Also muss er sich irgendwann entscheiden. Oder er muss damit alt werden, dass ihm vielleicht die Liebe seines Lebens durch die Lappen gegangen ist.»

Kein schlechter Ansatz. Wenn ich weiter nur für Iris schwärme, ohne ihr zu sagen, was ich für sie fühle, werde ich nie erfahren, ob aus uns ein Paar werden könnte, allen widrigen Umständen zum Trotz. Audrey liegt auch richtig damit, dass ich mich Iris aus Feigheit nicht offenbare. Ich habe einfach Angst, sie könnte mir sagen, dass sie mit Timothy glücklich ist und die Ehe mit ihm nie in Zweifel gezogen hat.

Audrey errät meine Gedanken. «Wenn sie dich nicht will, ändert sich kaum was. Weniger als jetzt könnt ihr danach auch nicht zusammen sein.»

Ich sehe Audrey an und muss grinsen. Hätte ich nicht gedacht, dass mir heute Abend eine Vierundzwanzigjährige mal eben die Welt erklärt.

Sie sieht, dass ich belustigt bin. «Was?»

«Danke», sage ich aufrichtig.

LASSEN WIR ES SO

Ich habe lange und tief geschlafen, fühle mich gut erholt und lasse mir Zeit damit, in den Tag zu starten. Mein Gefühl sagt mir, dass ich Schamski anrufen sollte, um ihn zu bitten, in einem dezenten Mietwagen und in dezenter Garderobe zu erscheinen. Er muss ja nicht denselben Fehler wie ich machen und gleich mit seinem ersten Auftritt Minuspunkte sammeln. Während ich am offenen Fenster stehe und im Adressbuch meines Handys nach Schamskis Nummer suche, höre ich in nicht allzu großer Entfernung das Geräusch eines Sportwagens, der durch die Serpentinen gepeitscht wird. Ich lasse mein Handy wieder sinken. Das nahende Gefährt klingt alles andere als dezent. Den Anruf kann ich mir also offenbar sparen.

Ein paar Minuten später rollt ein roter Ferrari auf den Vorplatz des Anwesens. Schamski steigt aus. Er trägt Sonnenbrille, Basecap, ein Hawaiihemd und kurze Hosen. Keine Ahnung, ob er absichtlich wie Thomas Magnum herumläuft, jedenfalls hat sich mein Hinweis auf zurückhaltende Garderobe damit auch erledigt.

Schamski sieht mich am Fenster und winkt lässig hoch. Gerade will ich ihm bedeuten, dass er kurz warten soll, da erscheint Melissa, um den neuen Gast zu begrüßen.

«Sie müssen Mr. Schamski sein», höre ich sie sagen und sehe, wie sie sich bei ihm einhakt und ihn zum Haus geleitet. Ich kann mir also wohl noch etwas Zeit lassen, denn Schamski dürfte nun erst mal in den Genuss einer Führung über das Anwesen kommen.

Meine Vermutung ist richtig. Schamski und ich sehen uns erst kurz vor der Sitzung. Inzwischen hat er sich umgezogen und trägt wie ich einen Anzug ohne Krawatte.

«Wie ist unsere Taktik?», raunt er mir zu, als wir das Sitzungszimmer betreten.

«Wir haben keine», raune ich zurück.

Schamski nickt zufrieden.

Wie am Tag zuvor sind Karl, Konstantin und Timothy anwesend. Gerade will Konstantin eröffnen, da klopft es. Melissa erscheint. Sie möchte der Sitzung beiwohnen, was ihr Bruder mit leichtem Befremden zur Kenntnis nimmt. Melissa lässt sich nicht beirren. «Ich wüsste nicht, was dagegen spricht. Außerdem möchte ich sicherstellen, dass die Sitzung nicht zu lange dauert, weil Mr. Schamski mir über Mittag eine Bootstour versprochen hat.» Sie lächelt Schamski zu, und der lächelt zurück.

Konstantin kann nur mühsam verbergen, dass ihm nicht nur Schamski selbst missfällt, sondern auch die Tatsache, dass dieser bereits Tagesfreizeiten mit Melissa plant. Ich weiß, dass Konstantin heute Schamskis berufliche Hinrichtung zelebrieren will, und ahne deshalb, was jetzt kommt.

«Was kostet eigentlich so ein Ferrari, wenn man ihn mietet?», fragt Konstantin scheinheilig. Die Vorfreude, Schamski gleich in eine peinliche Mietwagenaffäre verstricken zu können, ist dem jungen von Beuten ins Gesicht geschrieben.

Schamski zuckt mit den Schultern. «Keine Ahnung.»

Konstantin wirkt empört. «Sie haben diesen Luxusschlitten gemietet und wissen nicht einmal, was er kostet?»

Schamski sieht ihn ruhig an. «Ich habe den Wagen nicht gemietet. Ich habe ihn nach Mallorca überführt.» Das Wort «überführt» betont Schamski. «Einer unserer größten Anzeigenkunden ist Autohändler. Er hat den Wagen nach Palma verkauft. Also habe ich ihm den Gefallen getan, das Fahrzeug kostenlos zu überführen, und dabei einen Flug gespart, weil Fähre und Benzin selbstverständlich vom Auftraggeber bezahlt werden. Heute Abend bringe ich das Auto seinem neuen Besitzer.»

Während Schamskis Ausführungen ist es still geworden im Zimmer. Jetzt könnte man eine Stecknadel fallen hören. Konstantin sitzt da mit leicht offenem Mund, Schamksi macht keine Anstalten, die Situation irgendwie aufzulockern. Ich weiß, dass Schamski klamme Momente mag wie Seebären miese Spelunken. Er sitzt einfach nur da und wartet, bis Konstantin seine Fassung zumindest so weit wiedergefunden hat, dass er ein tonloses «Aha» hervorbringt.

«Aber damit sind wir eigentlich auch schon beim Thema», fährt Schamski seelenruhig fort. «Dieser Großkunde wird künftig sein Engagement in unseren Objekten um fast dreißig Prozent reduzieren, um in konkurrierenden Produkten zu werben, deren Zielgruppen leider nicht von unserem Portfolio abgedeckt werden. Dazu kann Ihnen aber meines Wissens Herr Dr. Schuberth mehr sagen.»

Konstantin verzieht gequält das Gesicht. Ich könnte ihm stundenlang dabei zusehen.

«Danke für die Überleitung, lieber Herr Schamski», sage ich freundlich und reiche den Anwesenden Kopien meiner Präsentation. Schamski und ich siezen uns zwar grundsätzlich bei offiziellen Anlässen, aber die ausgesuchte Höflichkeit, mit der wir uns heute die Bälle zuspielen, macht mir besonders viel Spaß. Er und Melissa müssen sich ein

Exemplar teilen, das macht aber nichts, weil sie spätestens seit seinem Eröffnungsplädoyer sowieso mit ihm schlafen möchte. Auch Karl scheint die Sitzung diesmal zu gefallen, denn er greift munter nach den Unterlagen. Schwer auszumachen, was Timothy denkt, er hat bislang keine Miene verzogen. Konstantin wirkt immer noch, als hätte man ihm einen mit Chloroform getränkten Lappen ins Gesicht gedrückt, was mir entgegenkommt, weil ich meinen Vortrag ohne seine blöden Zwischenfragen über die Bühne bringen kann. Am Ende meiner knapp halbstündigen Ausführungen steht ein Investitionsbedarf in Höhe eines ansprechenden Lottogewinns, um konkurrierende Dienste entweder zu kaufen oder durch eigene Angebote vom Markt zu drängen. Ich bedanke mich artig und lehne mich zurück. Schamski wirft mir ein verstohlenes Grinsen zu.

Konstantin spart sich eine Diskussionsrunde, der Vormittag ist offenbar für ihn gelaufen. Ob er lediglich schockiert ist von den nackten Zahlen oder Angst vor der Reaktion seiner lieben Mutter hat, kann ich nicht beurteilen. Ich gehe davon aus, dass die Patriarchin Gift und Galle spucken wird. Schade, dass ich nicht dabei sein kann.

Schamski und Melissa kommen früher als geplant zu ihrem Bootsausflug. Dass ich nicht einmal pro forma gefragt werde, ob ich an der Tour teilnehmen möchte, überrascht mich nicht und konveniert mit meinen Plänen, mir ein wenig die Beine zu vertreten. Außerdem gönne ich den beiden ihren romantischen Mittagstrip schon aus eigenem Interesse. Solange es Melissa auf Schamski abgesehen hat, bin ich erst mal aus der Schusslinie.

Auf dem Weg in den Garten fängt mich Timothy ab. «Ich bin beeindruckt von Ihrem Vortrag», sagt er. Sein ehrliches Lob überrascht und erfreut mich. Er verspielt die aufkeimende Sympathie aber gleich wieder dadurch, dass er mir auf die Schulter klopft mit den Worten: «Sie und Ihr Kollege sind ein gutes Team. Ich bin sicher, Sie beide werden die Sache schon schaukeln, Sportsmann.»

«Danke», sage ich tonlos und will mich abwenden.

«Kommen Sie nicht mit zum Essen?»

«Nein, ich möchte einen kleinen Spaziergang machen.»

Sein Gesicht hellt sich auf. «Die Idee hatte meine Frau auch. Sie hätten sich ihr anschließen sollen. Vielleicht erwischen Sie sie ja noch. Sie wollte den kleinen Weg in die nächste Bucht nehmen.» Timothy zeigt in die entsprechende Richtung. Ich hätte nicht gedacht, dass er mich je dazu auffordern würde, seiner Frau hinterherzulaufen.

«Danke für den Tipp», erwidere ich und mache mich auf die Socken, denn eine so günstige Gelegenheit, mit Iris unverfänglich ein Gespräch zu führen, bekomme ich sicher nicht jeden Tag.

Sie sitzt allein auf einem Felsen und betrachtet gedankenversunken das Meer. Das Rauschen übertönt meine Schritte, weshalb sie mich nicht kommen hört und zusammenzuckt, als ich mich neben sie setze. Sie sieht sich um und stellt fest, dass ich allein bin. Ihre Begeisterung, mich zu sehen, hält sich in Grenzen, aber das war zu erwarten.

«Was machst du hier?», fragt sie.

«Dein Mann schickt mich», erwidere ich mit ernster Miene und sehe, dass sie ein Lächeln unterdrückt. Immerhin ein Anfang.

Eine Weile sitzen wir nur da und schauen aufs Meer.

«Ich bin nicht sicher, ob es mich mehr ärgert, dass du mit Audrey geschlafen hast oder dass du es mir verschweigen wolltest.»

Es klingt sachlich, fast so, als hätte sie nur eine nebensächliche Bemerkung über das Wetter gemacht. Immerhin, ich bin ihr nicht völlig gleichgültig. Das ist doch was. Oder aber ich war ihr zuvor gleichgültig, bin es immer noch, und jetzt hasst sie mich obendrein. Egal, ich sollte mich auf den eigentlichen Grund dieses Gesprächs konzentrieren und nicht über Wahrscheinlichkeiten philosophieren. Das habe ich schon viel zu lange gemacht.

«Ich liebe dich», sage ich. Im gleichen Moment denke ich, dass es klüger gewesen wäre, mir diesen Satz für später aufzusparen, wenn er irgendwie besser in den Kontext passt.

Iris sieht mich an. In ihrem Blick liegt ein leichtes Erstaunen, aber auch ein Hauch von Wohlwollen. Sie hat nicht damit gerechnet, dass ich mit der Tür ins Haus falle. Das lässt hoffen.

«Als wir uns damals bei deiner Hochzeit getroffen haben, war ich nicht zufällig da», fahre ich fort. «Ich wollte ...»

«Ich weiß, was du wolltest», unterbricht sie und wirkt nun fast beleidigt. «Ich bin ja nicht doof.»

Erstaunt schaue ich sie an. «Du wusstest, dass ich eigentlich den Plan hatte, deine Hochzeit zu sprengen?»

«Sagen wir, ich habe es geahnt, als ich dich gesehen habe.»

Hätte ich auch allein drauf kommen können. Die Geschichte, dass ich zufällig an ihrem Hochzeitstag in einem Kaff am Arsch der Welt auftauche, weil ich eine Autopanne habe, hab ich mir ja selbst nicht geglaubt. «Warum hast du dann nichts gesagt?»

«Wieso hätte ich was sagen sollen?» Sie klingt verärgert. «Es war deine Idee, und es war dein Plan. Offenbar hast du deine Meinung geändert, also habe ich mitgespielt.»

Nun bin ich verwirrt. «Heißt das, du hättest dir kurz nach deiner Trauung und deinem Hochzeitstanz eine Liebeserklärung von mir angehört?»

Sie blickt schweigend aufs Meer. «Vielleicht», sagt sie dann.

Verstehe einer die Frauen.

«Hätte ich denn auch eine Chance gehabt, dich umzustimmen, obwohl du gerade geheiratet hattest?»

Wieder schweigt sie eine Weile. «Nein», sagt sie dann nachdenklich. «Ich glaube, es hätte nichts geändert.»

«Dann war es also richtig, dass ich dir keine Liebeserklärung gemacht habe, oder?», schlussfolgere ich und merke, dass ich mich mit einer gewissen Verzweiflung an die Regeln der Logik klammere.

«Ich habe gesagt, ich glaube, es hätte nichts geändert. Aber ich weiß nicht, was passiert wäre, wenn du es wirklich getan hättest.»

Vielleicht haben Frauen häufiger Kopfschmerzen als Männer, weil sie so merkwürdige Dinge denken.

«Hättest du dir das mit der Hochzeit überlegt, wenn ich am Tag zuvor darum gebeten hätte?»

«Wer weiß?» Es klingt nicht kokett, eher grüblerisch.

So kommen wir nicht weiter. Ich erwäge einen Frontalangriff, und während ich mir noch über die Details Klarheit zu verschaffen versuche, höre ich mich sagen: «Dann trenn dich von Timothy und heirate mich.»

Iris erhebt sich, sie ist nun aufgebracht. «Paul, ich versuche dir gerade zu sagen, dass aus uns vielleicht was hätte werden können. Aber jetzt ist es definitiv zu spät.»

«Aber das macht's ja nur noch schlimmer», maule ich. «Wenn du sagen würdest, dass ich dir nie wichtig war und wir beide nur eine kurze Affäre vor deiner Hochzeit hatten, dann könnte ich mich wenigstens damit trösten, dass ich von Anfang an keine Chance hatte.»

«Du glaubst, ich wäre mit dir am Tag vor meiner Hochzeit ins Bett gegangen, nur weil ich schnellen Sex wollte?» Sie klingt nun richtig sauer. «Für wen hältst du mich eigentlich? Du Arsch!»

Jetzt ist sie zwar auf hundertachtzig, aber auch ehrlich. Vielleicht bringt uns das weiter. «Bist du glücklich?», presche ich vor. «Gibt Timothy dir all das, was du dir wünschst?»

«Er liebt mich. Und er tut alles, um mich glücklich zu machen», wehrt sie sich und umschifft eine direkte Antwort.

«Uhhh, er tut alles, um mich glücklich zu machen», äffe ich sie nach, und als würde dieses Foul noch nicht genügen, füge ich hinzu: «Das tut mein Hund auch!»

Eine Spitze zu viel, ich sehe es an ihrem Gesicht. Wortlos dreht sie sich um und will gehen. Ich springe nun ebenfalls auf. «'tschuldigung! Warte!»

Sie hält inne.

«Es tut mir leid. Ich wollte dich nicht verletzen.»

Sie dreht sich um, und mit leichtem Erschrecken sehe ich, dass sich Tränen in ihren Augen bilden. Sie schluckt sie hinunter. «Ich liebe Timothy, und er liebt mich», beginnt sie. «Er ist vielleicht nicht so romantisch, völlig verdreckt bei meiner Hochzeit aufzutauchen ...»

«Ich musste durch einen schlammigen Fluss waten», ergänze ich wahrheitsgemäß. Sie muss ein wenig lächeln.

«... aber er weiß, was er will. Und man kann sich auf ihn verlassen.»

Jetzt durchweht auch mich ein Anflug von Trauer, denn ich verstehe, dass mein Zaudern Iris geradewegs in die

Arme von Timothy getrieben hat. Und gerade jener Moment bei ihrer Hochzeit, in dem ich ihr nicht gesagt habe, was ich für sie fühle, muss ihr klargemacht haben, dass sie mit Timothy die richtige Entscheidung getroffen hat. Sie sieht mir an, was ich denke, und wirkt nun etwas hilflos. «Du hast doch längst mitbekommen, was hier läuft. Meine ehrwürdige Familie sammelt Lebenslügen wie andere Leute Briefmarken. Großvater trinkt, weil er unglücklich ist. Er hat seit Jahren ein Verhältnis. Jeder weiß das, niemand spricht darüber. Meine Schwester vögelt sich durch die Weltgeschichte, und mein Vater lebt mit einer Frau zusammen, die fünf Jahre jünger ist als ich.»

Sie sieht das Erstaunen in meinem Gesicht.

«Ja. Sie heißt Ludmila und war Audreys Kindermädchen. Für Großmutter existiert sie nicht, deshalb nimmt sie nie an Familientreffen teil.»

Der Musterschüler buhlt um die Gunst seiner Mutter. Das erklärt einiges.

«Ich will das alles nicht», sagt Iris, und wieder schluckt sie ein paar Tränen hinunter. «Ich will eine Beziehung, und ich will Beständigkeit. Und ich will eine klare Entscheidung für ein gemeinsames Leben.»

«Aber das will ich doch auch», erwidere ich, als wären damit alle Probleme vom Tisch, merke aber im gleichen Moment, dass ich Idiot genau das viel früher hätte sagen müssen. Bei unserem Rendezvous beispielsweise. Oder bevor wir miteinander geschlafen haben. Oder gleich danach. Oder spätestens am Tag der Hochzeit. Oder ... oder ... oder. Ich könnte mir selbst in den Arsch treten. Mit wachsender Verzweiflung schaue ich in ihre traurigen Augen.

«Lassen wir es so», sagt sie leise.

Nein. Diesmal gebe ich nicht so schnell auf.

«Gib mir eine Chance», bettle ich.

Sie sieht mich an, kaum merklich schüttelt sie den Kopf.

«Bitte! Es muss ja keine große Chance sein. Sagen wir, so groß wie der winzige Leberfleck hinten auf deinem Hals, okay?» Mein momentaner Gesichtsausdruck würde sich gut auf einer UNICEF-Weihnachtspostkarte machen.

Iris muss ein bisschen lächeln, dann wird sie schlagartig ernst und schüttelt kurz und energisch den Kopf. «Ich bin schwanger, Paul.»

Sie hat den Satz leise gesagt, fast bedächtig, und doch trifft er mich wie ein Faustschlag. Genauer gesagt trifft er mich wie jene Batterie von Faustschlägen, die Foreman 1974 in Kinshasa am Ende der achten Runde einstecken musste. Jedes Wort ein Kopftreffer.

«Gratuliere», sage ich und glaube die Stimme des Ringrichters zu hören, der mich gerade anzählt. Ich fühle mich bleiern. Keine Chance. Ich liege auf der Matte, und da werde ich auch bleiben.

«Ich bin einen Tag länger in London geblieben, weil ich einen Arzttermin hatte. Jetzt ist es amtlich. Ich bin im zweiten Monat. Timothy und ich wollen es der Familie sagen, wenn die geschäftlichen Dinge erledigt sind.»

Die geschäftlichen Dinge. Damit meint sie mich. Ich lasse mich wieder auf den Felsen sinken, auf dem wir beide zuvor gesessen haben, und wende mich zum Meer. Ein kurzes Schweigen.

«Alles okay?», fragt Iris.

Ich nicke, ohne mich nach ihr umzuwenden.

«Ich würde jetzt gern wieder zurückgehen», setzt sie nach.

Wieder nicke ich. Ich habe das Gefühl, sie zögert.

«Dann also ... bis später», sagt sie nach einer kurzen Weile, und ich spüre, dass sie sich nun langsam entfernt.

Das Meer plätschert gegen die Felsen, der Himmel ist strahlend blau, der Wind jagt Wolkenfetzen vor sich her. Der Horizont sieht aus wie von einem Rasiermesser gezogen. Zumindest vermute ich das. Genau erkennen kann ich es nicht, weil mir gerade ein paar Tränen im Weg sind.

Ich weiß nicht, wie lange ich so dasitze und meinen Gedanken beim Umherschwirren zusehe. Vielleicht eine Stunde, vielleicht auch zwei. Irgendwann bemerke ich, dass die Sonne ein beträchtliches Stück gewandert ist. Es muss früher Nachmittag sein. Ich will mich auf den Rückweg machen, da sehe ich plötzlich die *Bertolt Brecht*. Die Yacht der von Beutens nimmt mit Vollgas Kurs auf ein winziges Schlauchboot, das aufs offene Meer hinausgetrieben wird. Erst bei genauerem Hinsehen erkenne ich, dass es gekentert ist. Ein paar Meter davon entfernt kämpft ein Mensch mit den Fluten. Schockiert stelle ich fest, das es sich um den kleinen Alphons handelt, der wild mit den Armen rudert, um nicht unterzugehen, aber dennoch regelmäßig für Sekundenbruchteile von einer Welle verschluckt wird.

Die *Bertolt Brecht* ist nun bei Alphons angelangt, Schamski bugsiert das Schiff geschickt in die Nähe des Jungen, springt auf die Badeplattform und hat Alphons im nächsten Moment am Kragen gepackt. Ich atme auf, derweil Schamski den zappelnden Alphons aus dem Wasser zieht und Melissa hochreicht, die den Jungen sofort in ein Handtuch hüllt. Während Schamski mit einem Bootshaken nun auch das gekenterte Schlauchboot an Bord zieht, kümmert sich Melissa um den Jungen, der ziemlich erschrocken, aber ansonsten unversehrt zu sein scheint.

Die *Bertolt Brecht* dreht ab und nimmt Kurs auf die heimische Bucht, ich mache mich ebenfalls eilig auf den Rückweg.

Im Hause von Beuten herrscht helle Aufregung, als ich eintreffe. Der kleine Alphons liegt auf einem Sofa, gehüllt in mehrere Decken, als hätte er Stunden im eisigen Wasser des Nordatlantiks verbracht. Blaue Lippen hat Alphons nicht, es scheint eher, als würde er ein wenig schwitzen. Die Familie ist komplett versammelt und hängt an Melissas Lippen, die gerade anschaulich beschreibt, wie Schamski sich todesverachtend in das von Haien wimmelnde Mittelmeer stürzt, wo er haushohe Wellenberge überwindet, um Alphons in letzter Sekunde Neptun höchstpersönlich zu entreißen.

Zu behaupten, sie übertreibe ein bisschen, wäre eine sehr schmeichelhafte Umschreibung für Melissas Seemannsgarn.

Ihre Version der Geschichte beinhaltet auch, dass Schamski den bewusstlosen und bereits blau angelaufenen Jungen mittels Herzmassage und Mund-zu-Mund-Beatmung wiederbelebt. Fehlt eigentlich nur noch, dass Schamski aus Treibgut eine Kinderintensivstation gebastelt hat, dann könnte man langsam über eine Verfilmung nachdenken.

Jene, die ebenfalls die Wahrheit kennen und der Geschichte die Brisanz nehmen könnten, schweigen. Alphons scheint zu ahnen, dass ihm sein jüngstes Husarenstück Streicheleinheiten der Familie und Extraportionen Süßigkeiten einbringen könnte. Schamski sonnt sich in seinem Erfolg. Er hat auf den Schreck von Karl einen Brandy in die Hand gedrückt bekommen und steht nun da wie Hemingway nach einem ausgefüllten und erfolgreichen Jagdtag.

Sicher rechnet Schamski nicht mit Süßigkeiten, vielleicht aber mit Streicheleinheiten von Melissa.

Die beschließt ihre blumigen Schilderungen, indem sie Schamski einen Vorgeschmack auf seine Belohnung gibt: «Ich habe Guido selbstverständlich gebeten, heute hierzubleiben. Das Mindeste, was wir für ihn tun können, ist, ihn zum Essen einzuladen, finde ich.» Beim letzten Satz hat Melissa sich bei Schamski eingehakt, als wolle sie den Anwesenden deutlich machen, dass sie ihren Helden heute ganz sicher nicht mehr vom Haken lässt. Die Geste wirkt. Niemand widerspricht.

ICH MAG SIE NICHT BESONDERS

Elisabeth von Beuten erscheint nicht zum Abendessen. Sie lässt durch Konstantin ausrichten, dass ihr unwohl ist. Die Ergebnisse der vormittäglichen Sitzung, die Aufregung um Alphons und schließlich Melissas unverhohlene Begeisterung für den politisch unerwünschten Schamski sind der Patriarchin wohl auf den Magen geschlagen. Ihre Abwesenheit bei Tisch ist kein Verlust. Im Gegenteil, die Atmosphäre ist heute geradezu gelöst. Iris und Audrey plaudern mehr als sonst, Karl trinkt mehr als sonst, selbst Konstantin wirkt für seine Verhältnisse fast gesellig. Er scheint froh darüber, dass Alphons sein jüngstes Abenteuer überlebt hat, denn der bekommt ohne Probleme und lange Ermahnungen einen Nachschlag beim Dessert.

Erst am späteren Abend habe ich Gelegenheit, mit Schamski unter vier Augen zu sprechen. Er hat nicht viel Zeit, weil er um Mitternacht mit Melissa in der Bucht verabredet ist und sich vorher noch frisch machen möchte.

«Sie wird dich vernaschen», unke ich.

«Schon möglich.»

«Eine Frau in den besten Jahren, die den Mann fürs Leben sucht, ist zu allem fähig», setze ich nach.

Schamski lässt sein Feuerzeug aufflammen, entzündet eine Zigarette. «Ich weiß», erwidert er gelassen und bläst den Rauch zur Decke.

Irgendwas irritiert mich an seiner Reaktion. Ich sehe ihn an und überlege. Dann geht mir ein Licht auf. «Ihr hattet schon was miteinander.»

Schamski wiegt den Kopf hin und her, nickt dann.

«Soll das heißen, du bist die ganze Nacht durchgefahren, hast an einer mehrstündigen Sitzung teilgenommen, dann mit Melissa geschlafen und danach noch ein Kind vor dem Ertrinken gerettet?»

«Sieht so aus», erwidert Schamski nach einer kurzen Denkpause und ist offenbar selbst ein wenig überrascht von seinem Tagespensum.

«Und jetzt trifft du dich nochmal mit ihr?»

Schamski zuckt mit den Schultern, nickt wieder.

«Gratuliere. Bist du sicher, dass sie dir nach deinem Herzinfarkt tatsächlich einen Stent eingebaut haben und nicht irgendein geheimes Militärding, das bionische Kräfte verleiht?»

«Keine Ahnung», erwidert Schamski. «Aber falls es was Bionisches ist, soll ich mal fragen, ob du auch eins haben kannst?»

«Das wäre sehr freundlich von dir.»

Schamski drückt seine Zigarette aus und macht sich auf den Weg.

Als die Tür hinter ihm ins Schloss fällt, ahne ich, dass er die Insel morgen nicht verlassen wird. Und auch übermorgen nicht. Eigentlich würde ich meinen Hintern darauf verwetten, dass Schamski erst zusammen mit mir die Heimreise antreten wird.

Ein paar Tage später habe ich recht behalten. Schamski und Melissa turteln, was das Zeug hält. Jeder ahnt, dass die beiden eine Affäre haben, niemanden wundert also, dass Schamski noch auf der Insel ist. Mir passt das gut in den Kram. Schamski nimmt an den vormittäglichen Sitzungen teil und hilft mir, Überzeugungsarbeit zu leisten. Nach einer langen familieninternen Beratung haben sich die von Beutens entschlossen, meinen Maßnahmenkatalog umzusetzen. Konstantin möchte trotzdem jedes Detail besprechen, weil er versteckte Kosten wittert. Nachdem er tagelang nicht fündig geworden ist, haben Schamski und ich in einer Mischung aus Mitleid und Langeweile absichtlich ein paar tausend Euro in einer der Kalkulationen versteckt. Konstantins kindliche Freude, als er unser eingebautes Einsparpotenzial fand, war uns Dank genug für die Mühe.

Die Arbeit auf der Insel ist nun getan. Morgen früh fliegen Schamski und ich zurück nach Deutschland. Erst in ein paar Tagen werden die von Beutens darüber beraten haben, ob ich den Job bekomme oder nicht. Ich könnte mich also entspannen und den letzten Tag auf Mallorca einfach genießen. Irgendwie fehlt mir dazu aber die Ruhe, vielleicht geht mir zu viel durch den Kopf. Also stromere ich durch den Garten und langweile mich fast zu Tode. Iris und Timothy sind ins Dorf gefahren. Dort ist Markt. Ich hätte sie begleiten können, aber farbenfrohes mallorquinisches Töpferhandwerk macht mir immer schlechte Laune. Außerdem meide ich die Nähe von Iris seit unserem Gespräch am Strand. Wir grüßen uns, wir plaudern miteinander, aber das war's dann auch schon. Was zu sagen war, ist gesagt. Nun haben wir die stille Übereinkunft, uns wie Leute zu begegnen, die einander eigentlich fremd sind.

In der Ferne sehe ich die *Bertolt Brecht*. Melissa und Schamski genießen ihren letzten gemeinsamen Tag an Bord. Audrey wollte sich ihnen eigentlich anschließen, hat aber gemerkt, dass die beiden ungestört sein möchten. Jetzt liegt sie allein in der Bucht und nimmt ein Sonnenbad.

«Wissen Sie eigentlich, wie unser Boot zu seinem Namen gekommen ist?»

Karl reißt mich aus meinen Gedanken. Ich habe nicht bemerkt, dass er ganz in der Nähe sitzt und ebenfalls aufs Meer blickt.

Ich nicke ihm zu. «Melissa hat mal angedeutet, dass Sie mit Brecht gearbeitet haben.»

«Beinahe», verbessert Karl und erhebt sich. «Kommen Sie, ich zeig Ihnen die Briefe. Ich brauche sowieso 'nen Drink.»

Ich langweile mich eigentlich nicht so sehr, dass ich mir Geschichten über Brecht anhören müsste. Mangels eines besseren Plans folge ich Karl trotzdem ins Haus.

«Wir sind uns einige Male persönlich begegnet», erklärt Karl, während er mit spitzen Fingern Blätter aus einer Mappe zieht und sie vor mir auf dem Schreibtisch ausbreitet. «Brecht wollte mich für eine Hauptrolle. Leider ist er gestorben, bevor es dazu kam.»

Ich überfliege die Briefe. Alle scheinen sich um das gleiche Thema zu drehen. Brecht erklärt, mal mehr, mal weniger ausschweifend, dass das gemeinsame Projekt noch nicht in trockenen Tüchern sei, aber weiterhin Fortschritte mache. Um was es sich handelt, wird nicht erwähnt.

«Was war das denn für ein Stück?»

«Kein Stück. Ein Film.» Karl schenkt sich Brandy nach. «Er sollte ‹Tänzer am Abgrund› heißen.»

«Und Sie sollten den Tänzer spielen?»

«Genau. Einen armen Einwanderer, der sich in New York als Eintänzer durchschlägt und eine Gräfin kennenlernt, die ihn fortan aushält. Er lässt sich durch Geld und Geschenke korrumpieren und verliert dabei jegliche Selbstachtung. Als er zu trinken anfängt, schickt ihn die Gräfin zum Teufel. Der Tänzer landet in der Gosse, gerät auf die schiefe Bahn, tötet bei einem Einbruch versehentlich einen Polizisten und bekommt lebenslänglich.»

Klingt bis zu einem gewissen Punkt nach Karls Vita.

«Gab es denn schon Material zu dem Film?»

«Leider nicht. Und es blieb auch bei der Idee.» Karl nimmt bedächtig einen Schluck Brandy. «Als Konstantin auf die Welt kam, war Lissy vierundzwanzig, ich gerade mal neunzehn. Lissys Vater musste sich nach dem Krieg aus gesundheitlichen Gründen aus dem Familienunternehmen zurückziehen. Da es keine anderen Nachkommen gab, übernahm Lissy das Geschäft. Ich stellte meine Karriere zurück und kümmerte mich um Konstantin. Ich dachte, das Projekt mit Brecht hätte noch Zeit, aber bekanntlich verstarb er dann unerwartet früh an einem Herzinfarkt.»

Ich schweige. Karl nippt an seinem Brandy, sieht mein betroffenes Gesicht und winkt locker ab. «Es hört sich tragischer an, als es ist. Vielleicht wäre der Film grauenhaft geworden. Wer weiß also, wozu das alles gut war?»

Wenn ich mir Karls Leben so ansehe, dann fallen mir nicht viele Dinge ein, die sich bei ihm zum Guten gewendet haben. Glücklicherweise müssen wir das Thema nicht weiter vertiefen, denn nun klopft es, und Konstantin schaut herein. «Vater, weißt du vielleicht, wo ich diesen ...» Er schluckt den Rest des Satzes hinunter, denn im selben Moment sieht er mich. «Ach, hier sind Sie, Dr. Schuberth. Mutter möchte Sie sprechen.»

Ich bin überrascht. «Gerne. Wann?»

«Jetzt ...» Es klingt nach einem Befehl, die Floskel «... sofern es Ihnen möglich ist» könnte Konstantin sich auch sparen.

Elisabeth hat meine Audienz bis ins Detail geplant. Sie thront auf ihrem roten Samtsessel, neben sich ein Tablett mit Tee, und bittet mich, auf einem Stuhl zu ihrer Linken Platz zu nehmen. Es ist ein Zwergenstuhl, so winzig, dass die Patriarchin mich auf ihrem Thron um Haupteslänge überragt. Das ist natürlich von ihr so beabsichtigt. Weil ich keine Lust habe, wie ein Fußpfleger vor ihr zu hocken, ziehe ich einen anderen Stuhl zu mir heran und setze mich auf diesen. Ihr missfällt, dass wir nun auf Augenhöhe sind. Zur Strafe bietet sie mir keinen Tee an.

«Lassen Sie uns offen reden, Herr Dr. Schuberth», beginnt sie und sieht mir geradewegs in die Augen. «Ich mag Sie nicht besonders. Das haben Sie sicher längst bemerkt, zumal ich keinen Hehl daraus mache, wenn mir ein Mensch unsympathisch ist.» Sie nippt kurz an ihrem Tee. «Sehen Sie es mir nach, aber ich halte Sie nicht für einen Mann von Format. Ich finde, Sie haben kein besonders gutes Benehmen, keinen sonderlich guten Geschmack und vor allem kein Charisma.» Sie macht erneut ein Päuschen, nippt wieder ungerührt an ihrem Tee.

Nicht schlecht. Der alte Drache spuckt noch eine Menge Feuer.

Wahrscheinlich käme es Elisabeth zupass, wenn ich nun aufspringen und wutentbrannt das Zimmer verlassen, oder besser noch, ihr gleich an die Gurgel gehen würde. Da ich ihr genau diesen Gefallen nicht tun möchte, sage ich betont höflich: «Vielen Dank, gnädige Frau. Ich bin froh, dass Sie mich wohlwollender beurteilen, als ich befürchtet hatte.»

Elisabeth von Beuten verzieht keine Miene, aber ein fast unmerkliches Blitzen in ihren Augen verrät, dass meine Reaktion sie nicht kaltlässt. Ob sie amüsiert ist oder mich gern in Stücke reißen würde, kann ich allerdings nicht beurteilen. Ich vermute, Letzteres.

«Ich weiß nicht, wie Sie es geschafft haben, meine gesamte Familie auf Ihre Seite zu kriegen ...»

Oh, ich würde sagen mit Sex, Lügen, Alkohol und Herrschaftswissen.

«... aber erstaunlicherweise ist nach Lage der Dinge jeder außer mir dafür, dass Sie künftig unseren Verlag leiten.»

Es widerstrebt ihr sichtlich, das zuzugeben. Sie gönnt mir meinen politischen Erfolg weniger als die Russen den Amerikanern die Mondlandung. Fragt sich nun, ob sie dem Wunsch ihrer Familie folgt oder ihr berüchtigtes Veto einlegt. Ich schweige, warte ab und genieße es, Elisabeth dabei zuzusehen, wie sie versucht, sich ihre Verärgerung nicht anmerken zu lassen.

«Sie ahnen vielleicht, dass ich wenig von Bauchentscheidungen halte», fährt sie fort. «Ein Unternehmen unserer Größenordnung kann man nicht über Jahrzehnte hinweg bewahren, wenn man sich allein auf seine Lebenserfahrung und sein Gefühl verlässt.»

Dass ausgerechnet Elisabeth von Gefühl redet, finde ich interessant. Ich dachte schon, sie hätte das nicht mal in ihrem Wortschatz.

«Insofern habe ich mich dazu entschieden, dem Wunsch meiner Familie zu folgen und die Geschicke des Verlages künftig in Ihre Hände zu legen.»

Sie lässt ihre Worte einen Moment wirken, derweil ich einen Anflug von Respekt für die alte Dame verspüre. Ich mag sie genauso wenig wie sie mich, aber es imponiert mir trotzdem, dass sie derart leichtfüßig über ihren eigenen Schatten springt.

«Ich danke Ihnen ...», beginne ich, verstumme jedoch sogleich, weil sie abwehrend die Hand hebt.

«Ich bin noch nicht fertig», sagt sie und greift erneut zu

ihrem Tee. «Meine Entscheidung ist an gewisse Bedingungen gebunden.»

«Herr Schamski steht für mich nicht zur Disposition», werfe ich barsch ein. In den letzten Tagen ist mir klar geworden, dass ich den Job ablehnen werde, wenn Schamski nicht mit im Boot ist. Falls sie also darauf hinauswill, können wir das Gespräch abkürzen.

«Ich weiß», erwidert sie. «Es geht auch nicht um Herrn Schamski. Ich habe Herrn Dr. Raakers nahegelegt, seinen Posten zu räumen, und gestern sein Rücktrittsgesuch angenommen.»

Das ist eine ausgesprochen feine Umschreibung dafür, jemanden zu feuern.

«Er selbst ist der Ansicht, dass seine momentanen privaten Probleme nur schwer vereinbar sind mit den großen Aufgaben, die in den nächsten Monaten im Verlag anstehen.»

Sie gießt sich Tee nach. «Möchten Sie eigentlich auch Tee?», fragt sie nun beiläufig. Ich schüttele den Kopf. Eben wollte sie mir keinen anbieten, jetzt kann sie ihren blöden Tee auch behalten. Außerdem interessiert mich brennend, worauf sie hinauswill. Elisabeth weiß das, denn nun lässt sie sich alle Zeit der Welt. Während sie sich Milch in den Tee gießt, daran nippt, dann noch einen Tropfen nachschenkt und schließlich sorgfältig umrührt, lehne ich mich ein wenig zurück. So langsam habe ich dann auch begriffen, dass sie mich zappeln lassen will.

«Ich möchte, dass Timothy für eine Übergangsphase von sechs Monaten als Finanzvorstand im Verlag tätig wird. Er soll helfen, das von Ihnen gewünschte Risikokapital optimal einzusetzen. Selbstredend wird er mich über die Entwicklung auf dem Laufenden halten.»

Timothy soll also meine Anstandsdame in Fragen der Ökonomie werden. Das schmeckt mir im ersten Moment überhaupt nicht. Andererseits scheint er mit Geld umgehen zu können und nicht ganz so konservativ zu sein wie Raakers. Das wiederum kommt mir gelegen. Während ich über Elisabeths Vorschlag nachdenke, schweigt die Patriarchin.

«Sie müssen sich nicht sofort entscheiden», sagt sie dann. «Aber es wäre gut, wenn Sie mir Ihren Entschluss bis zu Ihrer Abreise mitteilen könnten. Wie Sie wissen, drängt die Zeit ein bisschen, besonders wenn wir uns noch um eine Alternative für den Vorstandsposten bemühen müssen.»

Ich denke nach. Mit Schamski als meinem Stellvertreter und Engelkes, meinem Nachfolger als Personalchef, habe ich eine starke Lobby im Vorstand. Obwohl Timothy als Finanzchef eine wichtige Position bekleidet, dürfte er also nur mäßigen Einfluss auf die Vorstandsbeschlüsse haben. Außerdem kann es nicht schaden, wenn jemand, der sich offenbar in Finanzdingen auskennt, das Unternehmen gründlich durchleuchtet.

«Schlafen Sie eine Nacht drüber und sagen Sie mir morgen ...», beginnt Elisabeth, doch ich unterbreche sie: «Nicht nötig, ich bin einverstanden.»

Sie sieht mich aufmerksam an, hat wohl nicht mit einer solch schnellen Entscheidung gerechnet. Ich nicke, um meinen Entschluss zu bekräftigen.

«Nun denn», sagt sie, und jetzt ist der Anflug eines Lächelns in ihrem Gesicht zu sehen. «Ich hoffe, Sie enttäuschen mich nicht, Herr Dr. Schuberth.»

«Da Ihre Erwartungen an mich nicht besonders hoch sind, müsste mir das gelingen, gnädige Frau», erwidere ich, ohne eine Miene zu verziehen.

Nach einem ausgedehnten Spaziergang am Meer, bei dem ich zu dem Entschluss komme, dass meine schnelle Entscheidung richtig gewesen ist, stehe ich vor meinem Schrank und überlege, ob ich Elisabeth zur Feier des Tages die Freude machen soll, zum Abendessen eine Krawatte zu tragen. Es ist immer noch sehr warm auf der Insel, und ich bin kurz davor, meine Bequemlichkeit über meine Höflichkeit siegen zu lassen, als im Nebenzimmer Stimmen zu hören sind. Einzelheiten kann ich nicht verstehen, nur Wortfetzen. Da ich weiß, dass Iris und Timothy nebenan wohnen, ist mein Interesse geweckt. Wie jeder andere halbwegs ordentliche Mensch käme ich nie auf die Idee, jemanden zu belauschen. Wie das BKA tue ich es aber trotzdem, wenn ich die Gelegenheit dazu habe. Ich halte also mein Ohr an die Wand, aber noch immer ist nur undeutlich zu verstehen, was Timothy und Iris nebenan besprechen.

Ich habe mal in einem Film gesehen, dass ein Agent ein Gespräch mit Hilfe eines Glases belauschte. Er drückte den Glasboden an die Wand und hielt sein Ohr an die Öffnung. Offenbar werden so die Schallwellen verstärkt.

Ich finde ein Glas, versuche es und bin angetan vom Effekt.

«Es sind doch nur sechs Monate», höre ich Timothy beschwichtigend sagen. «Vor der Geburt bin ich bestimmt wieder in London. Und ich komme so oft, wie ich eben kann. Das verspreche ich dir. Mindestens einmal pro Woche.»

«Darum geht es nicht», erwidert Iris. Sie klingt aufgebracht, aber auch ein wenig verzweifelt. «Ich möchte die Schwangerschaft mit dir gemeinsam erleben und ...»

«Aber dann komm doch einfach mit nach Deutschland», unterbricht Timothy. «Ich miete uns ein Haus, und wir können jeden Tag zusammen sein.»

«Ich will aber nicht nach Deutschland», erwidert Iris barsch. Für einen Moment wird sie so laut, dass ich sie auch ohne Glas verstanden hätte.

«Was soll ich denn deiner Ansicht nach machen?», gibt Timothy zurück, und auch ihn kann man nun ohne Hilfsmittel verstehen.

«Sag den Job doch einfach ab.»

Stille.

Vielleicht hat sie recht, Timothy. Irgendwie wäre das für uns alle besser.

«Schatz, so einfach ist das nicht. Und das weißt du auch. Deine Großmutter hat mir geholfen, jetzt bittet sie mich um Hilfe. Das kann ich ihr nicht einfach abschlagen.»

Die gute alte Lissy hat es zuwege gebracht, dass selbst Timothy in ihrer Schuld steht. Respekt.

«Warum kommst du denn nicht einfach mit?» Timothy klingt versöhnlich. «Wir machen uns ein paar schöne Monate in Deutschland. Vielleicht brauche ich auch kein halbes Jahr für den Job, und wir sind Weihnachten schon wieder in London.»

«Ich will es einfach nicht», erwidert Iris bockig.

Wieder herrscht Stille.

Als ich schon denke, dass die beiden das Zimmer verlassen oder die Diskussion beendet haben, höre ich Timothy sagen: «Es ist wegen Paul, oder?»

Mein Abhörglas fällt mir aus der Hand. Glücklicherweise landet es weich auf dem Bett, touchiert aber zuvor leider die Bettkante, wobei es einen Riss bekommt. Rasch bringe ich es wieder in Position, um möglichst wenig vom Gespräch zu verpassen, wobei das Glas gefährlich knirscht.

Wieder Stille, hoffentlich habe ich nichts Wichtiges verpasst.

Habe ich nicht, denn nun höre ich Timothy sagen: «Ich habe recht, oder? Es ist wegen Paul. Seinetwegen hattest du in der Nacht vor unserer Hochzeit plötzlich Bedenken, mich zu heiraten.»

Fast rutscht mir erneut mein Abhörglas aus der Hand. Ich wünschte, Iris würde einfach alles abstreiten, aber vor meinem geistigen Auge kann ich sie nicken sehen. Dann höre ich, wie sie leise sagt: «Ja. Es ist wegen Paul.»

Wieder Stille.

«Hattet ihr ... ich meine ... habt ihr ...», beginnt Timothy.

Iris, du musst ihm das nicht sagen. Ich werde schweigen wie ein Grab, und nebenbei würde es auch nichts ändern, wenn dein Mann wüsste, dass wir Sex hatten.

«Ja», erwidert Iris leise. «Aber ich habe mich für dich entschieden. Und das ist alles, was zählt.»

Ich höre ein leises Knirschen, dann rutsche ich an der Wand ab und spüre einen heftigen Schmerz im Ohr.

Ich brauche fast eine halbe Stunde, um die Glassplitter zu entfernen und die Wunde zu versorgen. Dadurch verspäte ich mich zum Abendessen. Das ist aber insofern nicht weiter tragisch, als die Stimmung bei Tisch heute sowieso zu wünschen übriglässt. Besonders mein neuer Finanzvorstand ist überhaupt nicht zum Plaudern aufgelegt.

IS KALT HIER

Je näher wir der Stadt kommen, desto wohler fühle ich mich. Es ist kalt, bewölkt und ungemütlich, trotzdem freue ich mich darauf, das Meeresrauschen und die malerischen Sonnenuntergänge von Mallorca gegen den Verkehrslärm und den Dreck meiner Stadt eintauschen zu können. Ich öffne das Fenster und atme ein, als stünde ich auf einer Bergwiese.

«Muss das?», fragt Schamski. «Is kalt hier.»

Ich antworte nicht, sondern ziehe die Herbstluft in die Nase, bis der Taxifahrer wortlos einen Knopf drückt und das Fenster zusurren lässt. Ich will es gleich wieder öffnen, aber der Fahrer hat bereits die Kindersicherung aktiviert. Gut, dann also kein Trinkgeld.

Zuerst werde ich meinen Hund abholen, dann werde ich Lammkoteletts kaufen und sie mit einer Flasche Rotwein und einem möglichst anspruchslosen Film herunterspülen. Fred kriegt ein paar Markknochen, obwohl er die nach der Geschichte mit den Rottweilern eigentlich nicht verdient hat, aber zur Feier unseres Wiedersehens will ich mal ein Auge zudrücken.

Falls Fred sich freut, mich wiederzusehen, lässt er es sich nicht anmerken. Während ich Lisa begrüße, bleibt mein Hund ungerührt vor der Heizung liegen. Ich habe nicht damit gerechnet, dass er mir schwanzwedelnd und kläffend entgegenläuft, weil das nun wirklich nicht seine Art ist, aber eine winzige Reaktion fände ich schon angebracht, nachdem ich tagelang weg war.

Während Lisa einen Kugelschreiber sucht, um für mich Gordons Telefonnummer zu notieren und sich nebenbei dafür entschuldigt, dass sie in Eile ist und deshalb auch keine Zeit für einen Plausch hat, erhebt sich Fred gemächlich, streckt sich, schlufft zu mir herüber und stellt sich neben mich.

«Du bist ganz schön abgebrüht», sage ich. Fred ignoriert den Vorwurf.

Ich sehe, dass eines seiner Ohren umgeklappt ist, und erinnere mich daran, dass er eine Wunde beim Kampf mit den Rottweilern davongetragen hat. Als ich mich bücke, um mir die Verletzung genauer anzusehen, stelle ich fest, dass Freds halbes Ohr keineswegs umgeklappt ist, vielmehr fehlt es schlicht. Erstaunt schaue ich mir Freds Restohr an.

Lisa erscheint und sieht, dass ich meinen Hund begutachte. «Ich wollte dich nicht beunruhigen ...», beginnt sie.

«Wo ist sein halbes Ohr?», unterbreche ich perplex.

«Ich hab dir doch erzählt, dass die Rottweiler ihm ein Stück abgebissen haben.»

«Ja, du hast gesagt: ein Stück», erwidere ich. «Aber ihm fehlt das halbe Ohr. Mein Hund hat nur noch anderthalb Ohren.»

«Ganz so schlimm ist es nun wieder auch nicht», beschwichtigt Lisa.

«Natürlich ist es so schlimm», motze ich. «Sein halbes Ohr ist weg. Er sieht total scheiße aus!»

«Er war auch vorher keine Schönheit», erwidert Lisa.

Fred blickt zu ihr rüber und wirkt konsterniert.

«Wahrscheinlich hört er jetzt auch nur noch die Hälfte.»

Lisa schüttelt den Kopf. «Der Arzt hat gesagt, rein physiologisch gesehen ist das kein Problem. Fred hört genauso gut wie vorher. Und es ist alles prima verheilt. Außerdem kann man das ja kaschieren ...»

«Wie denn kaschieren?», grätsche ich rein. «Soll ich ihm einen Hut kaufen? Oder eine Perücke?»

Lisa seufzt. «Es gibt so 'ne Art Mützen, hat der Arzt gesagt. Aber ist ja auch egal. Das Ohr war beim besten Willen nicht zu finden. Wir konnten es also nicht mehr annähen lassen.»

Sie drückt mir den Zettel mit Gordons Telefonnummer in die Hand. «Vielleicht rufst du ihn direkt an. Soviel ich weiß, wollte er morgen für ein paar Tage nach London.»

Ich blicke auf den Zettel, und meine Laune verschlechtert sich rapide. «Mein Hund hat nur noch anderthalb Ohren, und dieser Gordon will ein Vermögen für seine Rottweiler. Das ist ja wohl nicht sein Ernst.»

Lisa sieht mich an, sie wirkt genervt. «Mach, wie du meinst, Paul. Das ist jetzt deine Sache. Aber, wie gesagt, juristisch hat er ganz klar die besseren Karten. Und jetzt muss ich los.»

Im Auto hockt Fred wie gewöhnlich neben mir und blickt interessiert auf die Straße. Ich weiß, dass es verboten ist, einen ungesicherten Hund auf dem Beifahrersitz zu transportieren, aber Fred weigert sich, einen Gurt anzulegen, und hat sich auch durch mehrere absichtliche Vollbremsungen nicht davon abbringen lassen, vorne Platz zu nehmen, also lasse ich ihm seinen Willen. Seine aufmerksame Beobachtung des Straßenverkehrs wird heute dadurch gestört, dass ich ab und zu auf sein halbes Ohr schiele, um mich an den Anblick zu gewöhnen. Fred registriert das und wirkt irritiert. Er wirft mir seinerseits kurze Blicke zu, die zu fragen scheinen: Was ist los? Sitzt meine Krawatte schief? Hab ich Lippenstift am Kragen? Steht mein Hosenstall offen?

Ich ziehe mein Handy hervor, um Gordon anzurufen. Wenn ich mit einem ungesicherten Hund erwischt werde, kostet mich das sowieso fünfzig Mäuse, vielleicht kriege ich ja aufs Telefonieren Rabatt.

«Hi. Hier is Snake. Gordon kann grad nicht.»

Snake klingt ziemlich zugedröhnt. Ich erkläre ihm, wer ich bin, was ich will und bitte um Rückruf.

«Hey, warte, Mann», erwidert Snake. «Du bist doch der Typ mit dem Köter, der unsere Rottis plattgemacht hat, oder?»

Das habe ich ihm zwar gerade erklärt, aber Snake ist sich im Moment offenbar nicht sicher, ob er wirklich unsere Sprache spricht.

«Ja, das sagte ich gerade», erwidere ich.

«Okay, wart mal kurz. Ich hol Gordy.»

Man hört ein Klacken in der Leitung. «Gordy, hier ist der Typ mit dem Köter, der unsere Rottis plattgemacht hat», höre ich Snake sagen. Wenig später öffnet und schließt sich eine Tür, dazwischen hört man erbärmliches Gitarrengeschrammel und Getrommele.

«Ja, hallo?» Gordon ist mir von der ersten Sekunde an unsympathisch. Wieder erkläre ich den Grund meines Anrufs und bitte um einen Gesprächstermin.

«Du, ich weiß zwar nicht, was es da noch zu besprechen gibt, aber wenn du willst, dann komm hier im Studio vorbei. So in zwanzig Minuten hab ich 'ne Viertelstunde Zeit für dich. Mehr is nich drin. Sorry.»

Obwohl es mir gründlich gegen den Strich geht, so von

oben herab behandelt zu werden, stimme ich zu. Da ich laut Lisa auf Gordons Entgegenkommen angewiesen bin, bleibt mir wohl nichts anderes übrig, als die Zähne zusammenzubeißen.

Meine Engelsgeduld wird zwei Minuten später auf eine schwere Probe gestellt, weil Gordon erneut anruft: «Wenn du sowieso kommst, kannst du dann Pizza mitbringen? Fünf große, gemischt. Unser Prakti is krank, und hier kann grad keiner weg.»

Klar, Gordon. Ich kann später auch gerne noch eure Autos waschen, Groupies organisieren und Drogen besorgen. Zwischendurch hab ich sicher noch Zeit, die Rottis zur Krankengymnastik zu fahren.

«Kein Problem», erwidere ich knapp und beherrscht.

Das Studio ist eine geräumige Siffbude. Die Sitzecke sieht aus, als hätte man sie aus dem Sperrmüll gezogen, und überall stehen leere Flaschen und übervolle Aschenbecher herum. Gordons Rockband arbeitet offenbar hart an der Legendenbildung.

«Oh. Für mich keine Cipolla», sagt Snake, während er mit glasigen Augen in einen der Pizzakartons starrt. «Mein Magen is nicht ganz in Ordnung.»

Ich bin sicher, auch Snakes übrige Organe sind nicht ganz in Ordnung, denn seine Gesichtsfarbe erinnert an Hackbraten, und seine Haut sieht aus, als müsste sie mal wieder gebügelt werden.

Während die Bandmitglieder über ihre Pizzen herfallen, gewährt Gordon mir die angekündigte Audienz. «Magst 'n Bier?»

«Gibt's auch 'n Kaffee?»

Gordon nickt, drückt mir einen Plastikbecher in die Hand und gießt ein. Dem Geschmack nach zu urteilen wurde der Kaffee noch zu Lebzeiten von Jimi Hendrix aufgebrüht.

«Okay, Paul, was hast du auf dem Herzen?»

Da ich nur eine Viertelstunde Zeit habe, erkläre ich Gordon in knappen Worten, dass ich den Vorfall mit Fred und den Rottweilern sehr bedauere und selbstverständlich gewillt bin, für den Schaden aufzukommen. Dann schildere ich blumig Freds Verletzungen und frage mich rein rhetorisch, ob nicht auch Gordons Rottweiler eine Mitschuld an dem Vorfall haben. Das wiederum bringt mich zum springenden Punkt: «Ich halte es für angemessen, dass wir uns die Kosten teilen. Und es würde mir außerdem helfen, wenn ich das Geld nicht auf einen Schlag zahlen müsste, weil die Summe ja nicht unbeträchtlich ist.»

Gordon nickt, greift nach einem Päckchen Tabak und beginnt, sich gemächlich eine Zigarette zu drehen. «Paul, Paul, Paul», sagt er nach einer Weile. Es klingt, als hätte er mich zum wiederholten Male beim Äpfelklauen erwischt. «Tommi hat mir erzählt, dass du ein hohes Tier bei einer großen Zeitung bist. Du hast keine Familie und verdienst einen Haufen Kohle. Und jetzt machst du hier einen auf arme Kirchenmaus. Das find ich echt nich fair, weißt du?»

Ich finde es nicht fair, dass der Mann meiner Exfrau wildfremde Leute über meine Vermögensverhältnisse informiert. Nachdem sich meine Meinung von Tommi in den letzten Monaten etwas verbessert hatte, ist er gerade auf meiner Sympathieskala wieder ein paar Millionen Plätze nach unten gerutscht.

«Tommi hat da wohl etwas falsche Vorstellungen von meinen finanziellen Möglichkeiten», erkläre ich. «Er kann wahrscheinlich meine Kosten nicht richtig einschätzen und ...»

«Paul», unterbricht Gordon. «Erzähl mir bitte keine Geschichten. Ich muss mir jeden Tag irgendwelche Geschichten anhören. Weißt du, im Musikbusiness wird von morgens bis abends gelogen und ...»

«Soll das heißen, ich bin ein Lügner?», entgegne ich und spiele den Empörten, obwohl es mir völlig gleichgültig ist, was Gordon von mir hält.

Er grinst. «Das soll heißen, wenn du nicht zahlen könntest, hättest du wahrscheinlich nicht die Schuldanerkenntnis unterschrieben. Sonst müsstest du ja jetzt damit rechnen, im Knast zu landen.»

Ich muss zugeben, das ist eine ziemlich hellsichtige Schlussfolgerung. Gordon sieht mir an, dass ich beeindruckt bin.

«Also ...?», fragt er und zündet sich seine schlechtgedrehte Zigarette an.

Ich überlege. In taktischer Hinsicht hat er klar die besseren Argumente, aber die Moral ist auf meiner Seite. Leider wird mich das nicht davor bewahren, einen Haufen Geld zu verlieren.

«Ich dachte, wir könnten einen Kompromiss finden», sage ich. Es klingt wie eine Kapitulation, und Gordons zufriedenes Gesicht zeigt mir, dass er meine Bemerkung auch genau so versteht.

Wir sehen uns an, dann schüttelt er den Kopf.

«Sonst noch was?», fragt er, und damit ist die Audienz beendet.

Beim Gehen will Snake mir einen Zwanziger für die Pizza zustecken. Ich winke ab. Der Besuch hat mich sowieso ein Vermögen gekostet, da kommt es auf die Pizza auch nicht mehr an. Snake schenkt mir ersatzweise das letzte Album der Band.

Es ist fürchterliches Geschrammel, Fred sieht das genauso, denn er jault sich die Seele aus dem Leib. Nach drei Songs ziehe ich die CD aus dem Schacht und pfeffere sie mitsamt Hülle auf die Straße. Wenig später kostet mich das fünfzig Euro, weitere fünfzig werden fällig, weil Fred ungesichert auf dem Beifahrersitz hockt. Die Polizisten finden, dass ich Glück gehabt habe, denn die CD-Hülle hat den Einsatzwagen nur knapp verfehlt.

In der Videothek kann ich mich nicht zwischen «Ein Mann sieht rot» und «Hängt ihn höher» entscheiden. Ein spindeldürrer Angestellter mit unreiner Haut kennt sich aus und empfiehlt mir «Das Gesetz der Rache» und «Ruf nach Vergeltung». Ich nehme zur Sicherheit alle vier Filme mit.

Als die Lammkoteletts in der Pfanne brutzeln und der Rotwein atmet, ist meine Laune zwar immer noch angeschlagen, aber auf dem Wege der Besserung. Fred liegt in seinem Korb und kaut zufrieden auf einem Markknochen herum.

Es klingelt. Schamski steht vor der Tür.

«Kann ich 'ne Weile bei dir wohnen?»

«Klar», sage ich. «Komm rein. Lust auf Lammkoteletts?»

«Perfekt», erwidert Schamski und steuert zielsicher jenes Zimmer an, in dem er bis vor ein paar Monaten gewohnt hat.

Beim Essen erfahre ich, dass Schamski die ohnehin nicht sehr glückliche Beziehung mit Katja beendet hat. Katja ist Schamskis Sekretärin und der Grund, weshalb ihn seine Frau verlassen hat.

«So plötzlich?»

Schamski nickt, gießt sich Rotwein nach. «Dass aus mir und Katja nichts mehr werden würde, war mir eigentlich schon klar, als ich diese Affäre mit meiner Kardiologin hatte. Vielleicht hätte ich es ja nochmal mit Katja versucht, aber nach der Geschichte mit Melissa ...»

Schamski wiegt den Kopf hin und her, überlegt.

«Ich bin ganz Ohr», sage ich und schiebe mir einen saftigen Bissen Lamm in den Mund.

«Na ja, könnte was werden», nuschelt Schamski und nimmt sich ein weiteres Lammkotelett.

«Könnte was werden», wiederhole ich mit vollem Mund. «Soso.»

«Ja», sagt Schamski gedehnt. «Wir haben uns verliebt.»

«Wie schön!», erwidere ich mit spontan besserer Laune und gieße mir Wein nach. «Und?»

«Und was?»

«Und wie geht es jetzt weiter?»

«Wie soll es schon weitergehen? Sie lebt in London, ich hier. Wir werden also eine Wochenendbeziehung führen, zumindest fürs Erste.»

Schamski sieht mein leicht erstauntes Gesicht. «Was?»

«Wundert mich. Ich hab Melissa für eine Frau gehalten, die möglichst schnell heiraten möchte», erkläre ich. «Ich dachte, sie will eine Familie. Und Kinder. Oder zumindest eins.»

«Will sie auch», erwidert Schamski. «Aber ist ja kein Problem.»

Ich stutze. «Wie? Soll das heißen, ihr legt es drauf an?»

Schamski nimmt einen ordentlichen Schluck Wein. «Ja, Paul, wir sind so frei. Wir dachten, es spricht nichts dagegen, zumal wir ja beide auch schon volljährig sind.»

«Ist ja okay, ich finde es nur ... gewagt. Ich meine, ihr kennt euch ja kaum.»

Schamski lehnt sich in seinem Stuhl zurück, verschränkt

die Arme. «Und wie lange muss man sich nach Meinung des Beziehungsexperten Dr. Paul Schuberth kennen, um ein Kind zu zeugen?»

Ich zucke mit den Schultern. «Keine Ahnung. Ein Jahr? Vielleicht zwei?»

Schamski lacht kurz auf. «Paul, es gibt Leute, die springen in Las Vegas besoffen über einen Besen und bleiben ihr ganzes Leben zusammen. Andere trennen sich, nachdem sie fünfzig Jahre lang verheiratet waren. Ich würde daraus schließen, es gibt kein Rezept für eine Beziehung.»

«Ich geb ja zu, da ist was dran. Andererseits sind Beziehungen aber auch nicht nur reines Glücksspiel.»

Schamski greift zur Weinflasche, grinst dreckig. «Das musst du mir erklären ...», beginnt er.

«Kann ich gerne tun», unterbreche ich.

«... und zwar anhand der Geschichte von dir und Iris», vollendet Schamski mit einem Hauch von Häme.

Ein kurzes Schweigen. Wir sehen uns an, ich denke nach, dann winke ich ab. «Okay, du hast gewonnen. Die Liebe ist ein Glücksspiel.»

Wir schweigen wieder einen Moment, greifen fast synchron zu unseren Weingläsern, prosten uns zu und trinken.

«Keine Chance?», fragt Schamski fast beiläufig.

«Bei Iris?» Ich zucke mit den Schultern. «Ich würde sagen, das ist vorbei.»

«Schade», erwidert Schamski.

«Ja, finde ich auch. Aber da Timothy von ihrem Seitensprung weiß, wird sie alles daransetzen, ihm zu zeigen, dass die Sache mit mir endgültig erledigt ist. Ich vermute also, ich werde sie nie wiedersehen.»

Schamski nickt, denkt einem Moment nach. «Hältst du

es eigentlich für eine gute Idee, mit einem eifersüchtigen Ehemann zusammenzuarbeiten?»

Wieder zucke ich mit den Schultern. «Hab ich eine Wahl?»

In der Ecke ist nun ein Rascheln zu hören. Fred zieht gerade seelenruhig einen Lammknochen aus dem Müll und beginnt, ihn ohne Hast zu seinem Korb zu tragen.

«Hey! Das ist ja wohl nicht dein Ernst!», sage ich, als er an unserem Tisch vorbeischlendert.

Fred hält inne, blickt hoch und scheint zu fragen: Sollten ein Hund, dem man das halbe Ohr und ein Mann, dem man die große Liebe genommen hat, sich wirklich wegen eines lächerlichen Lammknochens streiten?

«Schon gut, behalt ihn», winke ich ab, und Fred trottet weiter.

Wenig später verrät ein Knacken und Knirschen, dass er es sich schmecken lässt. Die Erlaubnis, den Lammknochen mitzunehmen, versteht Fred als eine Art Generalvollmacht, denn noch mehrmals schlendert er an diesem Abend zum Mülleimer, um sich einen weiteren Knochen zu genehmigen. Als er irgendwann versucht, den gesamten Müllbeutel in seinen Korb zu zerren, frage ich ihn, ob er noch alle Tassen im Schrank hat. Fred zieht sich daraufhin in seine Ecke zurück und schmollt für den Rest des Abends.

«Hast du eigentlich die Sache mit den Rottweilern regeln können?», fragt Schamski mit Blick auf Fred.

Inzwischen hatte ich die Geschichte erfolgreich verdrängt. Jetzt ist sie wieder da, meine schlechte Laune.

«Es bleibt bei den fünfzigtausend», entgegne ich knapp.

Schamski zündet sich eine Zigarette an, raucht genüsslich. «Ich hab mir da was überlegt», sagt er nach einer Weile.

Interessiert sehe ich ihn an. Wenn Schamski sich was überlegt, dann kann das selbst in einer schier aussichtslosen Situation die Wende bedeuten.

«Kostet dich aber zwei-, vielleicht dreitausend», setzt Schamski nach.

«Na und? Jetzt kostet es mich fünfzig.»

«Wenn mein Plan schiefgeht, dann ist das Geld aber zusätzlich futsch.»

Ich überlege. «Was hast du denn vor?», frage ich.

«Lass mich einfach machen», erwidert Schamski. «Als dein Stellvertreter kümmere ich mich um die Drecksarbeit. Die Details müssen dich ja nicht interessieren.»

Ich versuche zu ergründen, was er gerade denkt. «Du planst aber nicht irgendwelche krummen Dinger, oder? Ich meine, du engagierst jetzt keine Typen, die Gordon bedrohen, oder so ’n Quatsch.»

Schamski lächelt. «Bedrohen will ich ihn schon, aber anders.»

Ich warte auf eine Erklärung, Schamski schweigt.

«Na los, sag’s mir», dränge ich. In diesem Moment klingelt mein Handy. Unbekannter Teilnehmer. Ich nehme das Gespräch an.

«Halt dich bereit», sagt eine Stimme, dann wird das Telefonat beendet.

Schamski sieht mich erstaunt an, als ich das Handy sinken lasse. «Was war denn das?»

«Ich glaube, das war Günther.»

«Aha. Und was sagt er?»

«Halt dich bereit.»

«Mehr nicht?»

«Mehr nicht.»

Schamski greift zum Weinglas. «Sehr interessant. Und wofür sollst du dich bereithalten?»

Ich greife ebenfalls zu meinem Glas und seufze. «Guido, ich hab nicht die leiseste Ahnung.»

Schamski nimmt einen beherzten Schluck. «Ja, klingt ganz nach Günther.»

WIE IST DAS PASSIERT?

Die Wände meines neuen Büros sind holzvertäfelt. Diese innenarchitektonische Überreaktion stammt aus einer Zeit, als der Verlag noch in Geld schwamm und das Chefzimmer den Eindruck von Traditionsbewusstsein und Solidität vermitteln sollte. Mein Vorgänger, Dr. Görges, hat versucht, mit einer hellen Sitzecke und einem modernen Schreibtisch dem Raum die Schwere zu nehmen, trotzdem werde ich das Gefühl nicht los, in der Kapitänskajüte eines Geisterschiffs zu sitzen. Schamski hat vorgeschlagen, dass ich mir eine Augenklappe und einen Papagei kaufe, künftig das «R» rolle und alle Verlagsangestellten «Landratten» nenne. Ich habe ihm angedroht, seine Rumration zu kürzen.

Engelkes, mein Nachfolger als Personalchef, ist in meiner Abwesenheit auf die Suche nach einer neuen Vorstandssekretärin gegangen und möchte wissen, ob ich die Bewerbungsgespräche selbst führen möchte oder ob er das erledigen soll. Der werdende Vater hat ein bisschen zugenommen und wirkt ziemlich fertig. Ich vermute, ein pränataler Erschöpfungszustand.

«Sie sehen müde aus», stelle ich fest.

Er nickt. «Die letzten beiden Monate sind die schlimmsten.»

«Schon klar, aber ich dachte immer, für die Frau», erwidere ich lächelnd.

Engelkes nickt matt. «Ja, für die auch.»

Aus Gründen der Nostalgie entscheide ich mich dafür, die Einstellungsrunde ein letztes Mal selbst zu übernehmen. Außerdem hat Engelkes nur drei Kandidatinnen in die engere Wahl gezogen, die Sache wird also nicht ewig dauern.

Ich will mich noch rasch mit den Unterlagen vertraut machen, da klopft es und Timothy steht in der Tür. Heute ist sein erster Tag als Interimsfinanzchef. Wahrscheinlich will er mich begrüßen, im Moment gilt seine Aufmerksamkeit aber der Wandvertäfelung. «Ein schönes Büro haben Sie da.»

Ich mag britischen Humor.

Timothy sieht, dass ich lächle. «Ich meine es ernst», sagt er. «Mein Büro ist ja eher spartanisch eingerichtet. Ich finde, Ihres hat wirklich Stil.»

Will er mich hochnehmen?

«Wenn Sie möchten, können Sie das Büro gerne haben.»

Timothy wendet erstaunt den Kopf.

«Ich meine es auch ernst», sage ich. «Ich nehme derweil das ehemalige Büro von Dr. Raakers. Es ist näher an der Vertriebsabteilung, ich habe also einen kürzeren Weg zu Schamski. Außerdem ist es nur für sechs Monate.»

Timothy überlegt. «Das wäre sehr nett von Ihnen», sagt er dann und scheint unschlüssig, ob er mein Angebot annehmen soll. «Sie machen das aber nicht, weil Sie glauben, mir etwas schuldig zu sein, oder?»

Ich stutze. Warum? Weil ich mit Iris geschlafen habe? Ach wo.

«Nein. Ehrlich gesagt gefällt mir das Büro nicht besonders.»

Timothy schweigt nachdenklich. Ich hoffe sehr, dass

er über die Büroeinrichtung sinniert und nicht über den Fehltritt seiner Frau. Meinetwegen müssen wir über diese Angelegenheit kein Wort verlieren.

Gib dir einen Ruck, Timothy, und halt einfach deinen Mund.

«Ich weiß von der Sache mit Ihnen und Iris», bemerkt er sachlich.

Warum können manche Leute ihre Klappe nicht halten?

«Es ist nicht nötig ...», beginne ich, unterbreche mich aber selbst, um einen neuen Anlauf zu machen. «Ich meine, warum sollen wir ...?»

«Warum ich Ihnen das sage?», erwidert Timothy. «Sie werden wahrscheinlich sowieso erfahren, dass ich es weiß. Und ich möchte nicht, dass Sie mir dann unterstellen, Privates und Berufliches zu vermischen. Sollten Sie als Vorstandschef Fehler machen, werde ich Sie dafür zur Verantwortung ziehen, und zwar nicht, weil Sie was mit meiner Frau hatten, sondern allein deshalb, weil es mein Job ist.»

Ich finde, dass wir gerade munter dabei sind, Privates und Berufliches zu vermischen, und glaube auch nicht, dass man das sauber trennen kann. Mir steht aber überhaupt nicht der Sinn danach, mit Timothy darüber zu diskutieren. Also nicke ich einfach.

«Wenn Sie mir jetzt immer noch das Büro geben wollen, dann nehme ich es gern», sagt Timothy in leicht provozierendem Tonfall und sieht mir direkt in die Augen.

«Nehmen Sie es», erwidere ich. «Und wo Sie gerade hier sind, können Sie mir helfen, eine neue Vorstandssekretärin auszusuchen. Sie wird sowieso hier das Vorzimmer beziehen, weil bei Raakers kein Platz ist.»

Ich sehe, dass Timothy sein Erstaunen über meine gelassene Reaktion zu verbergen versucht. Ausnahmsweise mal ein Punkt für mich, Sportsmann.

Aki Bashi ist eine Deutsch-Asiatin mit raspelkurzen Haaren und einer gepiercten Zunge. Sie spricht vier Sprachen, hat in New York studiert und zwei Jahre im Ausland gearbeitet. Eigentlich könnte sie gut meinen Job übernehmen, während ich mich zur Sekretärin ausbilden lasse.

Schon als Personalchef hat mich regelmäßig frustriert, dass blutjunge Leute in wenigen Jahren mehr Wissen und Erfahrung sammeln, als man früher in einem ganzen Berufsleben zusammengekratzt hat. Mein Glück, dass in unserer überalterten Gesellschaft die Alten zusammenhalten.

Obwohl ich mich aus rein egoistischen Gründen eigentlich ungern mit Leuten umgebe, die mir in ein paar Jahren den Job wegnehmen werden, fällt meine Wahl auf Aki Bashi. Sie scheint nicht nur organisationsstark und effizient zu sein, sondern könnte auch Ideen entwickeln, um unser verschnarchtes Mutterblatt für junge Zielgruppen attraktiver zu machen. In weniger als einem Jahr müsste sie alle Abteilungen durchlaufen haben und wäre dann die perfekte Vorstandsassistentin.

Timothy möchte Ellen Preez den Job geben. Sie ist Anfang dreißig, trägt ein adrettes graues Kostüm und hat nach einer soliden Ausbildung in einem Pharmakonzern rund zehn Jahre als Chefsekretärin bei einer Bank gearbeitet. Die wird gerade umstrukturiert, weil einige Obdachlose nicht genug Geld zusammenbetteln konnten, um ihre Ratenkredite für Luxusimmobilien in Miami zu bedienen. Derweil die arglistig getäuschten Banker noch um ihre Bonuszahlungen kämpfen, hat Frau Preez das Unternehmen ohne Abfindung verlassen. «Aus moralischen Gründen», wie sie sagt.

Timothy scheint das zu imponieren.

Irma Dahlen steht nicht mehr auf unserer Liste. Die Privatdozentin für Soziologie hat durchblicken lassen, dass der Job als Sekretärin eigentlich unter ihrer Würde ist. Läge unser Bildungssystem nicht am Boden, hätte Frau Dahlen nach eigener Meinung längst eine Professur inne. Aber da die Zeiten schlecht sind, muss sie sich nach Alternativen umsehen.

Frau Dahlens erste Fragen galten dem Gehalt, der Weihnachtsgratifikation und der Länge des Jahresurlaubs. Sie braucht einen ruhigen Arbeitsplatz, weil sie geräuschempfindlich ist, sowie einen rückenschonenden Schreibtischstuhl und eine spezielle Computertastatur. Freitags würde sie gern grundsätzlich nicht kommen, weil sie eine wissenschaftliche Arbeit über die soziale Stellung der Wanderarbeiter im ausgehenden Mittelalter fertigstellen möchte. Das Buch wird laut Frau Dahlen mit vielen Vorurteilen aufräumen. Sie hat zum Beispiel herausgefunden, dass die Mobilität von spätmittelalterlichen Wanderarbeitern wesentlich stärker eingeschränkt war als bislang angenommen. Womöglich sind sie so wenig gewandert, dass man über eine gänzlich neue Bezeichnung für das Phänomen nachdenken muss. Wir haben das ungemein packende Thema nicht weiter vertiefen können, weil ich das Gespräch freundlich, aber vorzeitig beendet habe. Sollte Frau Dahlen mal wieder in der Gegend auf Wanderschaft sein, ist sie jederzeit in unserem Haus willkommen. Als Sekretärin kommt sie aber nicht in Frage. Nebenbei notiere ich mir, dass ich ein paar ernste Worte mit unserem übermüdeten Personalchef reden muss.

Im Falle von Aki Bashi könnte ich einfach ein Machtwort sprechen. Und dazu habe ich große Lust, denn Timothys Argumentation geht mir gegen den Strich. Er findet die junge Bewerberin nämlich zu unseriös für unser seriöses Haus. Ich ahne, dass er bei Elisabeth von Beuten kolportieren wird, dass ich neuerdings gepiercte Asiatinnen einstelle, die kaum volljährig sind. Die zu erwartenden Diskussionen lassen mich dann doch zu Ellen Preez tendieren, obwohl ich ihr Auftreten und ihre Ansichten genauso dröge finde wie die Unfallverhütungsvorschriften der Berufsgenossenschaft. Für Frau Preez spricht die Tatsache, dass es auf Timothy zurückfallen wird, falls sie sich als Fehlgriff erweist. Ich gebe mich also geschlagen, und die graue Maus bekommt den Job.

«Wie nobel», sagt Schamski beim Mittagessen, als ich ihm von dem spontanen Bürotausch berichte. «Und du hast keine Angst, dass solche Aktionen deine Autorität untergraben?»

«Was hat das denn mit Autorität zu tun, wenn ich ihm mein Büro gebe?», entgegne ich etwas verunsichert.

«Na ja, das ist hier ist ein extrem konservativer Laden. Wo jemand in der Hierarchie steht, zeigt sich auch anhand des Büros, des Dienstwagens oder des Spesenkontos.»

«Das ist doch alles völlig überholt», entgegne ich im Brustton der Überzeugung. «Das war vielleicht vor zehn oder zwanzig Jahren mal so, aber heute interessiert sich im Job doch niemand mehr für Statussymbole.»

Schamski zuckt mit den Schultern. «Wenn du meinst.»

Nach dem Essen beeile ich mich, in Timothys neues repräsentatives Büro zu kommen, damit er sich nicht auch noch Görges' Dienstwagen unter den Nagel reißt. «Haben Sie eigentlich einen Pkw?»

«Noch nicht», erwidert Timothy. «Aber ich hab im Schreibtisch einen Schlüssel gefunden.»

«Ach! Das ist der von Dr. Görges», sage ich, als wäre ich erstaunt über Timothys Fund, werfe meine Autoschlüssel auf den Schreibtisch und schnappe mir rasch die von Görges. «Sie können meinen Wagen haben, ich nehme dann den hier.» Ich halte den erbeuteten Schlüssel hoch.

Timothy scheint das gleichgültig zu sein. «Klar. Danke.»

«Keine Ursache. Gern geschehen.» Ich verlasse das Büro mit meinem neuen Dienstwagen und bin trotzdem unzufrieden. Es ärgert mich jetzt maßlos, dass ich im Fall von Ellen Preez nachgegeben habe. Statt meine Autorität bei Görges' Geländewagen unter Beweis zu stellen, hätte ich dafür sorgen müssen, eine junge und innovative Bewerberin zur Vorstandssekretärin zu machen. Aki Bashis Ideen werden jetzt bei einem Konkurrenzunternehmen sprudeln.

Um mich über meine erste Fehlentscheidung als Vorstandschef hinwegzutrösten, mache ich früher Schluss und probiere meinen neuen Geländewagen aus. Dabei rutscht meine Laune endgültig in den Keller.

Der Wagen hat die Größe eines kleinen Lkw, im Kofferraum könnte man bequem meinen vorherigen Dienstwagen verstauen. Um vom Beifahrersitz auf die Straße sehen zu können, muss Fred sich gehörig strecken. Er wirft mir genervte Blicke zu: Wie kann man nur auf die Idee kommen, ein derart beschissenes Auto anzuschaffen?

Ausnahmsweise sind wir uns einig. Leider gibt es kein Zurück. Wenn ich Timothy jetzt sage, dass ich meine Mittelklasselimousine wiederhaben möchte und er diesen Truck fahren soll, mache ich mich lächerlich.

Wahrscheinlich hat Görges den Wagen angeschafft, um die Ausrüstung für seine Angelausflüge bequem transportieren zu können. Und weil er verheiratet ist und drei Kinder hat. Ich habe weder ein vergleichbares Hobby noch eine große Familie. Deshalb wirke ich in einem riesigen Geländewagen nur wie ein Mann mit einem winzigen Ego und einem noch winzigeren Umweltbewusstsein.

Als ich an einer Ampel stehe und bemerke, dass eine fünfköpfige Familie, die sich in einen gasbetriebenen Kleinwagen gedrängt hat, vorwurfsvoll zu mir hochschaut, komme ich mir endgültig wie ein Arschloch vor.

Die Suche nach einem Parkplatz kostet mich fast eine Stunde. Ich stelle den Motor ab und bin entschlossen, Frau Preez morgen als Erstes damit zu beauftragen, den Leasingvertrag zu prüfen. Irgendwie soll sie mir einen kleineren Wagen besorgen. Fred pflichtet mir bei, indem er auf die Straße springt und als Erstes demonstrativ gegen die Alufelgen pinkelt.

Als ich die Türschlösser zuschnappen lasse, hält Schamskis Porsche neben mir. «Hast du deine Meinung über Statussymbole geändert?», bemerkt er mit Blick auf meinen neuen Dienstwagen. «Oder machst du jetzt den Busführerschein?»

«Ein alternder Playboy in ’nem Porsche sollte den Mund nicht allzu voll nehmen», erwidere ich.

Schamski grinst. «Bist du heute Abend zu Hause?»

Ich nicke.

«Gut. Wenn Gordon anruft, geh einfach nicht ran.»

Ich mache ein fragendes Gesicht.

«Ich hab noch einen Termin», erklärt Schamski. «Dauert nicht lange. Danach erzähl ich dir alles.»

Bevor ich etwas erwidern kann, jagt der Porsche davon.

Während Fred sein Fertigfutter in der Küche verteilt, um klarzustellen, dass ich ihm wieder mal indiskutablen Fraß vorgesetzt habe, genehmige ich mir ein Glas Wein und grüble darüber nach, was Schamski wohl unternommen hat, um die Sache mit den Rottweilern geradezubiegen.

Es klingelt. Das trifft sich gut, gleich weiß ich mehr.

Erst im Flur fällt mir ein, dass Schamski einen eigenen Schlüssel hat. Bevor ich den Gedankengang zu Ende bringen kann, habe ich die Tür bereits entriegelt. Als ich die Klinke schon gedrückt halte, denke ich kurz darüber nach, nicht zu öffnen. Es ist nur so ein Gefühl.

In diesem Moment wird die Tür von außen aufgeschoben, und das Blut stockt mir in den Adern. Im Treppenhaus steht ein riesiger Kerl mit dunkler Sonnenbrille, einem langen Mantel und schweren Lederstiefeln. Seiner Mütze nach zu urteilen, würde ich auf einen Russen tippen. Aber egal, in welchen Wäldern er von Wölfen aufgezogen wurde, heute verdient er sein Geld sicher als Knochenbrecher.

Alles klar, denke ich, Schamski hat Gordon gedroht, und der lässt mir jetzt zum Dank dafür das Fell über die Ohren ziehen.

Rasch will ich die Tür zuschlagen, aber der Kerl ist schneller. Er schiebt einen Stiefel vor, und im nächsten Moment hat er den gesamten Eingang blockiert. Ich weiche zurück, derweil der Hüne in seine Manteltasche greift und einen metallisch schimmernden Gegenstand hervorzieht. Ich ahne, es ist ein Schlagring.

Während ich fieberhaft überlege, wie ich die Situation entschärfen kann, stolpere ich und falle rücklings in den Flur. Der Kerl macht zwei schnelle Schritte auf mich zu und hat mich fast erreicht, da höre ich direkt hinter meinem Kopf ein gefährliches Knurren. Fast im gleichen Moment hechtet Fred mit einen großen Satz über mich hinweg und stürzt sich auf den Eindringling. Derweil der

Russe krachend zu Boden geht, hört man Freds wütendes Knurren, das Zuschnappen von Hundekiefern, das Reißen von Kleidung und das Wimmern des am Boden liegenden Mannes.

Entgeistert betrachte ich die Szene und verziehe dabei mitfühlend das Gesicht, denn was Fred da gerade mit dem Russen anstellt, wünscht man nicht mal seinem ärgsten Feind. Weil ich erschrocken und verwirrt bin, komme ich nicht sofort auf die Idee, meinen Hund zurückzurufen. Als ich dann doch einschreiten will, passiert etwas Seltsames.

«Fred ...», höre ich den Russen leise sagen. Eigentlich ist es nur noch ein Röcheln.

Fred und ich sind gleichermaßen verdattert. Während mein Hund von dem zerschundenen Mann ablässt, bin ich nicht sicher, ob ich meinen Augen trauen kann. Beim Kampf mit Fred hat der Kerl Mütze und Sonnenbrille verloren. Die Kleidung ist zerbissen, Gesicht und Hände sind mit Schrammen übersät. Trotzdem erkenne ich ihn jetzt.

«Günther?», sage ich baff.

Günther verzieht das zerkratzte Gesicht und nickt matt.

Nun wird auch Fred klar, dass er um Haaresbreite seinen alten Kumpel Günther ins Jenseits befördert hätte. Mein Hund lässt seine anderthalb Ohren hängen und schleicht in eine Ecke des Flurs.

Günther setzt sich mühsam auf und sieht mich vorwurfsvoll an.

Ich zucke hilflos mit den Schultern. «Tut mir leid ...»

Günther sieht mich an und seufzt. «Gibt es hier 'n Krankenhaus? Ich bräuchte ein paar Pflaster und wahrscheinlich auch 'ne Tetanusspritze.»

Ich habe mich inzwischen aufgerappelt und reiche Günther die Hand, um ihm ebenfalls auf die Beine zu helfen.

«Ich fahr dich hin. Willkommen übrigens. Schön, dass du da bist.»

Günther lächelt schief. «Danke. Ich freu mich auch, dich zu sehen.»

Am Boden erblicke ich den metallischen Gegenstand, den ich für einen Schlagring gehalten habe. Es ist ein silbernes Etui. Gleich daneben liegt die von Fred zerbissene Sonnenbrille.

Auf dem Weg zum Krankenhaus darf Günther vorn sitzen. Fred überlässt ihm ganz selbstverständlich seinen Stammplatz und verkrümelt sich auf den Rücksitz. Er muss also ein sehr schlechtes Gewissen haben. Ich sehe im Rückspiegel seine kleinen dunklen Augen. Er ist besorgt und scheint zu überlegen, was ihn wohl als Strafe für den Angriff auf Günther erwartet. Bekommt er einen Monat lang nur Trockenfutter? Oder gilt ab sofort verschärfte Maulkorbpflicht? Muss er am Ende vielleicht sogar zurück ins Tierheim? Fred blickt zwischen uns hin und her, als würde er auf eine Antwort warten. Günther und ich schweigen. Die Fahrt dauert nicht lange, außerdem müssen wir uns erst mal sammeln. Das weiß Fred natürlich nicht. Er sitzt also da und rechnet mit dem Schlimmsten.

Günther erlöst ihn schließlich, indem er sich nach hinten wendet und Fred den Kopf tätschelt: «Sei nicht traurig, alter Junge. Du hast es ja nur gut gemeint.»

Fred öffnet das Maul, lässt die Zunge heraushängen und scheint aufzuatmen. Dann zieht er den Kopf ein wenig zur Seite, weil er es eigentlich hasst, getäschelt zu werden.

Derweil Günther verarztet wird und Unschuldslamm Fred in den Grünanlagen der Klinik die Hasen aufmischt, suche ich nach einem Kaffeeautomaten. Dabei sehe ich zu meinem Erstaunen Schamski, der auf einer Bank sitzt und gelangweilt in einer Zeitung blättert. Mein erster Gedanke ist, dass irgendwas mit seinem Herzen nicht stimmt. «Was machst du denn hier?», frage ich unbehaglich. «Alles okay?»

Schamski blickt auf und ist ebenfalls erstaunt, mich zu sehen. «Ja, alles okay.» Er legt die Zeitung beiseite. «Mir ist nur gerade was sehr Seltsames passiert. Aber was ist mit dir? Wolltest du nicht zu Hause sein?»

«Doch», erwidere ich und setze mich. «Mir ist nur auch gerade was sehr Seltsames passiert.»

Schamski sieht mich an. «Ich vermute, so seltsam wie meine Geschichte ist deine noch lange nicht.»

Ich würde zwar dagegen wetten, sage aber: «Ich bin gespannt.»

«Ich hab gerade Bronko angefahren», sagt Schamski sachlich.

Ein weiteres Mal an diesem Abend bin ich baff. «Himmel! Und? Was ist mit ihm? Ist er schwer verletzt?», stammele ich erschrocken.

Schamski schüttelt den Kopf. «Nein. Es geht ihm gut. Sie wollen nur sichergehen, dass nichts gebrochen ist. Reine Routine.»

Ich atme durch. «Wie ist das passiert?»

Schamski zuckt mit den Schultern. «Er ist mir einfach vor den Wagen gelaufen. Ich bin sofort in die Eisen gegangen, hab ihn aber trotzdem noch am Bein erwischt. Wie gesagt, nicht schlimm, aber wir waren beide geschockt.»

Ich versuche meine Gedanken zu sortieren. «Wieso ist Bronko überhaupt in der Stadt? Und wieso hat er sich nicht gemeldet? Oder ist er gerade erst angekommen?»

Schamski macht ein ernstes Gesicht. «Das ist der andere Teil der seltsamen Geschichte. Im ersten Moment dachte ich, ich hätte einen Penner angefahren. Bronko sieht völlig heruntergekommen aus. Kann es sein, dass er schon 'ne Weile auf der Straße lebt?»

«Unmöglich», erwidere ich. «Ich hab ihn im Fernsehen gesehen und ...»

«Ich weiß», unterbricht Schamski. «Deshalb war ich ja überrascht.»

Ich denke angestrengt nach, kann mir aber auf Schamskis Geschichte beim besten Willen keinen Reim machen.

«Und du? Was hast du Seltsames erlebt?»

«Fred hat Günther angefallen.»

Schamski muss lachen.

«Das ist nicht witzig», sage ich. «Günther sah aus wie ein Schlägertyp. Fred hat ihn nicht erkannt.»

«Ich dachte, Hunde könnten das riechen.»

Ich zucke mit den Schultern. «Mein Hund ist ein ziemlicher Trottel, was das betrifft. Der wittert einen Hasen erst, wenn er drüber stolpert. Jedenfalls hat Fred Günther nicht erkannt. Und ich übrigens auch nicht. Ich dachte schon, Gordon hätte mir jemanden vorbeigeschickt.»

Schamski muss erneut lachen. Dann schnappt er sich die Zeitung, die er gerade gelesen hat, hält sie mir hin und zeigt auf einen Artikel.

Ich sehe, dass es sich um die Tageszeitung unseres Verlages handelt.

«Die Ausgabe von morgen», erklärt Schamski.

Unter der Überschrift «Kunst oder Tierquälerei?» mokiert sich ein Experte namens Prof. Dietmar Stünnes darüber, dass Gordons Band bei Konzerten Rottweiler mitwirken lässt. Stünnes kommt zügig zu dem Schluss, dass es sich hierbei klar um einen Fall von Tierquälerei handelt.

«Laute Musik und Lichtreflexe können bei Rottweilern

schwere Nervenstörungen auslösen, die in Extremfällen sogar den Tod der Tiere verursachen», zitiere ich in ungläubigem Tonfall aus dem Artikel.

Schamski zuckt mit den Schultern. «Für fünfhundert Mäuse und 'ne Kiste Wein vertritt Stünnes jede Expertenmeinung, die gewünscht wird. Ich hab seine Nummer von einer Freundin, die bei einem Privatsender arbeitet.»

Ich lege die Zeitung zur Seite und sehe Schamski mit einer Mischung aus Respekt und Verachtung an. Er grinst. «Der Artikel erscheint auch im Internet. Morgen werden ein paar Tierschützer die Fanseite von Gordons Band mit empörten Mails zumüllen. Hat dich noch ein paar Hunderter gekostet. Außerdem will ein Tierschutzverein der Band Klage androhen.»

«Hat mich auch nochmal ein paar Hunderter gekostet?», mutmaße ich.

«Genau», sagt Schamski. «Das wollte ich dir heute Abend noch erzählen, damit du im Bilde bist, wenn Gordon anruft.»

«Wenn er mir für diese dreckige Nummer tatsächlich Schläger auf den Hals schicken würde, wäre das absolut gerechtfertigt», motze ich.

Schamski lächelt. «Keine Sorge. Melissa hat sich bei einer befreundeten Musikerin in London erkundigt. Und die hat gesagt, Gordon benimmt sich zwar wie der Chef einer Garagenband, ist aber in Wirklichkeit ein knallharter Geschäftsmann. Er wird sich also überlegen, ob er auf die Forderungen gegen dich verzichtet oder lieber seine Fans vergrault, was ihn wesentlich mehr kosten könnte.»

«Und wenn ihn der Artikel nicht so beeindruckt wie gewünscht?»

«Dann hast du immer noch die Möglichkeit, es auf einen

Prozess ankommen zu lassen. Ich an deiner Stelle würde behaupten, dass die Rottweiler durch ihre stressigen Bühnenjobs hochneurotisch und brandgefährlich geworden sind. Gordon müsste dann das Gegenteil beweisen.»

Erneut überlege ich. Schamski überrascht mich immer wieder mit seinen niederträchtigen Plänen, und auch diese Intrige scheint gut gesponnen.

«Am Ende des Tages kannst du immer noch auf seine Forderungen eingehen», bemerkt Schamski beiläufig. «Ich hab ja gesagt, mein Plan kann klappen, muss aber nicht.»

In diesem Moment öffnen sich an den beiden Enden des Flures fast zeitgleich zwei Türen, und Bronko und Günther erscheinen. Der eine sieht aus wie ein Russe, der gerade von einem Mähdrescher überfahren worden ist, der andere scheint eben erst einem der Elendsviertel von Kalkutta entkommen zu sein.

«Haben wir genug Vorräte, um die beiden aufzupäppeln?», fragt Schamski im Tonfall eines professionellen Entwicklungshelfers.

«Massenhaft Pastete und literweise Rotwein», antworte ich.

«Gut. Mehr kann man vom Leben nicht erwarten.»

HOFFENTLICH IST DAS DER RICHTIGE WEG

Während Bronko duscht, ist Günther noch unentschlossen, ob er das ebenfalls riskieren will. Schließlich könnten sich trotz Desinfektion und Tetanusspritze die Wunden entzünden. Schamski und ich versuchen, Günthers Bedenken zu zerstreuen, weil er definitiv eine Dusche vertragen könnte. Als Bronko die Küche betritt, hat Günther sich glücklicherweise dazu durchgerungen, ein Bad zu nehmen, vorsichtshalber aber nur lauwarm und ohne seifenhaltige Zusätze.

«Wenn du willst, können wir dich auch nur abstauben», ruft Schamski ihm hinterher. Günther hört es nicht, er ist bereits im Bad verschwunden.

Ich habe Bronko ein Hemd und eine Hose geliehen. Seine Garderobe ist völlig verdreckt. Ob sie überhaupt noch zu gebrauchen ist, wird sich nach der Wäsche zeigen. Meine Sachen sind Bronko sichtlich zu groß. Er wirkt schmächtig und verloren. Sein Blick flattert durch die Küche. Dabei folgt das rechte Auge dem linken. Ob Bronko einen ansieht, kann man an seinem linken Auge ablesen. Es ist quasi sein Zielauge. Bronko schielt heute noch schlimmer als gewöhnlich, was ein sicheres Zeichen dafür ist, dass er sich vor Müdigkeit kaum auf den Beinen halten kann.

Schamski und ich tauschen einen besorgten Blick.

Bronkos Zielauge zoomt auf die Pasteten. «Darf ich?»

«Klar! Bedien dich!», erwidert Schamski, gießt Bronko Rotwein ein und schiebt ihm einen Stuhl hin.

Während Bronko sich mit Heißhunger über das Abendessen hermacht, hüllen Schamski und ich uns in Schweigen. Bronko scheint die Situation unangenehm zu sein, also werden wir ihn jetzt nicht mit Fragen bestürmen. Wenn er erzählen will, wird er das schon tun.

Fred liegt in seiner Ecke und beobachtet uns. Sein Fertigfutter hat er immer noch nicht angerührt. Während Bronko isst, hängen Schamski und ich unseren Gedanken nach. Weiterhin herrscht Schweigen.

«Ich werd übrigens gleich wieder verschwinden», verkündet Bronko plötzlich. Es klingt sachlich.

Wieder tauschen Schamski und ich einen Blick.

«Willst du dich nicht erst mal ausschlafen?», erwidere ich möglichst beiläufig, derweil ich die Schränke abklappere, um für Fred ein Abendessen zu finden, das ihm genehm sein könnte.

Bronko kaut schweigend und nimmt dann einen großen Schluck Rotwein.

«Überhaupt kein Problem», setze ich nach. «Du hast hier immer ein Zimmer. Und du musst nichts erklären. Bleib einfach, solange du willst.»

Bronko legt ein Stück Brot mit Pastete, das er sich gerade in den Mund schieben wollte, zurück auf den Teller, greift dann zu seinem Weinglas und nimmt erneut einen tiefen Zug. «Ich glaube, das ist keine gute Idee», erwidert er. Sein Blick flattert durch die Küche, sein Zielauge zoomt auf mich. «Könnte gut sein, dass ich ein paar Probleme mit den Triaden habe.»

Das Wort habe ich mal gehört, weiß aber gerade nicht,

was es bedeutet. «Aha. Und die Triaden sind ... was nochmal?», überlege ich laut.

«Die chinesische Mafia», wirft Schamski ein.

«Genau», erwidert Bronko, gönnt sich noch ein Stück Brot mit Pastete und spült großzügig mit Rotwein nach.

Schweigen. Wir hängen wieder eine Weile unseren Gedanken nach und sehen dabei wahrscheinlich wie ziemlich ratlose ältere Herren aus.

«Die Verträge waren in Chinesisch. Ich weiß nicht, was ich da unterschrieben hab», beginnt Bronko. «Erzählt haben sie mir, dass sie ein paar Dutzend Bilder kaufen und mich groß rausbringen wollen. Zuerst lief auch alles gut, ich hab sogar einen Kunstpreis bekommen.»

«Das hab ich per Zufall im Fernsehen gesehen», unterbreche ich.

«Wirklich?», erwidert Bronko erstaunt.

Ich nicke. «Ich hab Schamski davon erzählt. Wir dachten, das wäre dein internationaler Durchbruch.»

Bronko verzieht gequält das Gesicht. «Ja, das dachte ich auch. Aber kurz danach hieß es, man hätte meine Bilder als regimekritisch eingestuft.»

Schamski und ich sind gleichermaßen erstaunt. Wir wären beide nie auf die Idee gekommen, dass man in Bronkos Bildern politische Aussagen entdecken könnte. Ehrlich gesagt kann ich persönlich überhaupt ziemlich wenig darin entdecken. Bronko ahnt, was wir denken.

«Ich weiß, dass ich kein begnadeter Künstler bin. Ich hab trotzdem immer gehofft, irgendwann mal ein paar passable Bilder hinzukriegen. Dass ich jetzt per Zufall regimekritisch male, damit konnte ja keiner rechnen.» Er seufzt. «Jedenfalls hatte ich die Wahl, in den Knast zu gehen oder mein letztes Geld für ein Ticket zusammenzukratzen. Das hab ich dann gemacht. Keine Ahnung, ob sie mir noch auf den Fersen sind. Ich hab jedenfalls beschlossen, niemanden in die Sache reinzuziehen und eine Weile unterzutauchen, bis Gras über alles gewachsen ist.»

«Und woher weißt du, dass die Triaden dahinterstecken?», frage ich.

«Weiß ich gar nicht», sagt Bronko. «Aber ein paar ziemlich gefährlich aussehende Typen haben das behauptet.»

«Dann wollten sie dir wahrscheinlich nur Angst machen», erwidere ich.

«Das ist ihnen erstklassig gelungen», gibt Bronko zurück.

«Und was ist mit deinen Bildern? Und dem Geld, das du verdient hast?», fragt Schamski und greift nun auch zur Pastete.

Bronko zuckt mit den Schultern. «Alles futsch. Die Bilder wandern wahrscheinlich in irgendeinen Keller. Das Geld haben sich die Leute, die mir das alles eingebrockt haben, unter den Nagel gerissen.» Er gießt sich Wein nach. «Was soll's? Ist ja nichts Neues, dass ich pleite bin.» Entspannt wendet er sich wieder der Pastete zu.

Ein kurzes Schweigen. Ich ahne, was Schamski denkt, denn ich habe gerade dieselbe Idee. «Du bleibst», ordne ich an.

Bronko schaut erstaunt hoch, und sein Zielauge zoomt auf mein Gesicht.

Ich nicke bestätigend. «Ich glaube zwar nicht, dass sie mehr von dir wollten als die Kohle und die Bilder, aber wenn doch, dann bist du hier genauso sicher wie auf der Straße. Wir sind nicht verwandt und kennen uns erst ein paar Monate. Es ist also praktisch unmöglich, dich hier zu finden.»

Bronko denkt nach. Die Vorstellung, nicht mehr in Hauseingängen übernachten zu müssen, behagt ihm sichtlich.

«Außerdem wird es bald Winter», ergänzt Schamski.

Bronkos Blick wandert zwischen uns beiden hin und her, er wirkt gerührt. «Danke, Leute. Wirklich. Aber ich will euch auf keinen Fall in Schwierigkeiten bringen.»

«Tust du nicht», erwidere ich. «Jedenfalls nicht über die Maßen. Nach Lage der Dinge haben wir sowieso schon Probleme mit der CIA.»

«Was ist mit der CIA?», fragt Günther, der gerade in die Küche kommt. Sein Gesicht ist gerötet, aber er scheint sich immerhin im Bad keine tödliche Infektion zugezogen zu haben. Während er sich an den Tisch setzt und zur Pastete greift, beobachtet er, wie ich Fred zwei Lammkoteletts, die ich noch im Kühlschrank gefunden habe, in den Napf lege.

«Fred bekommt Lammkoteletts, obwohl er versucht hat, mich zu reißen?», fragt Günther leicht pikiert.

«Klar», sage ich. «Zur Belohnung. Wenn er es beim nächsten Mal schafft, dich auch zu apportieren, kriegt er 'n Steak.»

Günther ignoriert meine Bemerkung und gießt sich Wein ein. «Also, was ist mit der CIA?»

«Keine Ahnung. Sag du es mir. Sind sie hinter dir her?»

Günther lehnt sich zurück, macht einen überlegenen Gesichtsausdruck. «Schon möglich. Deshalb hab ich dich ja informiert. Und deshalb war ich auch fast drei Tage unterwegs. Ich bin mit dem Bus nach New York gefahren, hab da ein Schiff nach Island genommen, bin von dort nach Warschau geflogen und dann mit dem Zug hierhergekommen.»

«Um was zu erreichen?», fragt Schamski ungerührt.

«Na, um Spuren zu verwischen», erklärt Günther ganz selbstverständlich.

Jetzt brauche ich auch mal einen großen Schluck Wein, denn eigentlich hatte ich es als Witz gemeint, dass wir ernsthaft Probleme mit einer amerikanischen Bundesbehörde haben. «Wieso, um Himmels willen, bist du denn überhaupt auf der Flucht vor der CIA?»

«Bin ich eigentlich gar nicht», erwidert Günther und schiebt sich gemächlich einen Happen Pastete in den Mund. «Ich wollte nur erreichen, dass meine Frau mich nicht findet.»

Schamski und ich sehen Günther ausdruckslos an. Ich frage mich, wie es wohl in Günthers Gehirn aussieht. Ein wesentlicher Teil ist wahrscheinlich mit Computerwissen vollgestopft. Dann gibt es noch ein paar Schubladen, in denen Elementarwissen herumliegt, also beispielsweise eine Anleitung, wie man sich die Schuhe richtig zubindet. Weiter hinten, wo bei anderen Leuten gesunder Menschenverstand und Lebenserfahrung gespeichert sind, stelle ich mir bei Günther eine Art Zirkusarena vor, in der sich pausenlos Clowns mit Torten bewerfen.

«Du hast also die CIA ausgetrickst, damit deine Frau dich nicht findet», fasse ich zusammen, um sicher zu sein, nichts falsch verstanden zu haben.

Günther nickt, als wäre das eine Leistung, auf die ein Mann stolz sein kann.

«Aber ... wieso?», fragt Schamski ratlos und greift mit leiser Verzweiflung zu seinem Weinglas.

«Ganz einfach», erklärt Günther. «Wenn die CIA mich findet, dann weiß auch Iggy, wo ich bin. Ist doch logisch, oder?»

Schamski setzt sein Glas ab. «Nein. Ich meine, warum musstest du überhaupt vor deiner Frau flüchten?»

«Weil sie mir das Leben zur Hölle macht», sagt Günther leicht aufbrausend. «Sie will ein Haus im Grünen. Und Kinder. Mindestens drei. Und einen Hund will sie auch.» Er wirkt zerknirscht. «Ich hab einen Berg Schulden. Ich weiß nicht, wie ich das alles finanzieren soll.»

Schamski und ich stürzen die Inhalte unserer Weingläser herunter. Günther hat in seinem Leben schon viel Quatsch gemacht. Diesmal hat er sich selbst übertroffen.

«Und Iggy lässt nicht mit sich reden?», fragt Schamski und fingert hastig eine Zigarette hervor.

Günther schüttelt den Kopf. «Sie sagt, sie dachte, ich wäre einer der wenigen Männer, die wissen, was sie wollen. Nämlich eine Familie und ein Zuhause. Deshalb hat sie mich geheiratet. Hätte sie gewusst, dass ich mir all das noch überlegen muss, bis sie zu alt zum Kinderkriegen ist, dann hätte sie mir nie ihr Jawort gegeben.»

«Okay. Da ist was dran», konstatiert Schamski.

Ich nicke. «Ja. Vielleicht hättet ihr das vorher besprechen sollen.»

«Wann denn vorher?», mault Günther. «Wir haben uns ja kaum gekannt, als ich ihr den Antrag gemacht habe.»

«Deswegen sage ich ja, ihr hättet das vorher besprechen sollen», erwidere ich unwirsch.

Günther verzieht genervt das Gesicht. «Ich wollte mit ihr zusammen sein. Mehr nicht. Ich dachte, über alles andere könnte man reden.»

«Schon klar», sagt Schamski und bläst Rauch zur Decke. «Aber dass jemand heiratet, um eine Familie zu gründen, ist ja nun keine völlig verrückte Idee. Damit hättest du rechnen können.»

Günther atmet geräuschvoll aus. «Ja, ich weiß. Vielleicht wäre ich sogar einverstanden gewesen, wenn sie nicht so einen fürchterlichen Druck gemacht hätte. Irgendwie hat mich das in Panik versetzt.»

Das ist nichts Neues. Panik war jahrelang einer von Günthers beliebtesten Gemütszuständen, besonders wenn es um Herzensangelegenheiten ging. Ich dachte, durch die Heirat mit Iggy hätte Günther das Problem in den Griff bekommen, aber offenbar hat sich seine Panik nur ein neues Ventil gesucht.

«Und was willst du jetzt machen?», frage ich seufzend. «Als Russe verkleidet vor deiner Frau um die Welt flüchten?»

Günther sieht mich vorwurfsvoll an. «Ich weiß es nicht! Ich brauch jetzt erst mal ein paar Tage Ruhe, um über alles nachzudenken. Außerdem dachte ich, du könntest mir vielleicht einen Rat geben.»

Ein kurzes Schweigen, Schamski drückt seine Zigarette aus. «Was ist mit der CIA? Suchen die tatsächlich nach dir?»

Günther winkt ab. «Vermutlich interessieren die sich überhaupt nicht für mich. Ich hab den Job längst erledigt, und mein Vertrag läuft sowieso in ein paar Wochen aus. Aber eine Kollegin von mir hat sich mit Iggy angefreundet. Sie heißt Maureen und ist Spezialistin für Überwachungstechnik. Ich würde sagen, eine der besten weltweit. Iggy wird Maureen sicher fragen, ob sie mich aufspüren kann. Deshalb war ich so vorsichtig.»

«Und der Gedanke, dass Iggy einfach hier anrufen könnte, weil sie vermutet, dass du zu deinem besten Freund geflohen bist, ist dir nicht zufällig gekommen?», frage ich leicht frustriert.

Günther blickt mich erschrocken an. «Nein», sagt er dann tonlos und ist offenbar selbst erstaunt darüber, wie rasend blöd man sein kann.

«Okay», sagt Schamski und erhebt sein Glas. «Immerhin haben wir nicht die CIA am Arsch, sondern höchstens die Triaden. Darauf trinke ich.» Er blickt zu Bronko, um ihm zuzuprosten. Doch der reagiert nicht. Bronko sitzt da mit verschränkten Armen, sein Kinn ist auf die Brust gesunken. Er ist eingeschlafen.

Am nächsten Morgen reißt mich mein Handy bereits um kurz nach sieben aus dem Schlaf. Weil ich mich verkatert fühle, gehe ich nicht ran, kann aber danach auch nicht mehr einschlafen.

Der Anruf kam von Lisa. Sie hat mir auf die Mailbox gesprochen, dass sie mich noch vor der Arbeit sehen will. «Und komm nicht auf die Idee, irgendwelche Termine vorzuschieben, Paul. Es ist wichtig.» Sie klingt unwirsch.

Ich ahne, dass Gordon sich bei Tommi über den Artikel beschwert hat. Tommi hat sich daraufhin bei Lisa ausgeheult, und die soll mich nun ins Gebet nehmen.

In der Küche treffe ich Bronko. Wir haben ihn gestern noch mit vereinten Kräften ins Bett befördert. Der Schlaf hat ihm gutgetan, denn er wirkt erholt und aufgeräumt. «Morgen, Paul. Magst 'n Tee?»

Ich schüttele den Kopf. «Lieber Kaffee. Mir is nich gut.»

Bronkos mehrstöckiger Espresso bringt mich wieder auf die Beine. Als ich bei Lisa und Tommi ankomme, fühle ich mich nicht nur fit, sondern sogar ein bisschen auf Krawall gebürstet. Liegt wohl am Koffein.

Fred scheint zu ahnen, dass es gleich hoch hergehen könnte, und möchte gern dabei sein. «Du bleibst hier, das is nix für halbe Kampfhunde», sage ich und schlage ihm die Autotür vor der Nase zu.

Tommi hockt am Küchentresen und macht einen griesgrämigen Eindruck. «Möchtest du einen Yogitee?», fragt Lisa.

Ich schüttele den Kopf. «Danke, nein. Ich hab nicht viel Zeit.»

«Gut», sagt Lisa und setzt sich. «Kommen wir also gleich zur Sache. Du ahnst wahrscheinlich, dass es um Gordon geht.» Sie wirft den Zeitungsartikel auf den Tisch. «Was hast du dir nur bei dieser Sauerei gedacht?»

Tommi verzieht keine Miene, er sitzt da wie ein bockiges Kind.

Ich atme kurz durch. «Gordon wollte mich erpressen. Ich hab den Spieß umgedreht. Das ist schon die ganze Geschichte.»

«Und es ist dir gleichgültig, welche Folgen das hat?»

«Für mich hat es zur Folge, dass ich kein Vermögen ausgeben muss für eine Sache, mit der ich nichts zu tun habe. Ich hatte euch gesagt, das Fred andere Hunde hasst. Was hätte ich denn noch tun sollen?»

Lisa überlegt einen Moment, sieht dann zu Tommi, aber der schweigt stur.

«Wie dem auch sei», beginnt Lisa, und ihr ist anzumerken, dass sie selbst nicht ganz überzeugt von dem ist, was jetzt kommt: «Es gibt eine moralische Verpflichtung, für den Schaden aufzukommen. Besonders, wenn die Sache nicht nur dich allein, sondern auch uns betrifft.»

Tommi sitzt immer noch da und gibt die beleidigte Leberwurst. Er wirft mir einen abschätzigen Blick zu, im gleichen Moment merke ich, wie mir das Koffein durch die Adern rauscht. «Was sagst du eigentlich dazu?», pöbele ich ihn an. «Oder muss Mutti das wieder alles für dich regeln?»

«Hör auf, Paul!» Lisa klingt bestimmt.

Tommi hebt den Blick, verzieht verächtlich die Mundwinkel. «Du hast wieder mal keine Ahnung, worum es geht, weißt du das?»

«Mir ist völlig klar, worum es geht», entgegne ich locker. «Es geht einzig und allein um die Platte, die Gordon mit dir einspielen wollte, bevor die Sache mit den Rottweilern passiert ist. Ob Gordon im Recht ist oder nicht, interessiert dich doch einen Scheiß.»

Tommis Gesicht verdüstert sich. «Es ist heutzutage schwer, gute Jobs zu kriegen, Paul. Gordon ist sehr erfolgreich. Er kennt alle wichtigen Leute. Und das heißt, er kann dafür sorgen, dass ich mit Topmusikern arbeite. Aber er hat auch die Macht, mich aus dem Geschäft zu kegeln. Dann muss ich mich nochmal ein paar Jahre damit rumquälen, Werbejingles und Weihnachtsplatten einzuspielen.»

Mir geht dieses Selbstmitleid fürchterlich auf die Nerven. Andere Leute tragen bei Wind und Wetter Briefe aus oder schuften im Bergwerk. Tommi findet die Welt bereits ungerecht, wenn er nicht mit Superstars arbeiten darf. Ich reiße mich trotzdem zusammen und bleibe diplomatisch: «Das verstehe ich, Tommi. Aber es kann doch nicht sein, dass ich mich von Gordon erpressen lassen muss, damit du diesen Job bekommst.»

«Dein Köter hat seine Hunde angefallen!», mault Tommi. «Die Tiere sind nun mal teuer. Also musst du sie bezahlen. Und damit basta.»

«Was geht das dich an?», gebe ich zurück. «Ich regle mit Gordon meine Angelegenheiten, regle du mit ihm deine.»

«Wenn du seine Hunde nicht bezahlst, krieg ich den Job

nicht», erwidert Tommi und klingt nun nicht mehr nur sauer, sondern auch trotzig.

«Wenn Gordon so ein Arschloch ist, wer sagt dann, dass du den Job überhaupt bekommst – selbst wenn ich für die Rottweiler ein Vermögen hinblättere?»

Schweigen. Ich schaue zu Lisa und sehe, dass sie meine Argumentation nicht völlig abwegig findet. Damit ist schon viel gewonnen.

Tommi mustert mich skeptisch, und für einen Moment habe ich das Gefühl, er könnte ein Einsehen haben. Dann jedoch verschränkt er die Arme und lehnt sich zurück. «Ich habe Gordon versprochen, dass du für den Schaden aufkommst. Das heißt, ich stehe bei ihm im Wort. Enttäusch mich also nicht, Paul.» Tommi sagt es wie ein strenger Vater, der seinen Lausbuben ermahnt. Das ist eine von Tommis Maschen. Wenn ihm die Argumente ausgehen, wird er autoritär. Wieder spüre ich, wie das Koffein durch meine Adern rauscht. Lisa weiß, dass ich grundsätzlich allergisch reagiere, wenn man mir was vorschreiben will. Deshalb ahnt sie vielleicht, was jetzt kommt.

Ich erhebe mich. «Tommi, erzähl mir nicht, was ich zu tun und zu lassen habe. Hättest du besser auf Fred aufgepasst, wäre das alles nicht passiert. Wenn dich das jetzt den Job kostet, ist das bedauerlich, aber nicht mein Problem.»

Tommi steigt die Zornesröte ins Gesicht. «Das ist wieder mal typisch für dich! Hauptsache, dir geht es gut. Wo die anderen bleiben, geht dir sonst wo vorbei!»

Das war klar. Egal, was passiert, Tommi kommt ständig zu kurz. Und das ist seiner Ansicht nach besonders ungerecht, weil er nämlich nie an sich, sondern immer nur an die anderen denkt. Diese Opferrolle ist mir so zuwider, dass sich jetzt Adrenalin zu meinem Koffein gesellt. «Ach? Das ist typisch für mich? Wenn ich das hier richtig sehe, geht es gerade ausnahmslos um dich und deinen bescheuerten Job! Gib doch wenigstens einfach mal zu, dass du schlicht egoistisch an deine Karriere denkst!»

Tommi schnaubt verächtlich. «Das muss mir jemand sagen, dessen Beruf es ist, Leute zu feuern, damit die Bilanzen stimmen.»

«Tommi, bitte ...», mischt Lisa sich ein.

«Wer hauptberuflich Weihnachtsmusik schrammelt, der macht sich natürlich nie die Finger schmutzig», entgegne ich hämisch.

Tommi springt auf. Sein Gesicht ist nun puterrot. «Du wirst Gordon das Geld geben!», brüllt er. «Und zwar noch heute. Oder du wirst keinen Fuß mehr in dieses Haus setzen!»

«Gordon kriegt keinen Cent!», brülle ich zurück. «Weder heute noch morgen, noch sonst wann.» Ich habe den Impuls, mich umzudrehen und einfach zu gehen, setze aber noch nach: «Und die zehntausend Mäuse, die ich ihm möglicherweise für seine blöden Köter gegeben hätte, werde ich noch heute an Sophie überweisen, damit die sich in Detroit ein schönes Leben als Hippie-Lesbe machen kann.» Es ist eine spontane Idee, aber gerade merke ich, dass sie mir ausgesprochen gut gefällt.

Tommi starrt mich wütend an, Lisa wirkt erstaunt. Ich mache auf dem Absatz kehrt. Als die Haustür ins Schloss fällt, fühle ich mich derart energiegeladen, dass ich diesen Zustand gleich mal mit einer Tasse Kaffee begießen werde. Fred hockt auf dem Beifahrersitz und würdigt mich keines Blickes. Vermutlich wittert er, dass es Krach gegeben hat, und ist sauer, nicht dabei gewesen zu sein.

Ich will gerade den Motor starten, da klopft es am Fenster. Es ist Lisa.

«Paul, es tut mir leid, was da gerade passiert ist. Tommi meint es nicht so. Er hat einfach Angst, dass ihm dieser Job durch die Lappen geht. Deshalb hat er so reagiert. Ich rede nochmal mit ihm. Okay?»

Ich nicke. Sie zögert, also schließe ich das Fenster noch nicht. Lisa gibt sich einen Ruck. «Hast du das eben ernst gemeint mit Sophie?»

«Klar, warum?»

«Hast du denn mit ihr gesprochen?»

«Schon länger nicht mehr», antworte ich und frage mich, worauf Lisa hinauswill. «Ich dachte, sie wäre mit anderen Sachen beschäftigt. Außerdem hast du mir gesagt, dass es ihr gutgeht.»

Lisa zögert. «Das stimmt auch, nur ... sie hat sich von Jenny getrennt.»

«Oh, das tut mir leid», sage ich und erinnere mich mit einem Anflug von Wehmut daran, wie wir die beiden Turteltäubchen vor ein paar Monaten am Flughafen verabschiedet haben. «Und was hat sie jetzt vor?»

«Sie würde gerne wie geplant bis nächsten Sommer in Detroit bleiben, musste aber bei Jennys Familie ausziehen, hat sich ein Zimmer im Schulheim genommen und bestreitet ihren Lebensunterhalt jetzt selbst. Wir können sie leider nicht so unterstützen, wie wir gerne würden. Deshalb kellnert sie, um über die Runden zu kommen.»

Ich bin überrascht. «Wieso hat sie mich nicht angerufen?»

«Ganz einfach. Sie wollte dich partout nicht anpumpen», antwortet Lisa.

Ich bin ohnehin stolz auf meine Exstieftochter, aber in

solchen Momenten fühle ich mich ihr so nah, als wäre Sophie mein eigenes Kind. Tommi könnte sich gut ein paar hundert Scheiben von ihr abschneiden.

«Soll ich lieber dir das Geld überweisen, damit du es ihr unter einem Vorwand schicken kannst?», frage ich.

Lisa schüttelt den Kopf. «Nein, schick du es ihr, und ich erkläre ihr dann, wie alles zusammenhängt. Bestimmt findet sie die Geschichte witzig.»

Ich muss lächeln. «Okay.»

Lisa schaut mir tief in die Augen. «Danke, Paul.»

Ihr Blick irritiert mich. Er ist voller Sympathie, obwohl ich gerade Lisas Lebensgefährten beleidigt habe und im Begriff bin, ihn um einen wichtigen Job zu bringen. So ähnlich hat sie mich manchmal angesehen, bevor unsere Ehe zu stagnieren begann und dann wie ein stehendes Gewässer langsam umkippte.

Lisa beugt sich vor und küsst mich zum Abschied auf die Wange. Ich weiß gerade nicht, was ich sagen soll, und lasse das Fenster hochsurren.

Unsere neue Vorstandssekretärin Frau Preez kann den Leasingvertrag für meinen Überlandbus nicht finden, außerdem schmeckt ihr Kaffee scheußlich, und ihr graues Kostüm erinnert mich an die Heilsarmee. Am meisten stört mich ihre servile Art. Sie macht zwar nichts richtig, darin aber ist sie nervtötend beflissen. Mit Wehmut denke ich an die pensionierte Frau Hoffmann zurück, die ihren fülligen Körper in geblümte Blusen hüllte, immer einen perfekten Tee für mich bereithielt und nie damit hinterm Berg hielt, wenn sie mich gerade mal wieder nicht leiden konnte.

Ich habe für den späten Vormittag eine Vorstandssitzung anberaumt. Unter der Führung von Görges waren diese Runden durch sachlichen Dialog und gepflegte Langeweile geprägt. Ich möchte das gern ändern und mehr Dynamik in die Diskussion bringen, wozu meine momentane Krawallstimmung beitragen könnte. Mein Tatendrang wird jedoch schon zu Beginn gebremst. Nach einer langatmigen Begrüßungszeremonie braucht Frau Preez geschlagene zehn Minuten, um die Teilnehmer der Sitzung ordnungsgemäß zu notieren, da sie großen Wert auf die korrekte Nennung aller akademischen Titel legt. Dabei stellt sich heraus, dass unser Marketingvorstand nicht nur in Sozialwissenschaften, sondern auch in Pädagogik promoviert hat. Dr. Dr. Burger ist angenehm überrascht, dass seine akademischen Leistungen auf diese Weise gewürdigt werden. Er versichert zwar, das sei doch alles nicht der Rede wert, erzählt uns aber dennoch ausführlich, dass er sogar damit geliebäugelt habe, eine Laufbahn als Professor einzuschlagen. Burger ist ein sehr kleiner Mann mit einer sehr großen Brille, als Professor also eine Idealbesetzung. Vielleicht werde ich ihn eines Tages an eine Universität verschenken. Jedenfalls kostet uns seine Geschichte weitere zehn Minuten, und langsam werde ich ungeduldig.

Burger nutzt den Umstand, dass ihm gerade alle zuhören, um sein Lieblingsthema anzusprechen. Er möchte, dass der Verlag eine eigene Firma für den Vertrieb von Werbemitteln gründet. Bis auf Timothy kennen alle anwesenden Vorstandsmitglieder den Plan. Noch unter der Führung von Görges hat Burger erreicht, dass er zumindest mit der Erstellung eines detaillierten Konzepts beauftragt wurde. Ein wichtiger Etappensieg für das Projekt. Damals habe ich Burger unterstützt, allerdings nicht aus Überzeugung, sondern weil ich meinem Nachfolger Engelkes eins auswischen wollte. Burger glaubt offenbar, dass das Projekt unter meiner Führung beschlossene Sache ist, denn er zieht nun Kopien einer umfangreichen Präsentation aus der Tasche und beginnt damit, sie an die Anwesenden zu verteilen.

Das ist der Punkt, an dem ich einen Schlussstrich unter unser Kaffeekränzchen ziehe. «Das Projekt ist aus Kostengründen gestrichen», sage ich knapp. Um nicht völlig gefühllos zu wirken, füge ich noch rasch hinzu: «Tut mir sehr leid, Herr Dr. Burger.»

Stille. Ich blicke in die Runde. Schamski zeigt keine Reaktion, ihm ist die Sache entweder völlig gleichgültig, oder er hat einen Kater. Wahrscheinlich beides. Engelkes blickt kurz erstaunt hoch, hält es dann aber für besser, sich mit der Zubereitung einer Tasse Tee zu beschäftigen. Timothy sucht in dem mit der Familie von Beuten abgesprochenen Konzeptpapier nach dem betreffenden Punkt und hakt ihn kurzerhand ab. Ich schaue zu Burger. Er sieht mich an, als hätte ich ihm beide Doktortitel aberkannt.

«Ich dachte, gerade Sie würden das Projekt unterstützen», sagt er mit trauriger Stimme.

«Natürlich unterstütze ich das Projekt», lüge ich schamlos. «Ich möchte auf jeden Fall, dass wir es zu einem späteren Zeitpunkt realisieren, aber aktuell gibt es andere Prioritäten. Das entspricht den Wünschen der Eigentümer.»

Und meinen nebenbei auch, weil mir das Thema auf den Senkel geht.

Ich sehe, dass Timothy sachte nickt, und nehme das zum Anlass, ihm den Ball zuzuspielen. «Unser neuer Finanzvorstand hat vielleicht die Freundlichkeit, uns über die künftige Strategie zu informieren.»

«Gerne», erwidert Timothy und benötigt erfreulicherweise kaum fünf Minuten, um in groben Zügen zu erläutern, was wir vorhaben.

Wesentlich geht es um die Übernahme einiger konkurrierender Internetunternehmen. Die größten Probleme macht uns ein regionaler Automarkt, der von ein paar cleveren Pkw-Händlern ursprünglich als Plattform für Brancheninsider gegründet wurde. Inzwischen nutzen immer mehr Privatleute den Service, weshalb unsere gewerblichen Kunden ihre Etats mehr und mehr zur Konkurrenz verlagern. Besonders Schamski hat diese Entwicklung schon früh bemerkt und auch darauf hingewiesen, aber Görges dachte wohl, der Kelch würde an uns vorübergehen.

«Ich schlage vor, die Ankäufe über eine Fremdfirma abzuwickeln», sagt Schamski. «Wenn unsere Pläne auf dem hiesigen Markt publik werden, wird das den Kaufpreis in die Höhe treiben.»

Ich stutze. Gute Idee. Nachdenklich blicke ich zu Timothy, der ebenfalls überlegt und dann erwidert: «Ich könnte die Verhandlungen über eine meiner Londoner Firmen führen.»

«So machen wir es», entscheide ich. «Was haben wir sonst noch auf der Agenda?» Ich blicke in die Runde, aber niemand meldet sich. Engelkes ist mit seinem Tee beschäftigt, Burger wirkt immer noch paralysiert, Schamski und Timothy haben wohl momentan keinen weiteren Gesprächsbedarf.

Ich überlege, ob ich zu rabiat gewesen bin. Görges hätte sich Burgers Pläne zumindest angehört, um ihn dann diplomatisch darauf einzustimmen, dass es finanzielle Probleme bei der Realisation geben könnte. Das Ergebnis wäre zwar gewesen, dass Burger weitere Monate mit einem hoffnungslosen Projekt verplempert hätte, aber immerhin wäre er nicht zu Tode beleidigt gewesen. Ich weiß, dass wir nicht viel Zeit haben, um die Talfahrt des Verlages aufzuhalten. Deshalb tröste ich mich damit, dass ich nun mal Sachzwängen unterworfen bin. Außerdem hat Görges' diplomatischer Führungsstil die Krise nicht verhindert, sondern ganz im Gegenteil dazu geführt, dass wir uns zu lange mit Nebensächlichkeiten aufgehalten haben.

Wie zur Bestätigung meldet sich in diesem Moment Frau Preez zu Wort: «Wenn die Herren keine weiteren Punkte mehr haben, dann würde ich gerne noch anregen, das Getränkeangebot für unsere Gäste zu verbessern. Wir haben nur zwei Teesorten im Sortiment, Darjeeling und Assam. Ich finde, wir sollten noch Earl Grey und einen grünen ...»

«Besprechen Sie das einfach mit Mr. Huntington», unterbreche ich und erhebe mich. Genau auf solche Diskussionen habe ich keine Lust mehr.

Auf dem Weg zum Büro möchte Engelkes mich sprechen. Trifft sich gut, ich wollte ihn ja sowieso noch fragen, wieso er Bewerber vorschlägt, die den Job, für den sie sich beworben haben, eigentlich nicht machen wollen.

Engelkes kommt mir zuvor. «Ich möchte mich dafür entschuldigen, dass Frau Dahlen zur Bewerbungsrunde eingeladen wurde.»

Erstaunt bleibe ich stehen.

«Sie hatte sich als Sekretärin beworben. Die Privatdozentin fur ...»

«Ich erinnere mich», unterbreche ich. «Aber wieso entschuldigen?»

«Es war ein Versehen», erklärt Engelkes. «Ich hatte die Akte schon nach dem Vorgespräch aussortiert. Aber sie ist trotzdem bei meinem Assistenten gelandet, und der hat Frau Dahlen eingeladen. Mir ist das erst später aufgefallen.

Es war mein Fehler. Wie Sie wissen, bin ich momentan privat sehr stark eingebunden ...» Er lächelt unsicher.

Ich nicke wohlwollend. Noch vor ein paar Monaten hielt Engelkes meine Personalpolitik für inhuman, weil ich seiner Meinung nach zu wenig auf die persönlichen Befindlichkeiten von Bewerbern und Mitarbeitern einging. Jetzt ist er selbst Personalchef und entschuldigt sich dafür, dass er eine Soziologin mit einem Faible für Wanderarbeiter versehentlich zum Bewerbungsgespräch eingeladen hat. Schon erstaunlich, wie aus einem glühenden Humanisten binnen weniger Lidschläge ein braver Vorarbeiter im Bergwerk des Kapitalismus werden kann.

«Kein Problem», sage ich. «Schwamm drüber.»

Engelkes wirkt erleichtert. «Danke, Dr. Schubert.»

Ich nicke väterlich. Er macht sich auf den Weg. Während ich ihm hinterhersehe, frage ich mich, ob ihm wohl selbst aufgefallen ist, wie sehr er sich verändert hat. Falls ja, wird er das vermutlich auf seine persönliche Situation geschoben haben. Er hat geheiratet, wird bald Vater und muss sich nebenbei in einem Job beweisen, für den er eigentlich noch ein paar Jahre zu jung ist. Das kann einen Mann schon verändern.

Auf dem Weg zum Büro überlege ich, wie lange es bei mir gedauert hat, bis ich die Mechanismen des Geschäftslebens verinnerlicht hatte. Ich glaube, es ging ähnlich rasant wie bei Engelkes. Da die Regeln der Macht einfach und bewährt sind, braucht man nicht lange, um von ihrer universellen Gültigkeit überzeugt zu sein. Die Entwöhnung hingegen dauert Jahre. Es ist ein bisschen wie beim Rauchen. Man probiert ein paar Züge, und ab diesem Moment hängt man drin.

Im Büro angekommen, muss ich meine Selbstbetrachtungen vorerst beenden, weil Frau Preez mich anruft. Gordon ist in der Leitung.

«Hallo, Gordon.»

«Hallo, Paul.»

Er klingt entspannt. Wenn er sauer ist, wovon ich ausgehe, dann kann er es ganz gut verbergen. «Was kann ich für dich tun, Gordon?»

Ein Räuspern. Meine freundliche, fast freundschaftliche Art geht ihm hörbar gegen den Strich. «Dass ich von dem Artikel in deiner Zeitung nicht begeistert bin, ahnst du sicher.»

Er erwartet wahrscheinlich Zustimmung, aber ich schweige.

«Jedenfalls habe ich eben mit Tommi telefoniert, und der hat mir gesagt, dass du nicht bereit bist, die vereinbarten fünfzigtausend zu zahlen.»

«Das stimmt», erwidere ich und erspare es mir, Gordon darauf hinzuweisen, dass wir überhaupt nichts vereinbart haben. Er hat es schlicht diktiert.

«Tommi hat gesagt, du wärst bereit, zehntausend zu zahlen.»

Ich muss grinsen. Offenbar ist es nun an Gordon, einzulenken.

«Wir wollen ja nun alle nicht, dass es Streit gibt», biedert Gordon sich an. «Außerdem möchte ich auch die Freundschaft zu Tommi nicht kaputtmachen. Deshalb hab ich mir überlegt, dass das okay ist mit den zehntausend. Lass einfach die blöden Artikel, überweis mir das Geld, und wir vergessen die ganze Sache.»

Es klopft. Da ich nicht reagiere, wird die Tür vorsichtig geöffnet. Schamski wirft einen Blick ins Zimmer. Er sieht, dass ich telefoniere, und bedeutet mir, dass er später wiederkommen wird. Ich schüttele den Kopf und winke ihn herein. Das Telefonat wird nicht mehr lange dauern.

«Das ist doch ein guter Deal. Oder, Paul?», setzt Gordon nach, während Schamski sich in einen der Besuchersessel fallen lässt.

«Tommi hat da irgendwas falsch verstanden», erwidere ich. «Ich hab ihm gesagt, ich zahle keinen Cent für deine Hunde.»

Schweigen. «Oh. Dann werde ich Tommi aber auch nicht mit ins Studio nehmen», sagt Gordon gedehnt.

Ich mache eine kleine Kunstpause. «Gordon, hier ist mein Vorschlag. Wir vergessen die Sache mit den Hunden und du gibst Tommi den Job. Im Gegenzug sorge ich dafür, dass euch die Tierschützer in Ruhe lassen.»

Ich weiß, dass ich ihn an der Angel habe. Da er auch kein Mitleid mit mir hatte, sehe ich nicht ein, ihm jetzt entgegenzukommen.

«Der nächste Artikel wird morgen erscheinen», lüge ich. «Ruf mich einfach bis heute Abend an und sag mir, wie du dich entschieden hast, okay?»

Ich will auflegen.

«Warte mal kurz», sagt Gordon. «Ist okay. Du hast gewonnen. Wir machen es so, wie du gesagt hast. Aber versprich mir, dass du diese beschissene Kampagne sofort stoppst.»

«Werde ich tun. Halte du dich an deinen Teil der Abmachung.»

«Geschäft ist Geschäft», erwidert Gordon. «Und wer weiß, vielleicht wird deine Zeitung ja sogar groß über unsere Tour berichten.»

Ich muss lächeln. Schamskis Informationen waren richtig. Gordon ist ein knallharter Geschäftsmann, der sich als Krautrocker verkleidet hat.

«Schon möglich», erwidere ich.

Das Gespräch wird beendet, ich lege langsam den Hörer auf und schaue dabei zu Schamski, der sich ein Grinsen nicht verkneifen kann.

«Gratuliere», sagt er.

«Nicht mein Verdienst. Danke für deine Hilfe.»

«Es reicht mir völlig, wenn du mir deine Dankbarkeit mit gutem Rotwein beweist.» Er zieht eine Packung Zigaretten hervor, hält sie mir hin. Eigentlich habe ich mir das Rauchen abgewöhnt, aber gerade ist mir nach einer Zigarette, also greife ich zu.

«Das war übrigens eben die kürzeste Vorstandssitzung aller Zeiten», bemerkt Schamski, während wir uns in Zigarettenqualm hüllen.

«Fandest du, ich war Burger gegenüber zu hart?», frage ich.

«Eindeutig», erwidert Schamski. «Aber es hilft ja nichts. Wir haben wenig Zeit. Da muss man eben Gas geben.»

Ich nicke. «Tja. Hoffentlich ist das der richtige Weg.»

«Wird schon schiefgehen», sagt Schamski.

NA TOLL!

Gut zwei Monate später hat Schamski recht behalten. Es ist so ziemlich alles schiefgegangen, was schiefgehen konnte. Zwar haben wir einige kleine Internetdienste gekauft, aber unser größter Konkurrent wehrt sich mit Händen und Füßen gegen eine Übernahme. Während Timothys Londoner Firma Kaufangebote macht, die inzwischen deutlich über unserer Kalkulation liegen, versuche ich die beiden Eigentümer zu einer Fusion mit unseren Internetdiensten zu bewegen. Wir haben uns zu dieser Doppelstrategie entschlossen, als abzusehen war, dass die Kaufverhandlungen stocken würden. Aber Karsten und Walther Peters, die Gründer der digitalen Autobörse, beharren darauf, eigenständig zu bleiben. Alle paar Tage stehe ich mit den stiernackigen Peters-Brüdern im Green Meadow, einem sagenhaft hässlichen irischen Pub, dessen Hauptattraktionen ein verstaubter Dudelsack und eine völlig zersiebte Dartscheibe sind, und versuche verzweifelt, durch immer neue Lockangebote doch noch eine sinnvolle Kooperation auf die Beine zu stellen. Aber die Antwort ist immer dieselbe.

«Warum sollten wir das tun, Paul? Der Karsten und ich können prima von unserem kleinen Internetservice leben.» Walther Peters hält mir sein Handgelenk hin. «Hier. Rolex. Zwölf große Scheine. Der Beweis dafür, dass bei uns alles super läuft. Der Karsten hat auch eine. Zeig mal, Karsten.»

Karsten hebt den Arm, um mir seine Rolex zu zeigen, der Wirt missdeutet das als Bestellung: «Noch drei?» Walther nickt.

«Ja. Momentan läuft bei euch alles rund», unke ich. «Aber falls euch jemand Konkurrenz macht, dann ist es besser, einen starken Partner an der Seite zu haben.»

«Aber ihr seid kein starker Partner», stellt Walther nüchtern fest und nimmt einen großen Schluck Bier.

Da hat er recht. Während die Autobörse der Peters-Brüder wächst und gedeiht, rauschen unsere Umsatzzahlen weiter in den Keller.

«Das stimmt so nicht», lüge ich. «Wir haben gute Rücklagen und traditionell eine enge Kundenbindung. Saisonale Auflagenschwankungen sind völlig normal. Unser Kerngeschäft läuft tadellos.»

«Aber dann ist doch alles in Ordnung», sagt Walther mit dreckigem Grinsen. «Euch geht's gut. Uns geht's gut. Warum müssen wir da noch kooperieren?»

Die ehrliche Antwort wäre, weil der Verlag finanziell auf dem Zahnfleisch geht. Ich habe Timothy dazu bewegen können, drastische Kostenreduktionen erst im neuen Jahr vorzunehmen, um die Mitarbeiter nicht kurz vor Weihnachten in Panik zu versetzen. Es blieb uns aber nichts anderes übrig, als sämtliche Jahresgratifikationen zu streichen, weshalb im Verlag trotzdem die Angst vor einer Entlassungswelle umgeht. Engelkes hat mir unter vier Augen ein Konzept zum Personalabbau vorgestellt, das mich an die Schlacht bei Trafalgar erinnert. Er will mehr als ein Drittel unseres Personals einsparen und nebenbei die komplette Marketingabteilung dichtmachen. Dass er derart schnell zum eiskalten Sanierer mutieren würde, hätte ich nicht gedacht. Eigentlich ist er mir nun sogar ein bisschen unheimlich.

Schamski hat für seine Verkäufer höhere Umsatzziele definiert und eine Reihe von Werbepaketen geschnürt, um den Anzeigenverkauf anzukurbeln. Die Ergebnisse sind alles andere als zufriedenstellend.

«Selbst meine besten Leute haben Probleme damit, die Produkte am Markt durchzusetzen.» Schamski wirkt zerknirscht.

«Was sollen wir machen? Wir können mit den Preisen nicht noch weiter runter», erwidere ich mit leichter Verzweiflung.

«Schon klar. Aber genau deshalb wandern die Kunden ins Internet ab. Die Resonanz ist ähnlich gut wie in unseren Printprodukten, und die Kosten sind wesentlich geringer. Gibt es denn Fortschritte mit den Peters-Brüdern?»

Ich schüttele den Kopf. «Wäre schön, wenn der Teufel sie holen könnte, aber ich fürchte, sie würden sich auch da querstellen.»

Burger hat es immerhin geschafft, durch eine Marketingaktion die Auflage unserer Tageszeitung zu stabilisieren. Das hat viel Geld gekostet, trotzdem verflüchtigt der Effekt sich bereits wieder. Wahrscheinlich liegt Engelkes mit seiner Idee, ganz aufs Marketing zu verzichten, also gar nicht so falsch.

Am meisten frustriert mich, dass sämtliche Sparmaßnahmen uns nicht in die Gewinnzone bringen werden. Unser Schiff wird weiter sinken, selbst wenn wir sämtlichen Ballast über Bord werfen, Dr. Burger eingeschlossen.

Die Banken halten noch eine Weile still, allerdings bestehen sie darauf, kurzfristig Sicherheiten zu bekommen.

Wie ich mit Erschrecken von Timothy erfahren habe, ist das Verlagsgebäude bereits beliehen. Görges sah sich offenbar vor seiner Demission zu diesem Schritt gezwungen, um den Status quo aufrechtzuerhalten. Ich wusste zwar von seinen Plänen, zur Überbrückung kurzfristiger Liquiditätsengpässe auf unsere stillen Reserven zurückzugreifen. Dass er aber gezwungen war, den Laden quasi als letzte Amtshandlung noch bis an die Halskrause zu verschulden, hat mein Vorgänger mir klugerweise verschwiegen.

Die Entwicklung im Verlag ist an mir nicht spurlos vorübergegangen. Ich habe wieder mit dem Rauchen angefangen und bringe es an schlechten Tage auf zwei Packungen. Und praktisch alle Tage sind schlecht. Mein Weinkonsum beläuft sich auf zwei bis drei Flaschen pro Abend, ich schlafe nicht gut, esse unregelmäßig, saufe zu viel Kaffee, und meine sportlichen Aktivitäten beschränken sich darauf, schnaufend die paar Treppenstufen zu meiner Wohnung zu erklimmen. Schaffe ich es mal, mit Fred in den Park zu gehen, verbringe ich die meiste Zeit damit, auf einer Bank zu sitzen und zu telefonieren.

Normalerweise lasse ich Fred aber sowieso zu Hause. Bronko kümmert sich um ihn. Als die chinesische Mafia über Wochen nichts von sich hören ließ, beschloss Bronko, sein Leben wiederaufzunehmen und sich einen Job zu suchen. Nach einem Intermezzo als Telefonverkäufer, bei dem er aufgrund nicht vorhandener Umsätze kein Gehalt erhielt, versuchte er sich als Pizzalieferant. Bedingt durch seine Sehschwäche, zuckelte Bronko mit dreißig Stundenkilometern von Kunde zu Kunde und erledigte nur einen Bruchteil der Bestellungen. Noch vor Ende der Schicht bekam er die Kündigung und zum Trost obendrein eine ofenfrische Pizza Margherita. Als er damit heimkam, war auch die kalt.

Danach bot ich Bronko an, sich um Fred zu kümmern und Besorgungen für mich zu erledigen. Gegen Bezahlung, versteht sich. Bronko zierte sich zunächst, doch dann war er einverstanden. Da sich im Haus herumgesprochen hat, dass er weiß, welche Läden das beste Angebot haben, ist er inzwischen auch als Einkäufer für zwei ältere Damen tätig. Das ist nicht ganz unproblematisch, denn die beiden besitzen einen Pudel, und Fred hat Bronko schon einige Male nicht in meine Wohnung gelassen, weil er zu intensiv nach Pudel roch.

Iggy ist inzwischen aus Kansas zurückgekehrt. Nur einen Tag nach Günthers spektakulärer Flucht rief sie bei mir an und wollte wissen, ob ihr Mann gut angekommen sei und die Strapazen der langen Reise unbeschadet überstanden habe.

«Aber du hast ihr nicht gesagt, dass ich hier bin, oder?»

«Klar hab ich ihr das gesagt. Und ich hab ihr auch gesagt, dass dir alles sehr leidtut und du einfach die Nerven verloren hast.»

«Na toll!», maulte Günther und wechselte für den Rest des Tages kein Wort mehr mit mir.

Drei Wochen lang versuchten Iggy und Günther ihre Eheprobleme telefonisch zu lösen. Sie sprachen fast täglich miteinander, manchmal stundenlang. Die Telefongesellschaft verlieh mir daraufhin den Titel *Platinkunde* und schenkte mir obendrein ein Filofax mit einem Einband aus Kalbslederimitat, verbunden mit den besten Wünschen für ein erfolgreiches und gesundes neues Jahr. Angesichts meines Lebenswandels und meiner beruflichen Situation klang der Brief reichlich zynisch.

Inzwischen wohnt Iggy bei einer Freundin und hat sich einen Job als Kellnerin gesucht. Eigentlich wollte sie wieder im Pan Tao anfangen, wo sie gearbeitet hat, als sie Günther kennenlernte. Aber der Laden ist jetzt ein Szenetreff und stellt nur noch Studentinnen mit Modelmaßen ein, die in adretten blauen Schürzen bunte Drinks durchs hippe Publikum jonglieren.

Iggy ist Ende dreißig und sieht ein bisschen verlebt aus. Sie verkörpert also eher den Typ der schlechtgelaunten traditionellen Kellnerin. Ich habe ihr empfohlen, im Green Meadow nachzufragen, weil ich wusste, dass dort Personal gesucht wurde. Sie wurde mit Kusshand genommen.

Günther und Iggy treffen sich fast täglich und reden darüber, wie es mit ihnen weitergehen soll. Ihre Ehe ist zwar noch nicht am Ende, aber ein neuer Anfang ist auch nicht in Sicht.

Günther hält sich mit Gelegenheitsjobs über Wasser. Tageweise lässt er sich als Programmierer anheuern. Seiner miesen Laune nach zu urteilen, ist er mit den Aufträgen hoffnungslos unterfordert. Weil er den Job bei der CIA vor Vertragsende geschmissen hat, haben die Amerikaner ihm den Laufpass gegeben. Zusammen mit seinem letzten Scheck hat Günther einen indignierten Brief aus Kansas bekommen. Das Schreiben klingt zwar höflich, macht aber trotzdem unmissverständlich klar, dass Günther selbst dann keinen Job mehr bei einer amerikanischen Bundesbehörde bekäme, wenn er sich für die Reinigung der Spucknäpfe bewerben würde.

Die Sache mit dem Job nimmt Iggy ihm besonders übel.

«Der Vertrag war gut dotiert, und die Arbeit hat dir gefallen, oder etwa nicht?» Iggy und Günther sitzen in meiner Küche und diskutieren wieder mal. Ab und an muss ich dabei den Schiedsrichter spielen, obwohl ich meine Feierabende lieber mit einer Flasche Wein vor dem Fernseher verbringe.

Günther nickt.

«Und du hast den Job vor Vertragsende erledigt. Man hätte dir also wahrscheinlich ein neues Projekt anvertraut, richtig?», setzt Iggy nach.

Wieder nickt Günther.

«Und vielleicht wäre dir sogar eine Festanstellung angeboten worden», mutmaßt Iggy.

Günther wiegt den Kopf hin und her. «Ja. Vielleicht», murmelt er.

«Und spätestens dann hätten wir uns problemlos ein Haus in Kansas leisten können», schlussfolgert Iggy.

Günther schweigt schuldbewusst.

«Na ja», mische ich mich ein, weil Günther mir gerade leidtut. «Trotzdem kann ich ihn verstehen. Hätte ich die Perspektive, meinen Lebensabend auf einer Veranda in der Prärie zu verbringen, wäre ich wahrscheinlich auch auf einen anderen Kontinent geflüchtet.»

Iggy sieht mich wütend an, dann springt sie unwirsch auf, schnappt sich ihre Jacke, und verlässt türenschlagend die Wohnung.

«Danke», sagt Günther. «Das hätte ich nicht besser formulieren können.»

Während Günther und Iggy also noch diskutieren, ob sie überhaupt eine Familie gründen wollen, sind Schamski und Melissa bereits hingebungsvoll dabei, diesen Plan in die Tat umzusetzen. Schamskis Wochenendtrips nach London haben dazu geführt, dass er sein Leben völlig auf den Kopf gestellt hat. Um den mit Melissas Kinderwunsch verbundenen sexuellen Strapazen körperlich gewachsen zu sein, raucht er nur noch höchstens fünf Zigaretten am Tag, hat seinen Weinkonsum drastisch reduziert und durch Yoga und Schwimmen ein paar Pfund abgenommen. Melissa und sein Hausarzt sind jedenfalls gleichermaßen begeistert von seiner physischen Konstitution. Obwohl ich nicht weiß, wie die beiden es bewerkstelligen wollen, ein Familienleben über den Ärmelkanal hinweg zu führen, und ich mir deshalb auch Sorgen mache, dass Schamski in naher Zukunft seinen Job an den Nagel hängen und nach London ziehen wird, gönne ich den beiden ihr Glück von ganzem Herzen. Und dass Schamski glücklich ist, ist unübersehbar. Während Günther die Vorstellung, Vater zu werden, in eine Angststarre versetzt, wird Schamski von dieser Aussicht beflügelt. Er hat sogar schon mit dem Gedanken gespielt, seinen Sportwagen zu verkaufen und einen familientauglichen Pkw anzuschaffen. Einen größeren Liebesbeweis kann ich mir bei Schamski kaum vorstellen. Inzwischen ist der Plan wieder vom Tisch, weil Porsche glücklicherweise versichert hat, dass man Schamskis Boliden problemlos mit einem Kindersitz ausstatten kann. Gleichzeitig hat man ihm gesagt, dass die Nachrüstung keine fünf Minuten dauert. Schamski habe also noch genügend Zeit, sich darüber Gedanken zu machen, wenn sein Kind wenigstens schon mal gezeugt wäre.

Gewöhnlich treten Schamski und Timothy freitags nach Büroschluss gemeinsam die Fahrt zum Flughafen an. Da beide das gleiche Ziel haben, hat sich das so ergeben. Eine Weile habe ich versucht, mir einzureden, dass solche Wochenendbeziehungen mir persönlich viel zu anstrengend wären. Die Wahrheit ist, dass ich die beiden beneide, wenn sie freitags mit ihrem Handgepäck vorm Verlagsgebäude aufs Taxi warten. Manchmal stelle ich mir vor, ich wäre an

Timothys Stelle und würde jetzt zu Iris fliegen. Der Gedanke an sie gibt mir zwar immer noch einen leichten Stich, aber es wird stetig besser. In dieser Hinsicht ist es gut, dass ich sie seit Mallorca nicht mehr gesehen habe. Sie ist tatsächlich kein einziges Mal nach Deutschland gekommen, um Timothy zu besuchen.

Anfangs habe ich meine Wochenenden damit verbracht, eine Kiste Wein in mich hineinzuschütten und wie besessen zu arbeiten. Auf Dauer ist das aber zermürbender als französische Kunstfilme. Außerdem werden miese Umsatzzahlen nicht dadurch besser, dass man sie immer und immer wieder durchrechnet.

Auf der Suche nach Zerstreuung bin ich vor ein paar Wochen in einer Bar gestrandet, wo ich Nela kennengelernt habe. Sie ist eine fünfundzwanzigjährige Deutschtschechin, die wohl mehr wegen ihres makellosen Körpers und weniger aufgrund ihrer schauspielerischen Fähigkeiten als Nebendarstellerin in einer TV-Soap mitwirkt.

«Kenne ich die Serie?», fragte ich Interesse heuchelnd.

Nela lächelte charmant und zuckte mit den Schultern. «Keine Ahnung. Sie heißt *Geliebte Leidenschaft* und läuft im Vorabendprogramm. Ich spiele eine blinde Krankenschwester, die Depressionen hat.»

«Das hört sich nach einer sehr traurigen Geschichte an», erwiderte ich.

Nela nickte ernst. «Ja. Die Frau ist depressiv, weil sie von ihrem im Rollstuhl sitzenden Mann mit einer bulimischen Metzgersfrau betrogen wird, die ihren Gatten mit einem Bolzenschussgerät ins Jenseits befördert hat.»

«Oh», sagte ich leicht fassungslos. «Das klingt ... ähm ... ziemlich ... wie soll ich mich ausdrücken? Ehrlich gesagt, es klingt ziemlich bescheuert.»

Nela lachte auf. «Es ist total bescheuert!» Und mit einem verführerischen Augenaufschlag fügte sie hinzu: «Aber du würdest nicht glauben, wie viele Typen mir dafür Komplimente machen, nur um mich ins Bett zu kriegen.»

«Doch», erwiderte ich prompt. «Würde ich sofort.»

Sie sah mich an, und das Eis war gebrochen.

Ich habe mir inzwischen eine Folge von *Geliebte Leidenschaft* angesehen und war bestürzt darüber, wie viele menschliche Tragödien man in eine halbe Stunde pressen kann. Nela hat mir erzählt, dass dem Zuschauer im Minutentakt Inzestfälle, zerrüttete Ehen, Mordversuche oder seltene Krankheiten vorgesetzt werden müssen, weil die Leute sonst aus lauter Langeweile einfach umschalten. So weit zumindest der Stand der Marktforschung.

Jedenfalls sagen die Schauspieler so Sätze wie: «Ich schäme mich. Glaub mir, mein Liebling, wenn ich diese fürchterliche Sache ungeschehen machen könnte, ich würde alles, wirklich alles, dafür tun.» Ich vermute, so lautet auch die Antwort des Regisseurs, wenn seine Frau ihn abends fragt: «Hallo, Schatz, wie war dein Tag?»

Nela ist jung, schön und unkompliziert. Genau das sind die drei Gründe, warum ich mit ihr eine Affäre angefangen habe. Sie dürfte das ähnlich pragmatisch sehen, denn unsere Verbindung basiert nicht auf Liebe, sondern auf einer stillen Übereinkunft. Ich verbringe gern Zeit mit ihr, möchte aber im Moment keine feste Beziehung. Sie genießt es, dass ich ihr ein wenig Luxus biete, will aber sicher nicht ihr Leben an der Seite eines fast zwanzig Jahre älteren Mannes verbringen, der ständig telefoniert. Wir sind also eine Art wechselseitige emotionale Zwischenfinanzierung. Zwei Trostpreise, die im Regal des Lebens zufällig nebeneinanderstanden.

Ich bin alles andere als stolz auf die Affäre mit Nela, aber momentan fehlt mir die Kraft, etwas daran zu ändern. Immerhin schleppt sie mich gelegentlich in ein Theater oder Kino, was nicht nur dazu führt, dass ich zumindest an diesen Abenden meinen Alkohol- und Nikotinkonsum einschränke, sondern auch für ein paar Stunden meine beruflichen Probleme vergessen kann. Außerdem haben wir guten Sex, was ja auch nicht zu verachten ist. Sollte mir aufgrund der desaströsen Entwicklung im Verlag mein berufliches Waterloo bevorstehen, so werde ich wenigstens nicht ungevögelt zu Boden gehen. Momentan versuche ich also, die Situation so zu nehmen, wie sie ist, ohne in Selbstmitleid zu zerfließen. Das passiert mir zwar trotzdem gelegentlich, wenn ich ein paar Flaschen Wein gekippt habe und Fred mein einziger Zuhörer ist, aber ich bemühe mich, diesem Gefühl nicht zu viel Raum zu geben. Schlimmer als ein Mann in der Krise ist nur einer, der obendrein jammert.

Ich habe mich deshalb entschlossen, dem neuen Jahr optimistisch entgegenzusehen. Weihnachten werde ich allein verbringen, vielleicht ein Konzert besuchen oder ein gutes Buch lesen. Ich könnte zwar zu Schamski und Melissa nach London fliegen, möchte aber deren Familienplanung nicht behindern. Ich kann mir schon denken, wie die beiden das Fest der Liebe interpretieren werden. Da störe ich nur. Auch Iggy und Günther haben mich eingeladen. Bei ihnen müsste ich mich als ehrenamtlicher Paartherapeut betätigen, worauf ich ebenfalls verzichten kann. Bronko wird Weihnachten bei seiner Schwester Kathrin und deren Mann Rüdiger verbringen. Mit Kathrin hatte ich mal eine kurze Affäre. Damals hat sie mich verlassen, um Rüdiger zu heiraten. Moralisch gesehen steht mir für diese

Schmach zwar eine Entenkeule mit Rotkohl zu, aber ich will keine alten Wunden aufreißen. Schon gar nicht am Heiligabend.

Dass Nela über die Feiertage ihre Familie in Prag besuchen würde, war schon länger klar. Sie ist aber am zweiten Weihnachtstag wieder da, um mit mir in ein hübsches Hotel am Meer zu fahren, wo wir Silvester feiern wollen. Ich habe mir fest vorgenommen, die Arbeit zwischen Weihnachten und Neujahr komplett auszublenden.

Derart motiviert durch meine guten Vorsätze, beschließe ich, einen detaillierten Plan für die Feiertage zu erstellen, um die Zeit garantiert sinnvoll zu nutzen. Ausgiebige Spaziergänge mit meinem Hund gehören ebenso zum Programm wie ein Weihnachtskonzert und die Zubereitung eines mehrgängigen Festessens, zu dem ich mir die streng limitierte Menge von einem halben Liter Wein gönnen werde. Fred bekommt an diesem Abend Markknochen, dafür würde er sein anderes halbes Ohr geben. Ich beschließe, meinen Zigarettenkonsum über die Feiertage schrittweise zu reduzieren, um an Silvester ganz aufzuhören. Der Höhepunkt meines Planes ist, dass ich mein neues Filofax hervorkrame und auf der Seite für den ersten Januar eintrage: *Nichtraucher*.

Das war's. Ich bin vorbereitet. Zumindest auf die nahe Zukunft.

FROHE WEIHNACHTEN

Ich habe gerade mit Fred einen langen Spaziergang gemacht und fühle mich ausgezeichnet. Es ist Heiligabend, und überall sehe ich Leute, die mit gehetztem Blick die letzten Weihnachtsgeschenke zusammenraffen. Ich habe schon gestern alles Notwendige für die Feiertage besorgt. Geschenke brauche ich keine, ich kann mich also stressfrei meinem Feiertagsprogramm widmen. Selbiges sieht vor, das ich nun ein Entspannungsbad nehme. Während das Wasser einläuft, setze ich einen Tee auf und überlege, welches Buch ich mit in die Badewanne nehme. In diesem Moment klingelt es an der Tür. Es ist Nela. Ich bin erfreut, denn ich hatte nicht erwartet, dass sie vor ihrer Reise nach Prag noch einmal vorbeischauen würde.

«Schön, dich zu sehen.» Ich hauche ihr einen Kuss auf die Wange.

«Hallo, Paul.» Lächelnd betritt Nela die Wohnung. Sie macht keine Anstalten abzulegen, weshalb wir ein wenig unschlüssig voreinanderstehen.

«Möchtest du vielleicht einen Tee?», frage ich.

Sie schüttelt den Kopf. «Danke, ich wollte nur kurz reinschauen, um ...» Sie unterbricht sich und sieht mich mit ihren schönen braunen Augen an. In ihnen ist zu lesen, dass sie etwas auf dem Herzen hat. Ich ahne, dass Nela nicht gekommen ist, um mir ein frohes Fest zu wünschen.

Ein Abschied liegt in der Luft. Ich kenne das Gefühl. Bei Nela hätte ich darauf vorbereitet sein müssen, aber ausgerechnet heute erwischt sie mich auf dem falschen Fuß. Was jetzt kommt, wird vermutlich nicht nur mein Jahresendprogramm über den Haufen werfen, sondern mir auch die Feiertage verhageln.

«Ich kann leider nicht mit dir ans Meer fahren, Paul», beginnt sie. «Ich habe ein Angebot für einen großen Spielfilm bekommen. Wir drehen schon im Januar, deshalb muss ich von Prag aus direkt nach Madrid fliegen.»

Sie bedauert es wirklich, das sehe ich. Ich beschließe, ihr den Abschied leicht zu machen. Es ist nicht ihr Problem, dass ich gerade beschlossen habe, mein Leben zu ändern.

«Hey, aber das ist doch toll!», übertreibe ich. «Gratuliere.»

«Danke», erwidert sie und lächelt bemüht. «Was ich aber eigentlich sagen will, ist, dass diese Sache mit uns beiden ...» Wieder unterbricht sie sich und sieht mich hilflos an.

Ich warte, denn ich finde, wenn sie mit mir Schluss machen will, dann sollte sie das zumindest irgendwie formulieren. Aber Nela steht nur da und scheint nicht die richtigen Worte zu finden.

«Schon okay», helfe ich ihr aus der Verlegenheit. «Du musst mir das nicht erklären. Wir haben einander nichts versprochen. Es war uns also beiden klar, dass es so kommen könnte.»

Sie wirkt erleichtert. «Freut mich, dass du das auch so siehst.»

Ich nicke zustimmend, obwohl ich finde, dass sie mich ein bisschen ausgetrickst hat. Eigentlich habe ich gerade selbst mit mir Schluss gemacht.

«Ja dann ...», sagt sie und scheint wieder nicht so recht

zu wissen, wie man die Sache zu einem glücklichen Ende bringen könnte. So langsam geht mir ihre kleinmädchenhafte Verlegenheit auf die Nerven.

«... alles Gute, oder?», vollende ich locker.

«Genau. Alles Gute, Paul.» Sie lächelt befreit, beugt sich vor und drückt mir einen Kuss auf die Wange. «Frohe Weihnachten. Und pass auf dich auf.»

«Ja, frohe Weihnachten», erwidere ich.

Als die Tür ins Schloss fällt, schlendere ich zum Fenster und sehe wenig später Nela in eine schwarze Limousine steigen, die vor dem Haus wartet. Der Mann am Steuer ist ein paar Jahre älter als ich und hat ein Handy am Ohr. Ich lächle milde.

In diesem Moment gesellt sich Fred zu mir. Seine Pfoten sind pitschnass, und er hat eine Wasserspur quer durch die Wohnung hinterlassen. Schlagartig wird mir klar, dass gerade meine Badewanne überläuft.

Es kostet mich unentspannte zwei Stunden, die Folgen meines verunglückten Entspannungsbades zu beseitigen. Der Schaden hält sich in Grenzen, aber das Parkett im Flur ist feucht geworden. Damit es nicht aufquillt, müsste man es zum Trocknen entfernen, vermute ich. Es ist zwar Heiligabend, aber angesichts der Wirtschaftslage dürfte es kein Problem sein, jemanden zu finden, der sich liebend gern einen opulenten Feiertagszuschlag einsteckt.

Nach rund einem Dutzend Telefonaten weiß ich es besser. Einige Handwerker haben gedacht, ich würde sie auf den Arm nehmen, andere haben mich beschimpft oder für bekloppt erklärt. Drei werden mir sogar Rechnungen dafür schicken, dass sie Heiligabend überhaupt ans Telefon gegangen sind. Und einer dieser drei, dessen telefonische Beratung sich auf den Satz «Da kann man im Moment leider gar nix machen» beschränkte, will mir eine Anfahrtspauschale berechnen, weil er vom Wohnzimmer ins Arbeitszimmer gehen musste, um das Gespräch anzunehmen. Der früheste Termin, der mir zur Beseitigung des Schadens angeboten wurde, liegt in so ferner Zukunft, dass sich mein Flur bis dahin verzogen haben wird wie eine Hallenradsportbahn.

Inzwischen ist es zu spät für mein Weihnachtskonzert. Ich könnte nun doch noch ein Bad nehmen, aber der Gedanke an mein Badezimmer bereitet mir schlechte Laune. Ich beschließe, in aller Ruhe das Abendessen vorzubereiten, obwohl es dafür noch zu früh ist. Vielleicht wirkt es sich beruhigend aus, wenn ich mich auf den kontemplativen Akt des Gemüseschnippelns konzentriere. Meine Taktik funktioniert. Als in diversen Töpfen erlesene Zutaten vor sich hin kochen und im Backofen eine Lammschulter langsam kross wird, zeigt meine Küchenmeditation Wirkung. Ich entspanne mich.

Es klingelt. Ein Herr Borowski steht vor der Tür, begleitet von einem dünnen Kerl namens Anton. Die Männer latschen ohne Scheu in meine Wohnung, während Borowski mir erklärt, dass er keine Zeit für lange Erklärungen hat. Es sei ja schließlich Weihnachten, und alle hätten was Besseres zu tun. Bedanken könne ich mich außerdem später noch bei ihm.

Dann beginnen die beiden, mein Parkett rauszureißen.

Es kostet mich viel Mühe und eine sehr gute Flasche Wein, die Nachbarn davon abzuhalten, die Polizei zu rufen. Der Lärm in meiner Wohnung hat nebenan ein weihnachtliches Blockflötenkonzert gesprengt. Drei Kinder mit Tränen in den Augen sehen mich an, als hätte ich Bambi ermordet.

Eine halbe Stunde später haben Borowski und sein Kollege meinen Flur in Schutt und Asche gelegt. Das Wasser ist angeblich tiefer eingedrungen als zunächst vermutet. Das Parkett musste deshalb komplett raus. Jetzt liegen überall auf dem nackten Beton die Holzfetzen herum.

«So. Mit dem Parkett kann nix mehr passieren», verkündet Borowski zufrieden. «Das muss jetzt alles austrocknen. Den Müll bringen wir nach den Feiertagen weg. Frohe Weihnachten.»

Noch bevor ich mich darüber aufregen kann, dass Borowski meinen Fußboden zerlegt und meine Wohnung zugemüllt hat, ist er samt Anton auch schon durch die Tür. Ich betrachte das Chaos und wünsche mir meinen dezenten Wasserschaden zurück. Am Ende des Flures erscheint Fred. Irgendwas ist nicht in Ordnung, das sehe ich ihm an. Im gleichen Moment fällt mir mein Abendessen ein.

Die Lammschulter ist knochentrocken, das Gemüse zu Brei verkocht und die Soße verbrannt. Ich seufze, Fred steht dabei und lässt bedauernd seine eineinhalb Ohren hängen. Ich hole die Markknochen aus dem Kühlschrank und werfe sie in Freds Napf. Mir selbst ist vom Festessen nur ein Becher Mousse au Chocolat geblieben. Ich öffne drei Flaschen Rotwein, damit zwei schon mal atmen können, schalte den Fernseher an und lege eine Packung Zigaretten in Reichweite. Während ich mir eingieße, suche ich nach einer möglichst anspruchslosen Sendung und werde gleich mehrmals fündig.

Ich lasse mich in einen Sessel fallen, greife nach meinem Weinglas und proste meinem Hund zu. «Ich werde mich jetzt besaufen», sage ich.

Fred sieht mich an. Ich glaube, er nickt verständnisvoll.

Am Abend des zweiten Weihnachtstages lassen die Kopfschmerzen nach. Mit über vierzig verdoppelt sich die Zeit, die man benötigt, um einen Kater auszukurieren. Immerhin habe ich gestern und heute nicht geraucht und keinen Alkohol angerührt, sondern stattdessen lange Spaziergänge mit meinem Hund unternommen. Mein privates Besäufnis an Heiligabend hat also kathartisch gewirkt, ähnlich einem reinigenden Gewitter.

Es ist leider nicht mehr möglich, das Silvesterarrangement für Nela und mich zu stornieren. Das Hotel verlangt den vollen Preis. Ich habe nicht die geringste Lust, Silvester allein am Meer zu verbringen, deshalb beschließe ich, den Trip zu verschenken. Günther und Iggy haben sich über die Weihnachtstage gestritten wie die Kesselflicker und lehnen dankend ab. Ihr Krach hat neuralgische Punkte in der Beziehung zutage gefördert, die sie nun schonungslos ausdiskutieren müssen. Romantische Tage in einem Luxushotel am Meer wären dabei nur hinderlich.

Schamski und Melissa sind zu einer Silvesterparty eingeladen, die sie auf keinen Fall absagen wollen, weil die weltbekannte Hormonyogalehrerin Swami unter den Gästen sein wird. Melissa möchte versuchen, Privatstunden bei Swami zu bekommen, was wohl schwieriger ist, als den Papst zu einer Kneipentour zu überreden.

Als ich mich schon damit abfinden will, das Silvesterarrangement verfallen zu lassen, betritt Bronko die Wohnung.

«Was ist denn mit dem Flur passiert?», fragt er erstaunt.

«Nicht so wichtig», antworte ich. «Hast du Silvester schon was vor?

Bronko schüttelt den Kopf. «Kathrin und Rüdiger geben ’ne Party. Aber so richtig Lust hab ich nicht darauf. Warum?»

«Nela hat mich verlassen. Das Hotel muss ich trotzdem bezahlen.»

Bronko versteht. «Okay, ich bin dabei», sagt er locker.

Ich stutze. «Ich hatte eigentlich gedacht, dass du allein fährst.»

«Warum willst du denn nicht mitkommen?», fragt Bronko erstaunt.

«Na ja, es ist ’n Doppelzimmer», antworte ich.

Bronko hebt eine Augenbraue. «Ich wusste gar nicht, dass du homophob bist.»

«Bin ich auch nicht», sage ich.

Bin ich wahrscheinlich doch ein bisschen, sonst wäre ich ja selbst auf diese Idee gekommen.

«Also ich für mein Teil hab keine Probleme damit, wenn wir uns ein Doppelbett teilen», sagt Bronko. «Außerdem würde ich sowieso nicht ohne dich fahren. Oder dachtest du, ich hab Lust, Silvester allein zu verbringen?»

Ich überlege kurz. Er hat völlig recht. Wir sind zwei Freunde, die sich ein Doppelzimmer teilen und gemeinsam Silvester feiern werden. Wo ist das Problem?

Wie sich vor Ort herausstellt, sind wir zwei Freunde, die sich das ganz in zarten Pastelltönen gehaltene «Rosa Zimmer für frisch Verliebte» teilen. Außerdem haben wir das Arrangement «Romantische Tage am Meer» gebucht. Beides habe ich bei der Internetbestellung offenbar übersehen.

Jedenfalls erklärt uns ein professionell gelassener Hotelangestellter, wie man den zimmereigenen Whirlpool benutzt und wo der Massageknopf für das Wasserbett zu finden ist. Selbiges ist übrigens mit einem großen Herzen aus Rosenblättern dekoriert. Zur Begrüßung hat das Hotel Erdbeeren und Jahrgangschampagner bereitgestellt. Wir sollten uns ein Gläschen gönnen, bevor in einer halben Stunde unter dem Motto «Ein Fest für die Sinne» unsere erste gemeinsame Wellnessbehandlung beginnt. Sie heißt «Tausendundeine Nacht», und wir sollen, wenn ich es richtig verstehe, in Öl eingelegt werden. Der Hotelangestellte wünscht uns jedenfalls viel Spaß dabei und zieht sich dezent zurück. Als er die Tür zuzieht, hört er wahrscheinlich gerade noch, wie Bronko sagt: «Schatz, das ist das schönste Geschenk, das ich je von dir bekommen habe.»

Wir genehmigen uns ein Glas Champagner, während ich «Tausendundeine Nacht» abzusagen versuche. Dabei stellt sich heraus, dass unser Ölbad terminlich ohnehin mit einer ebenfalls gebuchten Gesichtsbehandlung kollidiert. Ich bin aufgeschmissen.

«Was jetzt?», frage ich Bronko.

Der zuckt mit den Schultern. «Du Öl, ich Gesicht? Oder lieber umgekehrt?»

Mir ist es wurscht, also lasse ich Bronko die Wahl, und der entscheidet sich dafür, seinen Teint auffrischen zu lassen.

Das Ölbad ist ganz entspannend, allerdings habe ich danach das Gefühl, für den Rest meines Lebens glitschig zu sein. Bronko hat sich ein sanftes Gesichtspeeling gegönnt, dann hat man ihm die Augenbrauen gezupft und ein dezentes Make-up aufgelegt.

«Sieht gut aus, oder?», fragt er. «Irgendwie frisch und gesund. Oder findest du, ich hab zu viel Rouge aufgelegt?»

«Sagen wir so», erwidere ich. «Wenn uns in diesem Hotel bislang irgendjemand aus unerfindlichen Gründen noch nicht für zwei Schwuchteln gehalten hat, dann wird er spätestens jetzt seine Meinung ändern.»

Bronko winkt ab. «Sei nicht so negativ, Paulchen. Sag mir lieber, was ich zum Abendessen anziehen soll.»

Ich weiß nicht, was ich im Internet bei der Hotelbuchung so alles angeklickt habe, jedenfalls jagt auch am kommenden Tag ein romantischer Höhepunkt den nächsten. Wir bekommen ein Sektfrühstück ans Bett gebracht, unternehmen eine Kutschfahrt durch die Dünenlandschaft und werden mit einem Fischerboot zu einem Leuchtturm geschippert, auf dessen Aussichtsplattform wir uns küssen sollen, weil das angeblich Glück bringt.

Inzwischen haben wir uns damit abgefunden, dass wir von den übrigen Gästen für das glücklichste Paar auf Erden gehalten werden. Das ist auch der Hoteldirektion aufgefallen, die uns gebeten hat, einem Schwulen- und Lesbenmagazin ein Interview zu geben. Man hoffe, das Hotel werde als «gay and lesbian friendly» ausgezeichnet, verriet uns der Manager. Da für mich eine Rückenmassage und für Bronko eine weitere Gesichtsbehandlung drin waren, haben wir uns breitschlagen lassen.

Unser Sechs-Gänge-Menü am Silvesterabend heißt «Launen der Liebe». Ich stecke das ebenso locker weg wie den Umstand, dass unser Tisch unter einem Herzen aus Blumen steht und eigens für uns ein stockschwuler Kellner engagiert wurde, der nicht müde wird, sich über unser Glück zu freuen. Selbst seine «ganz private und ganz persönliche Aufmerksamkeit zum Jahreswechsel», ein Massageöl in einer Flasche, die die Form eines Dildos hat, nehme ich mit stoischer Gelassenheit entgegen. Als kurz vor Mitternacht vier Mariachi-Musiker in den Saal ziehen und geradewegs auf unseren Tisch zusteuern, um ihn mit «Cucurrucucu

Paloma» zu umzingeln, verliere ich aber doch ein wenig die Fassung.

Bronkos dezent geschminkte Lippen biegen sich zu einem Lächeln. «Wenn ich jetzt in meinem Dessert einen Verlobungsring finde, dann erwarte ich, dass du mir auf der Stelle einen Antrag machst», sagt er und beginnt in seiner Crème brûlée zu stochern.

Fast im gleichen Moment verstummt die Musik, und der Hotelmanager tritt ans Mikrophon. Alle Gäste mögen sich bitte auf die Terrasse begeben. In ein paar Minuten werde dort das neue Jahr mit einem Feuerwerk begrüßt. «Und vergessen Sie bitte nicht, sich mit reichlich Champagner zu bewaffnen», bittet der Manager. «Es ist genug da, und ich habe gehört, im Keller gibt es noch mehr davon.» Allgemeine Heiterkeit und Aufbruchsstimmung.

Wenig später stehen wir auf der Terrasse am Meer. Es ist Schlag Mitternacht. Die Menschen johlen, klatschen, küssen sich. Das Knallen der Korken und das Pfeifen der Raketen übertönt für einen Moment das Rauschen der Brandung. Dann regnen Funken vom Nachthimmel herab.

«Komm mal her», sagt Bronko, zieht mich zu sich und nimmt mich in die Arme. «Frohes neues Jahr, Paul.»

Ich lächle und erwidere seine Umarmung. «Frohes neues Jahr, Bronko.»

Einen Moment verharren wir, dann klopft Bronko mir sachte auf die Schulter, und wir lösen uns voneinander.

«Und?», fragt er. «Was glaubst du, wie es werden wird, das neue Jahr?»

Ich zucke mit den Schultern. «Keine Ahnung. Ich vermute mal, ich werde so weitermachen wie bisher. Aber du solltest überlegen, deine Kosmetikerin zu wechseln.»

Bronko grinst, hebt den Kopf und betrachtet das Feuerwerk. «Was ich tatsächlich überlege, ist auszusteigen», sagt er.

Interessiert wende ich den Kopf, Bronko schaut weiterhin nach oben.

«Ich hab dran gedacht, nach Mallorca zu gehen. Ich könnte Landschaftsbilder malen und sie als Souvenirs an Touristen verkaufen. Oder ich suche mir halt irgendeinen Job. So pleite wie hier kann ich auch auf Mallorca sein. Aber dort wär ich wenigstens am Meer und in der Sonne.»

Ich denke kurz nach, nicke dann. «Klingt gut. Klingt sogar sehr gut.»

Bronkos Blick flattert vom Himmel herab, und sein Zielauge fixiert mich. «Dann komm doch einfach mit.»

Ich schüttele energisch den Kopf. «Unmöglich. Wie soll das gehen? Ich hab Verpflichtungen.»

Bronko ist erstaunt. «Was denn für Verpflichtungen? Du hast einen Hund, aber den kannst du ja mitnehmen.»

«Ich hab vor allem einen Job», sage ich.

«Der dir keinen Spaß macht», ergänzt Bronko. «Und den du auch nicht nur des Geldes wegen machst. Wenn es dir so wichtig wäre, würdest du es sparen oder investieren, statt es für eine viel zu große Wohnung und mehrere Freunde zu verprassen. Was also hält dich?»

Ich schaue zum Horizont, der gerade für einen kurzen Moment im Licht des Feuerwerks aufblitzt. Gute Frage. Was hält mich eigentlich?

Ich schlafe schlecht in dieser ersten Nacht des neuen Jahres. Bronkos Frage verfolgt mich. Und sie wirft weitere Fragen auf, die ich auch nicht beantworten kann. Wohin führt mein Leben? Was treibt mich an? Warum mache ich das überhaupt alles? Habe ich so etwas wie einen Plan?

Oder kann es sein, dass ich mir tagtäglich völlig grundlos den Arsch abarbeite?

Ich erwache mit einer merkwürdigen Melancholie in den Knochen und beschließe, mir schon sehr bald eine Auszeit zu nehmen, um ganz allein und in aller Ruhe über meine Zukunft nachzudenken.

Bei der Abreise bekomme ich Fotos vom Silvesterabend geschenkt, eine kleine Aufmerksamkeit des Hotels. Ich schaue sie durch und stelle fest, dass ich müde und etwas verlebt aussehe. Ein Schnappschuss zeigt, wie Bronko und ich uns in den Armen liegen. Ich muss grinsen, denn wir sehen wie die schwule Version von «Vom Winde verweht» aus.

Ein paar Wochen später sind meine guten Vorsätze Schnee von gestern. Ich rauche und trinke wieder, wenngleich nicht so maßlos wie im letzten Jahr. Den Kaffee habe ich ganz gestrichen zugunsten eines grünen Tees, der wie ausgekochte Socken schmeckt, aber sehr gesund sein soll. In der Region, in der er angebaut wird, wimmelt es nur so von Hundertjährigen, die das Zeug täglich trinken. So ähnlich stelle ich mir die Hölle vor.

Seit gestern ist Konstantin im Verlag. Aufgrund der desaströsen Quartalsbilanz haben wir die eigentlich erst für den kommenden Monat geplante Gesellschafterversammlung vorgezogen. Elisabeth von Beuten wird morgen eintreffen, bis dahin will Konstantin ein beschlussfähiges Krisenpapier auf dem Tisch haben. Mein Konzept ist längst gestorben. Konstantin hat inzwischen persönlich mit den Peters-Brüdern verhandelt und ist dabei zu keinem anderen Ergebnis gekommen als Timothy und ich in den vergangenen Wochen. Die sturen Böcke wollen einfach nicht verkaufen.

Timothy hat Konstantin erklärt, dass mich keine Schuld an der Misere trifft. Mein Konzept hätte aufgehen können, aber leider haben die Peters-Brüder und die insgesamt schlechte Marktsituation das verhindert.

Zwar habe ich Timothy nicht darum gebeten, mir die Absolution zu erteilen, aber sein Plädoyer bewahrt mich davor, von Konstantin und seinem krankhaften Misstrauen verfolgt zu werden.

Nach Lage der Dinge haben wir zwei Optionen. Entweder wir fahren einen rigorosen Sparkurs, oder wir suchen einen Käufer für den Verlag. Ich persönlich bevorzuge Letzteres, denn ich habe keine Lust, die Hälfte der Belegschaft zu metzeln und mich in Scharmützeln mit Gläubigern aufzureiben. Außerdem würden wir in einem Jahr wieder vor den gleichen Problemen stehen. Dass der Markt sich ändert, ist nicht zu erwarten. Wir können den Abwärtstrend also verzögern, aber nicht aufhalten. Bei einem Verkauf hätte ich die Chance, nach Abschluss der Verhandlungen noch eine Weile beratend tätig zu sein, um dann halbwegs elegant meinen Hut zu nehmen. Und vielleicht würde ich dann ja tatsächlich mal ein paar Monate Pause machen.

Auf dem Weg zum Parkplatz holt Konstantin mich ein.

«Dr. Schuberth, bitte warten Sie noch einen Moment!»

Ich lasse die Türen meines Wagens aufschnappen, werfe meinen Koffer hinein und wende mich Konstantin zu.

«Ich habe gerade mit Mutter telefoniert. Sie möchte morgen mit Ihnen unter vier Augen sprechen und erwartet Sie zum Frühstück im Hotel», erklärt Konstantin und drückt mir eine Mappe in die Hand. «Dieses Kurzkonzept habe ich ihr vor dem Abflug zukommen lassen. Ich wollte es erst morgen in der Sitzung vorstellen. Aber es ist besser, wenn Sie es lesen, bevor Sie mit Mutter sprechen.»

Ich merke, dass ihm nicht ganz wohl in seiner Haut ist. «Was steht denn Geheimnisvolles drin?», frage ich beiläufig.

Konstantin verzieht missmutig das Gesicht. «Wenn ich Ihnen das in wenigen Sätzen erklären könnte, dann hätte ich es nicht aufschreiben müssen.»

Ich bin müde und habe keine Lust auf Diskussionen. «Okay», erwidere ich und will mich abwenden.

Konstantin interpretiert meine Reaktion als ein Zeichen von Verärgerung. Er seufzt. «Also gut. Es ist ein Konzept zur Kostenreduktion», erklärt er mit sichtlichem Unbehagen. «Ich wollte es Ihnen vor dem morgigen Gespräch geben, weil es auch Sie persönlich betrifft.»

Erstaunt ziehe ich eine Augenbraue hoch.

«Wir müssen überall sparen», erklärt Konstantin und wirkt nun fast verlegen. «Die Krise macht auch vor der Führungsetage nicht halt.»

Ich lasse meine Augenbraue wieder sinken, bin aber immer noch erstaunt. Nicht darüber, dass Konstantin mein Gehalt kürzen möchte. Auf die Idee, die Vorstandsbezüge zu reduzieren, bin ich selbst schon gekommen. Ich wundere mich, dass er ein Problem damit hat, es mir zu sagen. Ist ihm peinlich, dass ich aus eigener Anschauung weiß, wie luxuriös seine Familie lebt? Glaubt er, dass ich dieses Wissen gegen ihn verwenden könnte?

Eigentlich kein schlechter Gedanke. «Konstantin, die Krise macht auch vor den Eigentümern nicht halt», würde ich verkünden und eine dicke Mappe auf den Tisch werfen. «Ich hab dieses Konzept erarbeitet, um die immensen Kosten für deine faule, nichtsnutzige Sippe zu reduzieren. Die wichtigsten Maßnahmen sind: Schluss mit Hummerfressen und Champagnersaufen. Die Yacht kommt weg, stattdessen gibt's ein Schlauchboot. Euren Palast tauschen wir gegen ein gemütliches kleines Ferienhäuschen. Kochen, Gartenarbeiten, Koffertragen wird in Zukunft alles selbst erledigt. Wir müssen die Personalkosten deutlich senken. Und wer neue Klamotten braucht, der geht nicht zum Maßschneider, sondern zum Discounter. Es wird sowieso nicht mehr fünfmal am Tag aus lauter Langeweile die Garderobe gewechselt. Das Leben ist keine Modenschau. Wer nichts mit seiner Zeit anzufangen weiß, der kann sich ja 'n Job suchen.»

Konstantin sieht mich an und scheint sich zu fragen, was ich gerade denke.

«Ich werd es lesen», sage ich und öffne die Wagentür.

Schamski, Bronko und Günther haben mir ein paar Nudeln mit Lachssoße übrig gelassen. Dazu passt ein schöner kühler Chardonnay.

Die drei sitzen am Küchentisch und haben eine Menge Zettel mit Zahlen bekritzelt.

«Was macht ihr da?», will ich wissen.

«Pläne», antwortet Günther.

«Genau. Pläne für ein neues Leben auf Mallorca», ergänzt Bronko. «In zwei Wochen packen wir unsere Sachen, und dann geht es ab auf die Insel.»

Seit Silvester ist das Thema immer mal wieder zur Sprache gekommen, offenbar gibt es jetzt eine Entscheidung. «Wer ist wir?», frage ich.

«Bronko und ich», erwidert Günther.

«Du willst auch nach Mallorca?» Ich bin erstaunt. «Was ist mit Iggy?»

«Ich hab ihr gesagt, sie soll mitkommen. Kellnern kann sie da auch. Und bei mir ist es sowieso egal, wo ich arbeite.»

«Und? Was sagt sie?» Ich stelle meinen Teller zur Seite. Die Nudeln sind großartig. Ich vermute, Bronko hat heute gekocht. Wenn es um Pasta geht, kann ihm keiner was vormachen. Schade, dass er bald geht.

«Sie will es sich überlegen. Und ich soll mir überlegen, ob ich mit ihr eine Familie gründen will», erwidert Günther. «Wer weiß, vielleicht fangen wir ja nochmal ganz von vorn an.»

«Auf Mallorca», bemerke ich leicht spöttisch.

«Ja, warum nicht?», sagt Günther. «Du wirst es nicht glauben, aber die haben sogar Kindergärten und Schulen. Auf Mallorca.»

«Super!», spotte ich. «Und wie willst du das bezahlen? Indem du Homepages für Flamencogruppen programmierst?»

«Hey! Wo ist das Problem?», mischt Schamski sich ein. «Die beiden wollen nach Mallorca. Das ist kein Grund, sie wie Idioten zu behandeln.»

Ich werfe Schamski einen verärgerten Blick zu. «Sieht fast so aus, als würdest du gerne mitgehen.»

«Ehrlich gesagt hab ich schon drüber nachgedacht», erwidert Schamski. «Melissa will vielleicht ihre Firma verkaufen. Dann könnten wir zusammen auf Mallorca leben, zumindest für einen Teil des Jahres.»

«Ach, dann geht doch alle nach Mallorca!», maule ich. «Macht euch ein schönes Leben und lasst mich hier mit dem ganzen Scheiß sitzen! Tolle Freunde seid ihr! Wirklich! Ganz tolle Freunde!» Ich pfeffere meinen Teller in die Spüle, und dabei zerbricht er.

Stille. Ich greife langsam zur Weinflasche, schenke mir nach und sammle mich. «Tut mir leid. Ich hatte einen schweren Tag. Nichts als Ärger.» Ich hebe mein Glas. «Auf

Mallorca. Ich find die Idee gut, und ich hoffe, dass ihr alle glücklich werdet. Das wünsch ich euch wirklich.»

«Ich frag dich nochmal, was ich dich schon Silvester gefragt habe», sagt Bronko. «Warum kommst du nicht einfach mit?»

Ich denke nach, Schamski springt mir zur Seite. «Paul möchte diese Sache mit dem Verlag durchziehen. Egal, wie es läuft.» Er sieht mich an. «Du weißt nicht so genau, warum du dir das antust, aber irgendwie ist es dir wichtig. Hab ich recht?»

Ich nicke. «Ich glaube, ich will einfach nicht aufgeben. Wenn ich es verbocke, dann ist das okay. Aber ich möchte mir später nicht vorwerfen, dass ich kapituliert habe.»

Schamski streicht über seinen fast kahlen Schädel. «Hab ich mir schon gedacht. Deshalb geh ich auch nicht mit nach Mallorca. Solange du hier noch was zu erledigen hast, bleib ich ebenfalls auf meinem Posten. Das wollte ich dir noch sagen.»

Ich bin ein wenig gerührt, dass Schamski so selbstverständlich zu mir hält.

«Danke», sage ich. «Das bedeutet mir wirklich sehr viel.»

Bronko steht auf und hebt sein Glas. «Wenn man euch so hört, dann scheint es auf der Welt nichts Schöneres zu geben, als Firmen zu retten. Trinken wir darauf, dass euch dieses Heldenstück gelingen möge.»

Ein Grinsen huscht über Schamskis Gesicht. «Genau. Und danach kommen wir auf die Insel und retten euch beide.»

Günther rappelt sich umständlich hoch, weil er schon ein bisschen Schlagseite hat. «Trinken wir darauf, dass man beizeiten versuchen sollte, seinen Arsch in die Sonne zu kriegen.»

«Wollen wir jetzt trinken oder diskutieren?», frage ich.

Dann machen wir uns ans Trinken.

Am nächsten Morgen bin ich früh auf den Beinen, weil ich mir vor dem Gespräch mit Elisabeth von Beuten noch rasch Konstantins Konzept anschauen möchte. Erwartungsgemäß beinhalten seine Vorschläge tiefe Einschnitte in die Unternehmensstruktur. Konstantin empfiehlt, nahezu alle kleineren Titel aus unserem Haus einzustellen und sämtliche Kräfte auf das Mutterblatt zu fokussieren. Er hat errechnet, dass im Zuge dessen fast die Hälfte der Belegschaft überflüssig würde. Die Abteilungen Produktion und Marketing will Konstantin komplett dichtmachen und deren Kernaufgaben von externen Dienstleistern erledigen lassen. Das Verlagsgebäude soll teilweise an Fremdfirmen vermietet werden. Alle Führungskräfte sollen auf ein Drittel des Grundgehaltes sowie auf sämtliche Bonuszahlungen verzichten. Außerdem möchte Konstantin Dienstwagen, Dienstreisen und andere Kleinigkeiten entweder ganz streichen oder streng limitieren.

Ich überschlage, dass sein Kettensägenmassaker uns tatsächlich in die Gewinnzone bringt, vorausgesetzt, die Verkaufszahlen unserer Tageszeitung rauschen nicht noch weiter in den Keller. Tun sie das doch, hätten wir uns am Ende zu Tode gespart. Außerdem ahne ich, dass die Einstellung sämtlicher Nischenblätter eine Signalwirkung für Leute wie die Peters-Brüder hätte. Im Nu wären wir von Konkurrenten umzingelt, die perspektivisch auch unserem Flaggschiff gefährlich werden könnten. Ich bin gespannt, was Elisabeth von Beuten dazu sagt.

Sie thront im mondänen Frühstückssaal eines First-Class-Hotels. Von einer Krise ist hier wenig zu spüren.

«Was darf ich Ihnen bringen lassen, lieber Herr Dr.

Schuberth?», fragt sie, und ihre ausgesprochen freundliche Art weckt mein Misstrauen.

«Nur einen schwarzen Tee bitte.»

Sie nickt und winkt einen Kellner herbei. Dabei fällt ihr Blick auf Konstantins Konzept. «Ich sehe, Sie sind bereits im Bilde», sagt sie.

«Ja. Ich habe es gelesen», erwidere ich und bestelle einen Earl Grey.

«Gut. Dann kann ich gleich zum springenden Punkt kommen. Ich möchte, dass Sie sich im kommenden Jahr die Leitung des Verlages mit Timothy teilen.» Sie hebt abwehrend eine Hand. «Lassen Sie mich bitte ausreden, bevor Sie etwas sagen.»

In der Tat wollte ich gerade was sagen, aber ich hätte es aus Gründen der Höflichkeit sowieso umformulieren müssen. Also lehne ich mich zurück und höre zu, was die alte Dame mir mitteilen möchte.

«Timothy hält viel von Ihnen», fährt Elisabeth fort. «Und auch ich finde, dass Sie beide trotz Ihrer sicherlich manchmal unterschiedlichen Ansichten gut zusammengearbeitet haben. Herr Schamski wird in den kommenden Monaten sowieso alle Hände voll damit zu tun haben, seine Abteilung umzustrukturieren. Nicht zuletzt hat Timothy Erfahrung als Sanierer. All das spricht meiner Ansicht nach klar für eine Doppelspitze auf Zeit. Sobald es uns gelungen sein wird, das Unternehmen zu konsolidieren, werden wir den ursprünglich geplanten Zustand herstellen mit Ihnen als Vorstandschef und Herrn Schamski als Ihrem Stellvertreter. Timothy wird das Unternehmen verlassen, zumal er sich sowieso perspektivisch wieder um seine eigenen Geschäfte kümmern muss. Und Sie können einen Finanzchef Ihrer Wahl einstellen.» Sie nickt aufmuntern d. «Ich habe da dann sicher auch noch ein kleines Wörtchen mitzureden, aber ich verspreche Ihnen, ich werde mich zurückhalten.»

Der Kellner bringt meinen Tee. Ich überlege. Elisabeths Vorschläge klingen vernünftig. Außerdem bin ich überrascht, dass sie mich lobt, statt mir für mein vermeintliches Versagen die Pest an Hals zu wünschen. Mit ihrer unerwartet zuvorkommenden Art hat sie mir jedenfalls den Wind aus den Segeln genommen.

«Haben Sie schon einmal über einen Verkauf nachgedacht?», frage ich, um diese Option wenigstens mal bei ihr zur Sprache gebracht zu haben.

Sie schüttelt den Kopf. «Ich werde nicht verkaufen. Dieser Verlag ist mein Lebenswerk. Ich werde ihn retten oder mit ihm untergehen.»

Klingt irgendwie nicht danach, als würde sie in dieser Sache mit sich reden lassen. Damit ist dieses Thema auch vom Tisch. «Gut», sage ich. «Ich möchte Ihren Vorschlag mit Herrn Schamski besprechen.»

«Selbstverständlich», antwortet sie. «Wollen wir uns denn später hier zum Mittagessen treffen?»

Ich bin erstaunt. Wieso denkt Elisabeth, dass Schamski nicht wenigstens eine Nacht darüber schlafen möchte, ob er freiwillig seinen Posten räumt?

Elisabeth errät meine Frage und lächelt milde. «Da Herr Schamski ja jetzt fast zur Familie gehört, wird er sicher nichts tun, was den Interessen von mir und speziell meiner Tochter im Weg stehen könnte. Ich gehe also fest davon aus, er wird sich sehr schnell entscheiden.»

Auf dem Weg zum Ausgang merke ich, dass ich verärgert bin. Schamski weiß längst über alles Bescheid. Das hätte er mir ja auch mal stecken können, statt durch die Blume zu sagen, dass er allein schon wegen Melissa zu sämtlichen Zugeständnissen bereit ist.

«Entschuldigung, Herr Dr. Schuberth!», ruft der Portier, den ich eben nach dem Weg zum Frühstücksraum gefragt habe, und wedelt mit einem Zettel.

Ich trete an die Rezeption.

«Sie möchten bitte noch kurz in Zimmer 458 vorbeischauen. Vierte Etage. Die Aufzüge sind dort hinten.»

Auf dem Zettel steht die Zimmernummer, mehr nicht. «Wer will mich denn sprechen?», frage ich.

«Mrs. Huntington.»

Ich spüre mein Blut pulsieren. «Iris Huntington?»

«Ja», erwidert der Portier distinguiert. «Mrs. Huntington erwartet Sie.»

ES IST NOCH NICHT ZU SPÄT

Die Tür öffnet sich, und Iris erscheint. Obwohl wir uns monatelang nicht gesehen haben, ist sie mir sofort vertraut. Unter ihrem Kleid wölbt sich ein kleiner Babybauch, sonst hat sich ihre Figur nicht verändert. Für einen Moment frage ich mich, ob sie vielleicht sogar ein bisschen abgenommen hat. Wahrscheinlich täuscht der Eindruck.

«Hallo, Paul», sagt sie und versucht ein Lächeln. Schlagartig fällt mir auf, dass das Leuchten in ihren Augen nachgelassen hat. Sie wirken müde, traurig und auf erschreckende Weise stumpf.

«Hallo, Iris», erwidere ich und versuche, meine Betroffenheit zu überspielen.

Ich betrete das Zimmer.

«Wusstest du von dieser Sache mit Timothy?», fragt sie, als wir nach einer kurzen, flüchtigen Umarmung Platz genommen haben.

Keine Ahnung, was sie meint. Ich zucke mit den Schultern und mache ein ratloses Gesicht. «Welche Sache?»

«Paul, wenn du davon wusstest, dann sag es mir bitte.» Sie sieht mich mit ihren traurigen Augen durchdringend an. Ich wünschte, ich könnte ihr helfen. Kann ich aber beim besten Willen nicht.

Iris atmet durch. «Timothy hatte ein Verhältnis. Mit eurer neuen Sekretärin.»

Sie sieht mein bestürztes Gesicht und ist nun überzeugt, dass ich keine Ahnung hatte. «Tut mir wirklich leid», bringe ich mühsam hervor.

«Ja, mir auch», sagt sie und schluckt ein paar Tränen hinunter.

Mein Gott, Timothy! Wie kann man nur eine Frau wie Iris mit der grauen Vorzimmermaus betrügen? Wie kommt man überhaupt auf die Idee, Sex mit Frau Preez auch nur in Erwägung zu ziehen?

«Es ist nicht allein seine Schuld», erklärt Iris. «Er hat in den letzten Monaten viel Pech gehabt. Und ich hab ihn damit alleingelassen.»

Alles Pech der Welt ist zwar immer noch kein Grund, mit Frau Preez zu schlafen, denke ich, schweige aber und höre weiter zu.

«Wir werden alles verlieren. Timothy hat sich verspekuliert. Der Kauf unseres Hauses ist schon rückabgewickelt worden. Die Banken sind dabei, seine Firmen zu zerschlagen. Wenn wir Glück haben, bleibt uns am Schluss vielleicht eine kleine Wohnung. Sicher ist, dass Timothy ganz von vorn anfangen muss.»

«Das tut mir wirklich leid», sage ich erneut. Das ist zwar nicht sonderlich originell, aber ich meine es ernst. Timothys Schicksal geht mir zwar mehrere Meilen am Arsch vorbei, doch der Blick in Iris' traurige Augen zerreißt mir fast das Herz. «Weiß deine Großmutter davon?»

Iris schüttelt den Kopf. «Sie hat ihm vor ein paar Monaten einen Kredit gegeben. Früher oder später wird sie es also erfahren. Ich möchte nur, dass das erst nach der Geburt passiert. Im Moment ist für mich das Wichtigste, mit Timothy ins Reine zu kommen.»

Sie sieht das Erstaunen in meinem Gesicht.

«Was? Fragst du dich, warum ich meine Ehe retten will?»

Ich atme durch. «Nein, ich frage mich, ob das hier vielleicht gerade meine allerletzte Chance ist», sage ich mit belegter Stimme.

Sie sieht mich an, und ihre Augen füllen sich mit Tränen.

«Komm mit mir», bitte ich sanft. «Ich könnte meine große Wohnung weggeben und für uns eine kleine mieten. Und keinen Job hab ich auch bald.»

Sie lacht kurz auf, es ist mehr ein Beben, dann fließen die Tränen. «Glaub mir, Paul. Ich hab oft an uns gedacht. Und daran, dass jetzt alles anders sein könnte.»

«Es ist noch nicht zu spät», sage ich. «Noch könnte alles anders sein.»

Iris schüttelt den Kopf. «Paul, ich will meine Ehe nicht schon bei den ersten Schwierigkeiten einfach so wegwerfen. Verstehst du das denn nicht? Ich hab Timothy in den letzten Monaten im Stich gelassen. Und es wäre nicht fair, ihm allein an allem die Schuld zu geben.»

Sie zieht ein Taschentuch hervor, putzt sich die Nase und trocknet ihre Tränen. Doch der Strom versiegt nicht. Iris kramt nach einem frischen Taschentuch. Ich setze mich zu ihr, reiche ihr meines und lege einen Arm um ihre Schultern. Sie schaut mir in die Augen, lehnt sich für einen kurzen Moment an mich, schluchzt und löst sich dann rasch wieder, als wäre ihr unsere plötzliche Nähe nicht ganz geheuer.

«Er hat diese Affäre beendet», erklärt sie und versucht sich zu beherrschen. «Er hat mir gesagt, dass er mich über alles liebt. Dass er unser Kind will und eine gemeinsame Familie. Er bittet mich nur um diese eine Chance, und die kann ich ihm einfach nicht verwehren.»

Ich nicke traurig. Eigentlich könnte ich jetzt auch ganz gut weinen, aber Iris hat gerade mein Taschentuch.

«Versteh mich, Paul», bittet Iris sanft. «Timothy ist nicht nur mein Mann, sondern auch der Vater meines ungeborenen Kindes. Ich brauche ihn. Und er braucht mich jetzt.»

In diesem Moment wird mir klar, warum ich hier sitze. «Und er braucht den Job im Verlag», stelle ich sachlich fest.

Iris nickt beklommen. «Ja, deswegen wollte ich mit dir reden», sagt sie und versucht, ihre Fassung zurückzugewinnen. «Ich hatte mir das Gespräch allerdings etwas anders vorgestellt.»

«Sachlicher?», frage ich leichthin.

«Sachlicher», bestätigt sie.

Einen Moment lang schweigen wir.

«Timothy macht also zusammen mit mir die Abwicklung, und wenn alles gut läuft, bleibt er danach Finanzchef. Ist das der Plan?»

Iris nickt.

«Und du wirst London verlassen und hier mit ihm leben.»

Wieder nickt sie. «Zumindest vorerst.»

Das Schicksal geht manchmal komische Wege. Jetzt soll ich die Ehe jener Frau retten, die ich gern selbst heiraten würde. Und meine Optionen sind, dass ich mich entweder weigere und Iris endgültig verliere, weil ich ihre Ehe zerstört habe, oder ihr helfe und Iris verliere, weil ich ihre Ehe gerettet habe. Man könnte darüber lachen, wenn es nicht so traurig wäre.

«Ich muss darüber nachdenken», sage ich.

Iris sieht mich an. Ich ahne, dass sie fürchtet, ich könnte ihre Bitte ablehnen. «Paul, ich würde nicht hier sitzen, wenn ich nicht verzweifelt wäre.» Sie lächelt unsicher und sieht mir nun direkt in die Augen. «Wenn du mich liebst, dann hilf mir bitte, meine Familie zu retten.»

«Starker Tobak», sagt Schamski, als ich ihm die Geschichte erzählt habe. Wir stehen an seinem Arbeitsplatz, einem Glaskasten inmitten eines Großraumbüros. Ständig kommen irgendwelche Leute herein, um Unterlagen auf den ohnehin überquellenden Schreibtisch zu legen.

«Raus! Tür zu!», brüllt Schamski, als ein junger Mann mit mehreren Stößen Papier am Eingang erscheint. Schamskis Mitarbeiter dreht sich auf dem Absatz um, schließt kommentarlos die Tür, und das Stimmengewirr von draußen verwandelt sich im gleichen Moment in ein dumpfes Summen.

«Was wirst du jetzt machen?», fragt Schamski.

«Ganz einfach. Ich werd meinen Job hinschmeißen», antworte ich.

Schamski ist baff. Er schiebt ein paar Akten zur Seite, findet ein Päckchen Zigaretten und zündet sich eine an. Er inhaliert, bläst den Rauch zur Decke und blickt düster drein. «Tja, das war's dann wohl.»

Ich zucke mit den Schultern. «Die Probleme im Verlag hätte ich mir locker noch 'ne Weile angetan. Aber die Aussicht darauf, Iris ständig zu sehen und zu wissen, dass Timothy von ihr die Chance bekommen hat, die ich gern gehabt hätte, geht über meine Kräfte. Außerdem hat Bronko mich kürzlich mal gefragt, was mich hier noch hält.»

«Und?», fragt Schamski grüblerisch.

«Ich hatte keine Antwort darauf. Aber als ich eben das Hotel verlassen hab, schien mir alles plötzlich glasklar. Mein Gefühl sagte: Das war's. Genau jetzt hält dich hier nichts mehr. Absolut gar nichts.»

Schamski nickt bedächtig, zieht an seiner Zigarette. «Das heißt Mallorca?»

«Warum nicht?», erwidere ich.

«Dir ist schon klar, dass ich nicht mitkommen kann, oder? Zumindest nicht gleich», sagt Schamski und scheint mich ein wenig zu beneiden.

«Wenn ich wie du jemanden hätte, für den sich dieser ganze Wahnsinn lohnt, dann würde ich wahrscheinlich auch bleiben.»

Schamski lächelt und drückt die gerade erst angerauchte Zigarette aus.

«Ich rate dir im Vertrauen, Melissa den Verkauf ihrer Firma ans Herz zu legen», fahre ich fort. «Ich würde nicht darauf wetten, dass die geplanten Maßnahmen hier den gewünschten Erfolg haben.»

Schamski wirkt gefasst, aber ich sehe, dass ihm mulmig ist. «Du glaubst, dass die Bude den Bach runtergeht?»

«Ich weiß es nicht. Die Chancen für eine Konsolidierung stehen eigentlich nicht schlecht. Besonders wenn ich nicht mehr im Weg bin. Timothy und du, ihr gehört zur Familie. Ihr habt einen Vertrauensvorschuss. Wenn euch keiner reinredet und ihr schnell handelt, könnt ihr vielleicht das Ruder rumreißen. Ich hab keine Ahnung, wie eng Melissa mit dem Verlag verbandelt ist, aber ich an ihrer Stelle würde trotzdem kein Risiko eingehen.»

Schamski nickt. «Danke», sagt er dann, fingert nach einer neuen Zigarette, zündet sie aber nicht an. «Wann wird deine Kündigung offiziell?»

«Beim Mittagessen», antworte ich. «Noch vor dem Dessert werde ich ein freier Mann sein.» Ich spüre, dass diese Aussicht Euphorie in mir weckt.

Schamski lächelt. «Klingt gut.»

«Klingt für mich nach einer Kapitulation, lieber Herr Dr. Schuberth», sagt Elisabeth von Beuten, nachdem ich sie in meine Pläne eingeweiht habe. Wir sitzen wieder im Hotel, und ich gönne mir zur Feier des Tages ein großes Steak und ein Glas Rotwein. Die Patriarchin hat ihr Hühnerfrikassee bislang nicht angerührt. In ein paar Minuten wird es kalt sein. Allerdings lange nicht so kalt wie der Blick der alten Dame.

«Nennen Sie es, wie Sie wollen, gnädige Frau», erwidere ich und hoffe, dass mein Tonfall ihr klarmacht, wie unerhört gleichgültig mir ihre Meinung ist.

«Ich vermute, Sie wollen mit Ihrer Kündigung erreichen, dass ich darauf verzichte, Timothy als Ihren gleichberechtigten Partner einzusetzen.»

Ich würde ihr gern sagen, dass das nicht der Fall ist, aber sie hebt abwehrend die Hand. Ich kenne die Geste inzwischen und schweige.

«Lieber Herr Dr. Schuberth», sagt sie. Innerlich kocht sie vor Wut, denn mit ihrer Stimme könnte man Schwarzbrot schneiden. «Ich werde mich ganz sicher nicht von Ihnen erpressen lassen. Nur damit das klar ist. Überlegen Sie sich also sehr genau, ob Sie Ihre Kündigung aufrechterhalten möchten. Es besteht nämlich die Gefahr, dass ich Sie annehme.» Sie nippt an ihrem Mineralwasser, ihre Hand zittert ein wenig.

«Ich sitze hier nicht aus strategischen Gründen, liebe Frau von Beuten», sage ich. «Meiner Ansicht nach führen zwei Kapitäne ein Schiff nicht besser als einer allein. Timothy kennt das Unternehmen so gut wie ich, wenn nicht sogar besser. Es spricht also nichts dagegen, dass er die Sanierung erfolgreich im Alleingang stemmt. Und wer weiß? Vielleicht hat er so viel Spaß an der Sache, dass er Ihnen danach als Vorstandsvorsitzender erhalten bleibt. Dann wäre das Unternehmen auch operativ in Familienhand.»

Sie sieht mich an, und ihre Augen funkeln böse. Ich glaube, sie nimmt es mir nicht übel, dass ich meinen Hut nehme. Was sie aber auf die Palme bringt, ist die Selbstverständlichkeit, mit der ich ihre Befehle missachte. Als absolutistische Herrscherin ist sie nicht gewohnt, dass Untertanen ihr den Gehorsam verweigern.

Ich nehme Elisabeths Empörung gelassen zur Kenntnis. Ihr Fürstentum wackelt. Das macht sie natürlich nervös. Vielleicht ahnt die alte Dame aber auch bereits, dass die Zukunft ihr noch einige Lektionen in Demut bescheren wird. Und vielleicht hält sie deshalb so verbissen an ihrer Rolle als böse Königin fest. Soll sie ruhig, wenn ihr das hilft. Ich hab jedenfalls mein Steak und meine Freiheit.

«Ich dachte, ich hätte mich in Ihnen getäuscht», beginnt sie und lehnt sich zurück. «Aber offenbar gehören Sie doch zu jener Sorte Männer, die beim leisesten Windhauch die Beine in die Hand nehmen.»

Nicht schlecht, aber das kann sie besser, finde ich und schiebe mir ein Stück Steak in den Mund.

«Wahrscheinlich werden Sie Ihre jämmerliche Fahnenflucht vor sich selbst als vernünftige Entscheidung rechtfertigen. Dabei wissen wir beide, dass Sie schlicht von Angst getrieben werden. Sie haben nämlich nicht das Format eines Mannes, der eine Niederlage mit Würde erträgt.»

Na also, so langsam hat sie sich warmgegiftet. Ich nehme mir zwischendurch noch etwas Gemüse.

«Verraten Sie mir noch eins, lieber Herr Dr. Schuberth.» Ihr Gesicht verzieht sich zu einem hämischen Grinsen. «Jetzt, da Sie sich und uns bewiesen haben, dass Sie keine Führungspersönlichkeit sind, was werden Sie da tun?»

Ich lächle. «Ich werde mir jetzt ein Dessert bestellen, gnädige Frau.»

Ich sehe, dass sie um Fassung ringt. Sie erhebt sich und verlässt den Raum, ohne ein weiteres Wort zu verlieren.

Zu Hause treffe ich Bronko. «Du schon hier?», fragt er, während ich an ihm vorbeirausche, um meinen Hund für einen Spaziergang abzuholen.

Bronko folgt mir in die Küche. «Was ist los?», will er wissen, während ich Fred anleine. «Irgendwas passiert?»

Unsere Blicke treffen sich, und nun ahnt er, was geschehen ist.

«Wow», sagt Bronko fast atemlos. «Heißt das etwa ...?»

Ich nicke. «Ja, ich bin dabei.»

Laut Internet muss man sich mindestens ein Jahr Zeit nehmen, um den Wechsel in ein fremdes Land vorzubereiten. Das beweisen zahlreiche Beispiele von Leuten, die spontan ausgewandert sind und dadurch ihr gesamtes Hab und Gut verloren haben. Manchen sind obendrein Familienangehörige oder wichtige Organe abhandengekommen.

Gemäß einer im Netz kursierenden Checkliste waren meine Chancen, ein erfolgreicher Auswanderer zu werden, gleich null. Mit knapp zwei Wochen Vorbereitungszeit, nicht vorhandenen Sprachkenntnissen und ohne eine berufliche Perspektive hätte ich es eigentlich nicht mal durch die Passkontrolle schaffen dürfen. Mallorca hat uns trotzdem mit offenen Armen empfangen. Binnen weniger Tage haben wir ein hübsches und bezahlbares Haus am Meer gefunden, einen alten Pkw gekauft und den behördlichen Papierkram erledigt. Fast zwei Monate ist das jetzt her, und inzwischen sieht es so aus, dass wir sowohl unser Hab und Gut als auch die wichtigen Organe behalten dürfen.

Günther verbringt viel Zeit damit, berufliche Kontakte zu knüpfen. Bislang hat er den Internetauftritt für eine Flamencogruppe programmiert. Der Job ist zwar nicht bezahlt worden, aber die Künstler haben sich mit einer Privatvorstellung revanchiert. Der Abend war sehr nett, hat unsere kompletten Weinvorräte gekostet, und um ein Haar wäre ich in eine Affäre mit einer andalusischen Tänzerin geschlittert.

Bronko malt voller Hingabe Landschaftsbilder. Er ist fast täglich unterwegs auf der Suche nach neuen Motiven. Das Geld für Farben und Leinwände habe ich ihm vorgestreckt. Er will es mir nach der Urlaubssaison zurückgeben. Ich glaube, diesmal könnte sein Geschäftsmodell funktionieren. Er selbst nennt es «Mallorca in Öl für unter hundert Euro». Inzwischen gibt es ein paar Dutzend Bilder. Wenn es Bronko gelingt, auch nur die Hälfte davon zu verkaufen, dürfte er einen hübschen Gewinn erzielen. Aber das ist nebensächlich. Um die finanzielle Situation müssen wir uns keine Sorgen machen. Meine Rücklagen und der Erlös aus dem Verkauf meiner Möbel würden auch dann ohne Probleme für ein Jahr auf der Insel reichen, wenn wir überhaupt keine Einkünfte hätten. Ich habe mich deshalb dazu entschlossen, ein paar Monate Urlaub zu machen, bevor ich mir überlege, womit ich in Zukunft mein Geld verdienen will.

Während der vergangenen Wochen bin ich kreuz und quer über die Insel gefahren, um meine neue Heimat kennenzulernen. Ich habe mir die Siedlungen der talayotischen Ureinwohner bei Llucmajor angesehen, ebenso die Siedlungen des britischen Prekariats bei Magaluf. Ich habe genüsslich ganze Tage in Cafés entlang der Küste verplempert, die Bucht von Port d'Antratx durchwandert und das

Cap de Formentor erklommen. Letzteres hätte Fred beinahe das Leben gekostet, weil er unbedingt einen Blick von der Steilküste werfen wollte und dabei fast abgerutscht wäre.

Selbst die Partymeile von Palma habe ich besichtigt und war amüsiert darüber, wie sie in ungeschminktem Zustand aussieht. Die Vergnügungspaläste, die hier im Sommer ihre Tore öffnen, sind in den Wintermonaten nicht mehr als ein paar Bretterbuden, die mit Pappmaché und etwas Farbe für die kommende Saison zusammengeflickt werden. Man hat ein bisschen das Gefühl, ein Revuegirl mit Lockenwicklern zu ertappen.

Am Ende meiner Besichtigungstouren stelle ich fest, dass Mallorca ebenso hübsch wie hässlich ist. An manchen Stellen wirkt die Insel wie eine scheue Südseeschönheit, an anderen wie eine schlechtgelaunte Puffmutter. Aber ich mag das. Wassersportler und Wanderfreunde kommen hier ebenso zu ihrem Recht wie Leute, die es vorziehen, im Urlaub Kartrennen zu fahren oder mit vollgepinkelter Hose in der Gosse zu liegen. Mallorca ist basisdemokratische Erlebnisgastronomie. In diesem Stadtstaat ist jeder willkommen, der seine Drinks bezahlen kann, egal, ob er sie aus Muranogläsern oder aus Plastikeimern schlürft.

Kurzum, mir gefällt meine neue Heimat.

«Na, das ist doch schön», unterbricht Günther, den ich gerade an meinen Meditationen teilhaben lasse. «Und was hast du heute sonst noch so gemacht, außer über Mallorca zu philosophieren?»

«Mit Schamski telefoniert», erwidere ich. «Er hat sich mit Melissa gestritten. Der Verlag läuft schlecht, und sie hat Schamski deshalb Vorwürfe gemacht. Schöne Grüße übrigens.»

«Danke», sagt Günther knapp, dann sieht er mich selbstgefällig an. «Du hast dich also wie üblich mit Fred auf der Insel herumgetrieben und außerdem ein Telefonat geführt. War das schon dein Tagespensum?»

«Ich hab eben auch noch eine Flasche Wein entkorkt, damit sie schon mal atmen kann», erwidere ich entspannt. «Aber irgendwie werde ich das Gefühl nicht los, dass du mir etwas mitteilen möchtest, Günther.»

«Allerdings. Während du sorglos in den Tag hineinlebst, arbeite ich nämlich hart an unserer Zukunft», plustert Günther sich auf.

Ich finde, er hat genug damit zu tun, hart an seiner eigenen Zukunft zu arbeiten, da muss er sich nicht auch noch um meine kümmern. Aber ich will ihn nicht vergrätzen. «Interessant», heuchle ich also. «Lass hören.»

Günther nickt ernst. «Ich habe einen deutschen Geschäftsmann kennengelernt, der auf der Insel lebt und uns helfen könnte, einen Marktstand zu bekommen. Vielleicht hat er sogar einen Job für dich. Mal sehen.»

Es klingt, als wäre ich schwer vermittelbar und würde nun von Günther die ultimative Chance bekommen, mich als Obstkistenschlepper zu bewähren. Günther müsste jetzt nur noch ergänzen: «Verbock es nicht wieder.»

«Wie hört sich das für dich an?», fragt er stattdessen.

Ich überlege. Ich bin zwar nicht auf der Suche nach einem Job, aber ich hab auf der Insel fast alles gesehen. Bevor mir langweilig wird, könnte ich mich also auch nützlich machen. «Gut, was soll ich tun?»

«Er kommt gleich vorbei. Ich hab ihn zum Essen eingeladen. Dann reden wir über alles.»

DAS IST QUATSCH

«Henning», stelle ich mit Erstaunen fest.

«Paul?» Henning reicht mir die Hand. Er wirkt nicht minder überrascht.

«Ihr kennt euch?», fragt Günther. «Wie das?»

Henning lächelt etwas verlegen. «Wir haben mal im Flieger nach Mallorca Händchen gehalten.»

Günther nickt, als wäre seine Frage damit erschöpfend beantwortet.

«Henning hat ein bisschen Flugangst», erkläre ich.

«Da kenne ich ein gutes Gegenmittel», wirft Bronko ein.

Ich sehe, dass Henning spontan blass um die Nase wird.

«Lasst uns heute Abend nicht über Flugangst reden», sage ich. «Es gibt doch angenehmere Themen, oder?» Vor allem gibt es interessantere Themen.

Unser Gast nickt erleichtert.

Beim Essen erzählt uns Henning, dass er sich momentan nicht so intensiv um sein Unternehmen kümmern kann, wie er gerne würde. Es gebe da ein paar persönliche Probleme, erklärt er. Ich vermute, Hennings Frau macht Schwierigkeiten, frage aber nicht weiter nach, zumal mich das auch nichts angeht. Jedenfalls müsste Henning einerseits seine Kunden in Deutschland besuchen, sich andererseits um die laufende Produktion kümmern und außerdem seinen Bio-Honig auf dem Wochenmarkt feilbieten. Aber er kann sich nun mal nicht dreiteilen.

«Das Geschäft mit den Touristen ist mein zweites Standbein», erklärt Henning. «Früher hat meine Frau sich darum gekümmert, aber aufgrund der momentanen Situation bin ich gezwungen, meinen Marktstand an einen Kollegen zu vermieten.»

«Und da kommen wir ins Spiel», grätscht Günther rein und überrascht uns mit einem ebenso cleveren wie erfolgversprechenden Plan. Günther schlägt vor, dass ich den Verkauf des Honigs übernehme und den Stand gleichzeitig nutze, um Bronkos Bilder anzubieten.

Bronko schaut erstaunt hoch. «Das ist eine gute Idee», sagt er. Sein Blick flattert in meine Richtung, weil er wissen möchte, was ich darüber denke.

Spontan kann ich mir ein freies und wildromantisches Leben als fliegender Händler ganz gut vorstellen. Bio-Honig und selbstgemalte Bilder sind nur der Anfang, später werde ich noch Haartinkturen, Tigerkrallen und Zimmerspringbrunnen ins Sortiment aufnehmen.

«Was hältst du davon?», fragt Bronko.

«Warum nicht?», erwidere ich.

«Prima», resümiert Günther zufrieden. «Und ich programmiere einen Internetshop, um die Aufträge zu automatisieren.»

Henning sieht ihn ratlos an.

«Dann musst du nicht mehr so oft nach Deutschland», erklärt Günther. «Vielleicht bald überhaupt nicht mehr. Die Kunden werden regelmäßig benachrichtigt und können im Netz bestellen. Versand und Rechnungsstellung vereinfachen wir auch gleich.»

Henning denkt angestrengt nach. Die Aussicht darauf,

gleich ein ganzes Bündel von Problemen loszuwerden, ist verlockend.

«Wär natürlich toll», überlegt er laut. «Aber ich befürchte, das kann ich mir nicht leisten.»

Günther winkt ab. «Wir können das doch verrechnen. Mit der Standmiete zum Beispiel. Oder du beteiligst uns an den Transaktionen im Netz.»

Ich bin bass erstaunt. Früher hatte Günther Mühe, seine Kontoauszüge zu lesen, heute benimmt er sich wie ein ausgebuffter Kaufmann.

«Hast du nebenbei in Kansas Ökonomie studiert?», frage ich.

Günther schüttelt den Kopf. «Iggy ist ziemlich gut in solchen Sachen. Das kommt durch ihren Job. Im Grunde muss man nur verstehen, wie eine Kneipe funktioniert, dann begreift man auch die Weltwirtschaft.»

Das halte ich zwar für eine gewagte These, aber es muss was dran sein, wenn es Iggy gelungen ist, einen ökonomischen Legastheniker wie Günther zum Wochenmarkt-Tycoon auszubilden.

Als es kühler wird, ziehen wir uns ins Haus zurück, und unser Gast nutzt die Gelegenheit, sich in Bronkos Atelier umzusehen. Henning ist begeistert von den Bildern und sicher, dass sie sich wie warme Semmeln verkaufen werden. Ideal wäre es, wenn Bronko künftig kleinere Formate malen würde, damit die Bilder ins Handgepäck passen. Bronko findet den Vorschlag künstlerisch äußerst problematisch, Günther hält professionell dagegen, dass man seine Zielgruppe immer im Auge behalten muss.

Ein paar Weinflaschen später sind wir nur noch zu dritt. Bronko hat sich schon mal hingelegt, weil er morgen einen handgepäcktauglichen Sonnenaufgang malen möchte. Da auch ich langsam müde werde, kündige ich an, mich ebenfalls bald zurückzuziehen. Henning soll später einfach alles stehen und liegen lassen und sich aufs Sofa hauen.

Er ist erstaunt über mein Angebot. «Danke, aber ich will euch keine ...»

«Henning, es ist spät», unterbreche ich. «Du bist außerdem angeschickert und sicher nicht mehr in der Lage, noch über die halbe Insel zu kurven.»

Henning nippt an seinem Wein und denkt über meinen Vorschlag nach.

Dann bricht er plötzlich in Tränen aus.

«Was ist denn jetzt passiert?», fragt Günther ratlos.

«'tschuldigung», nuschelt Henning. «Es ist nur ...» Von einem Weinkrampf geschüttelt, zieht er ein Taschentuch hervor und schnäuzt sich umständlich. «Es ist nur alles so schrecklich traurig.»

Ich ahne, dass Henning mit «schrecklich traurig» den Zustand seiner Ehe meint. Vielleicht hat ihn mein Angebot daran erinnert, dass er schon seit Wochen auf dem Sofa schläft, weil seine Frau ihn nicht mehr ins Ehebett lässt. Wir können uns also auf ein mehrstündiges Gespräch über Paarkrisen und Beziehungshöllen einstellen. Ich bin zwar müde, will aber nicht unhöflich sein. Also erhebe ich mich, um noch Wein zu holen.

Henning hat die Sofaphase bereits hinter sich. Seine Frau Clarissa ist mit den beiden Kindern Nico und Nina vor ein paar Wochen ausgezogen. Die drei wohnen in einem Hotel, das ein guter Freund von Clarissa managt. Ob Rocco wirklich nur ein Freund ist oder vielleicht doch Clarissas Geliebter, möchte Henning lieber nicht wissen.

Ich schweige zu diesem Thema, bin aber sicher, dass die beiden was miteinander haben. Clarissa will die Scheidung und glaubt partout nicht an die Rettung ihrer Ehe. Für mich sieht das danach aus, dass sie bereits das Rettungsboot klargemacht hat. Und das heißt Rocco.

Mit wachsendem Unbehagen stelle ich fest, dass Günther besonders aufmerksam zuhört, wenn Hennings Geschichte Parallelen zu Günthers und Iggys aktueller Krise aufweist. Auch in Hennings Ehe war Clarissa die treibende Kraft, als es um die Familienplanung und den Traum von einem Haus im Grünen ging. Die Übersiedlung nach Mallorca hat Clarissa im Alleingang entschieden, und auch die Kinderfrage hat sie beantwortet, ohne Henning um seine Meinung zu bitten. Sie setzte einfach die Pille ab und stellte ihn dann vor vollendete Tatsachen.

Bis vor zwei Jahren ist Henning mit seinem bescheidenen Leben als Imker glücklich gewesen. Er hatte zwar Schulden, kam aber irgendwie immer über die Runden. Das änderte sich, als die Wünsche seiner Familie zusehends kostspieliger wurden. Statt dem Luxusleben einen Riegel vorzuschieben, hat Henning weitere Kredite aufgenommen. Jetzt steht er deshalb vor dem finanziellen Ruin.

Als Henning sich müde und angetrunken aufs Sofa geschleppt und dort in den Schlaf geweint hat, wirkt Günther irgendwie verändert. Eine Weile sitzt er nur da und starrt schweigend vor sich hin. Dann erhebt er sich, geht auf sein Zimmer und kommt mit ein paar Seiten Papier zurück, die er auf den Tisch wirft. «Ein Brief von Iggy. Ich hab ihn heute bekommen. Sie schreibt, dass sie mich liebt und immer noch an eine gemeinsame Zukunft glaubt. Sie will mir aber auch nicht im Weg stehen. Deshalb ist sie bereit, in die Scheidung einzuwilligen.»

Ich überfliege den mehrseitigen Brief, lege ihn dann zur Seite. «Willst du denn die Scheidung?»

Günther zuckt traurig mit den Schultern. «Wenn ich Henning so höre, dann hätte ich vielleicht gar nicht erst heiraten sollen.»

«Das ist Quatsch», sage ich. «Und das weißt du auch. Eine Ehe ist mit Risiken verbunden, klar. Aber das ganze Leben ist ein Risiko. Willst du dich deshalb unterm Bett verkriechen?»

Günther zuckt wieder mit den Schultern und bleibt die Antwort schuldig. «Gute Nacht», sagt er leise und wendet sich ab.

Ich ahne, dass er kurz davor ist, eine Dummheit zu begehen. «Günther?»

Er hält inne, dreht sich wieder zu mir um.

«Versprich mir, dass wir beide nochmal in Ruhe über alles reden, bevor du Iggy antwortest.»

Er sieht mich müde an.

«Ich möchte nicht, dass du eine Entscheidung triffst, die du später bereust», fahre ich fort und sehe ihn eindringlich an.

Günther überlegt, dann nickt er. «Okay.»

Eben war ich hundemüde, jetzt bin ich hellwach. Ich betrete die Terrasse, um eine Zigarette zu rauchen und ein letztes Glas Wein zu trinken. Es ist frisch, aber nicht kalt. Man kann den Frühling schon schmecken. Ich genieße das Rauschen des Meeres und den Anblick des mit Sternen übersäten Nachthimmels. Dann spüre ich, dass mein Handy vibriert. Es ist Iggy. Ich erwäge, den Anruf nicht anzunehmen, tue es aber doch.

«Hallo, Iggy.»

«Hallo, Paul. Kannst du reden?»

«Ja.»

«Gut.» Sie macht eine kurze Pause, scheint sich zu

sammeln. «Ich hab den Brief abgeschickt. Er müsste heute angekommen sein. Aber Günther hat sich noch nicht gemeldet.»

«Das wird er sicher noch tun», antworte ich möglichst entspannt. «Vielleicht braucht er ein paar Tage zum Nachdenken.»

Ein kurzes Schweigen.

«Du hast gesagt, wenn ich ihm die Scheidung anbiete, dann löst sich seine Panik in Luft auf. Von ein paar Tagen war nicht die Rede.»

Da habe ich auch noch nicht geahnt, dass mir ein übelst beziehungsgeschädigter Bio-Imker einen Strich durch die Rechnung machen würde.

«Ich weiß», antworte ich. «Aber ich bin auch kein Hellseher.»

Wäre ich das, hätte ich sicher nicht die saublöde Idee gehabt, mich in die Ehe meines Freundes einzumischen.

«Was ist, wenn dein Plan nicht funktioniert?», fragt Iggy und klingt verunsichert. «Vielleicht versteht Günther mein Angebot falsch, und jetzt denkt er, ich hätte unsere Ehe längst aufgegeben.»

«Nein, du hast ihm doch geschrieben, dass du an eure Zukunft glaubst.»

«Wie jetzt?», fragt Iggy verdutzt.

Mist, sie weiß ja noch gar nicht, dass ich den Brief kenne.

«Na ja. Ich dachte, dass du ihm so was Ähnliches schreiben wolltest», versuche ich mich zu retten.

«Ja. Hab ich auch», sagt Iggy.

«Na also», erwidere ich in väterlichem Tonfall. «Dann würde ich mir an deiner Stelle auch keine Sorgen machen.»

«Ich mach mir aber Sorgen, Paul!» Sie klingt nun verzweifelt. «Ich liebe Günther. Und ich weiß, er liebt mich auch. Ich kann verstehen, dass er Angst vor der Zukunft hat. Aber er muss auch ein bisschen Vertrauen haben. Das gehört zur Liebe einfach dazu.»

Ich schweige. Da hat sie völlig recht. Aber wie soll ich das einem Apokalyptiker erklären? Günthers Existenzängste wurzeln tief. Sein geschäftlicher Absturz vor ein paar Jahren hat ihm schlicht einen Knacks fürs Leben beschert. Jetzt sieht Günther sich schon in der Gosse liegen, wenn die Stromrechnung mal ein paar Euro höher ausfällt als gewöhnlich. Wer eine solche Panik schiebt, dem ist nicht mit ein paar guten Ratschlägen beizukommen.

«Dann solltest du aber auch darauf vertrauen, dass sich alles zum Guten wendet», erwidere ich und schäme mich selbst ein bisschen für diese Binsenweisheit. Aber gerade weiß ich auch nicht weiter.

Stille. Iggy überlegt. «Du willst mich abwimmeln», sagt sie dann.

«Das auch», antworte ich. «Aber eigentlich will ich dich bitten, nicht auch noch in Panik zu geraten. Gib Günther einfach ein bisschen Zeit. Ich rede mit ihm. Versprochen. Ich bin sicher, es ist noch nichts verloren.»

Sie zögert. «Okay», sagt sie dann gedehnt.

«Mach dir keine Sorgen», setze ich nach. «Das wird schon.»

Wieder ein kurzes Schweigen. Ich spüre, dass sie lächelt. «Gut, Paul, dann werde ich mal vertrauensvoll mein Glück in deine Hände legen.»

Als ich das Handy zuklappe, ist mir unbehaglich zumute. Iggys letzter Satz hallt nach. Ich habe mich bislang in Liebesdingen nicht mit Ruhm bekleckert. Wie komme ich also darauf, dass es gerade mir gelingen könnte, die Ehe von Iggy und Günther zu retten? Ich schenke mir Wein nach und überlege. Keine Ahnung, ob ich den beiden helfen kann, aber zumindest will ich Günther davor bewahren, einen Kardinalfehler zu wiederholen, den ich bei Iris gemacht habe. Es war der Fehler, seinem Glück nicht über den Weg zu trauen.

Im Gebüsch ist ein Rascheln zu hören, dann taucht Fred auf. Da unsere Haustür immer offen steht, kommt und geht er inzwischen, wann es ihm passt. Keine Ahnung, wo er sich herumtreibt, aber ich denke, er hat diverse Affären in der Gegend. Seine amourösen Ausflüge haben sich vorteilhaft auf sein Naturell ausgewirkt. Fred ist nicht mehr so aggressiv wie früher. Vielleicht machen die mediterrane Atmosphäre und die freie Liebe aus ihm ja noch einen freundlichen Hund.

Er sieht mich und hält kurz inne, was eine Art Begrüßung ist. Dann trottet er an mir vorbei in Richtung Haus.

«War sie hübsch?», rufe ich ihm hinterher. Keine Reaktion.

Am nächsten Morgen weckt Günther mich mit einem starken Kaffee. Das ist zwar nett, aber da ich gestern meinem letzten Glas Wein noch eine allerletzte Flasche habe folgen lassen, ziehe ich es vor auszuschlafen.

«Nichts da! Schluss mit der Rumgammelei!», verkündet Günther. «Wir fahren jetzt mit Henning auf die Finca und packen alles zusammen. Morgen ist dein erster Markttag.»

Ich erinnere mich dunkel, dass ich gestern einer Karriere als Marktverkäufer zugestimmt habe. Hätte ich geahnt, dass mein Müßiggang damit abrupt beendet ist, wäre ich nicht so leichtfertig darauf eingegangen.

Für die Fahrt zu Hennings Finca und das Beladen unseres klapprigen Kastenwagens brauchen wir knapp drei Stunden. Das hätte man also auch bequem am Nachmittag erledigen können.

«Es ist längst Nachmittag», motzt Günther. «Du hast sowieso den halben Tag verpennt.»

«Bist du meine Mutter? Oder mein Boss?», motze ich zurück und frage mich, ob ich als Geschäftsmann eigentlich auch so unerträglich war.

Da Günther und Henning noch über der Konzeption eines Warenwirtschaftssystems brüten wollen, treten Fred und ich den Heimweg allein an. Zum Glück habe ich als Quasi-Mallorquiner immer Handtuch und Badehose dabei, um keine günstige Gelegenheit für einen Strandbesuch zu verpassen. Und das ist so eine. Ich widme mich also dem süßen Leben, Fred treibt sich in den Felsen herum. Sollte er Blödsinn machen und dabei erwischt werden, kennen wir uns nicht. Das hat schon ein paarmal geklappt.

Nach einem erfrischenden Bad döse ich in der Sonne und bin kurz davor einzuschlafen, als ich eine Stimme sagen höre: «Hugos Hähnchenhaus.»

Ich blinzele und sehe einen etwa zwei Meter großen Hahn, der mit einem bunten Zettel wedelt. Wer Leute für Werbezwecke in Kostüme steckt, sollte als Gnu verkleidet in einem Raubtiergehege ausgesetzt werden, denke ich.

«Zwei krosse Hähnchen zum Preis von einem. Nur für kurze Zeit», versucht der Hahn mich zu ködern und hält mir stoisch den Zettel hin.

Beim bloßen Gedanken an ein krosses Hähnchen dreht sich mir der Magen um. Zwei Hähnchen kann ich also erst recht nicht gebrauchen. Ich schüttele müde den Kopf.

«Was ist, Paul? Keine Lust auf Hähnchen?», fragt der Hahn.

Ich öffne die Augen und mustere den Vogel.

«Kennen wir uns?», frage ich, als würde ich hin und wieder zwei Meter große Hähnchen auf Partys kennenlernen.

Keine Reaktion.

Ich erhebe mich, trete an den Vogel heran und versuche durch den kleinen Sehschlitz oberhalb des Schnabels zu erkennen, wer sich hinter der Maske verbirgt. Dabei bemerke ich, dass der Hahn eine Schnapsfahne hat. Er greift sich nun mit den Flügeln an den Kopf und zieht daran. Im nächsten Moment kommt das verschwitzte und stark gerötete Gesicht des alten von Beuten zum Vorschein. Er strahlt.

«Na, Paul? Da guckst du, was?»

Allerdings.

«Ich hab ein neues Leben angefangen!», sagt Karl und lässt mich erst gar nicht zu Wort kommen. «Tagsüber Promotion. Abends Theater. Und was soll ich sagen? Es geht mir phantastisch! Ich fühle mich mindestens zehn Jahre jünger.»

«Wow. Das ist ...» Eigentlich eine sehr traurige Geschichte, denke ich, sage aber: «Toll! Das ist toll, Karl! Ich freu mich für dich!»

Karl fingert aus seinem Kostüm einen Flachmann hervor und nimmt einen Schluck. Er hält mir die Flasche hin, ich schüttele den Kopf.

«Uschi und ich wohnen in einem Zimmer in Palma. Klein, aber gemütlich. Sie arbeitet im Hotel. Als Rezeptionistin.»

Ich nicke ratlos. Was soll man einem alten Mann sagen, der als Hahn verkleidet von seinem Glück schwärmt?

«Ja, das ist wirklich toll», lacht Karl und streicht sich seine spärlichen klatschnassen Haare zurück. «Fast so, als wären wir beide nochmal jung.» Er packt seinen Flachmann wieder ein und wankt ein wenig. Ich habe Angst, dass er einen Kreislaufkollaps bekommt, aber er fängt sich wieder. Wahrscheinlich nur die Hitze, der Alkohol und die Tatsache, dass Karl nicht mehr der Jüngste ist.

«Carlo! Qué coño haces!», ruft in diesem Moment von der Promenade aus ein kleiner Südländer mit einer großen Goldkette.

«Oh, ich muss weiter», sagt Karl rasch und beeilt sich, den Vogelkopf wieder aufzusetzen. «Wenn du mal Zeit hast, dann komm nach Porto Colom. Ich spiele da den Nathan. Noch bis Ende der Saison.»

Er drückt mir einen Zettel in die Hand und stapft davon.

Ich lasse mich wieder auf mein Handtuch sinken und schaue ihm nach.

Da geht er hin. Karl von Beuten, ein freier Mann und ein stolzer Hahn.

ICH WERDE SIE VERKLAGEN

Man braucht gut einen Monat, um ein alter Hase im Wochenmarktgeschäft zu werden. Eines der wichtigsten Prinzipien ist es, den nervenzerfetzenden Fragen der Touristen immer mit freundlicher Gelassenheit zu begegnen.

«Haben Sie Bio-Honig?»

Mal überlegen. Auf jedem der Gläser vor mir prangt ein Etikett mit der Aufschrift «Bio-Honig». Ein großes Schild über dem Stand informiert darüber, dass wir «Bio-Honig aus eigener Herstellung» verkaufen, und unsere kleine Firmenbroschüre trägt den Titel «Honig aus kontrolliert biologischer Imkerei». Welcher Amboss muss einem eigentlich auf den Kopf gefallen sein, um da noch zu fragen, ob wir Bio-Honig haben?

«Selbstverständlich. Alle Sorten, die Sie hier sehen, sind aus kontrolliert biologischer Imkerei. Möchte die Dame vielleicht mal probieren?»

«Ist der Wiesenhonig denn auch Bio?»

Himmel, was für eine doofe Nuss!

«Wie ich schon sagte, unser gesamtes Sortiment ist biologisch erzeugt.»

«Das heißt, der Mandelblütenhonig ist auch Bio?»

Der leider nicht. Unsere Mandelbäume sind starke Raucher und Trinker.

«Ja, der Mandelblütenhonig ist auch Bio.»

«Wo wachsen Mandelblüten eigentlich? Auf Sträuchern?»

«Auf Bäumen, gute Frau. Auf Mandelbäumen.»

«Interessant. Und wie viele Bäume braucht man so für ein Glas Honig?»

Ich habe nicht die leisteste Ahnung, aber mir persönlich würde ein einziger Baum reichen, um mich nach diesem Gespräch daran aufzuhängen.

«Zwei, manchmal auch drei.»

«Aha», sagt sie mit ernster Miene und betrachtet die Honiggläser.

Meine Erfahrung als alter Hase im Wochenmarktgeschäft sagt mir, dass sie es sich überlegen und vielleicht später nochmal wiederkommen will.

«Ich überlege es mir und komme vielleicht später nochmal wieder.»

«Das würde mich sehr freuen. Einen schönen Tag noch.»

Sie wendet ihren Rollator, schiebt ihre zweihundert Kilo Lebendgewicht zurück in den Strom der Marktbesucher und nimmt Kurs auf einen Grillimbiss. Ich wette, sie hasst Honig und hat nur kurz verschnaufen müssen.

Roberto vom Stand gegenüber prostet mir mit einem Cortado zu und grinst dreckig. «Und? Hattest du Glück, Pablo? Hat dir die scharfe Schnecke ihre Telefonnummer gegeben?»

Ich lächele und halte den Daumen hoch.

Ein weiteres Prinzip des Wochenmarktgeschäfts ist es, sich mit den Nachbarn gutzustellen. Man will schließlich den ganzen Sommer miteinander auskommen. Also plaudern und scherzen wir, und jeder hilft jedem. Wer sich Kaffee oder einen Snack holt, bringt den Kollegen was mit, und man achtet auf den Stand des Nachbarn, wenn der mal gerade für ein paar Minuten verschwinden muss. Am Ende eines Markttages treffen sich alle auf einen Drink im nächstgelegenen Café, um zu fachsimpeln und Erfahrungen auszutauschen. In lockerer Runde geht es dann um erfolgreiche Methoden der Steuerhinterziehung, illegale Preisabsprachen und die besten Bezugsadressen für Produktfälschungen.

Anfangs wollte ich damit nichts zu tun haben. Dann fiel mir auf, dass der streng legale Weg mir einen Stundenlohn von nicht mal zwei Euro einbringen würde. Seitdem trickse ich bei der Standmiete, bei den Füllmengen, bei der Steuer und bei praktisch allen anderen Sachen. Ich komme zwar trotzdem selten auf fünf Euro die Stunde, habe aber nicht mehr das Gefühl, dass es lukrativer wäre, im Bett zu bleiben. Nebenbei mag ich meinen Job.

«Entschuldigung, ist das Bio-Honig?»

Ich hasse meinen Job.

«Selbstverständlich. Alle Sorten, die Sie hier sehen, sind aus kontrolliert biologischer Imkerei. Möchte der Herr vielleicht mal probieren?»

«Danke, ich mag keinen Honig. Es ist nur ein Mitbringsel. Ich nehme ein Glas von jeder Sorte.»

Geht doch. Ich packe ihm den Honig ein, kassiere und überschlage, dass mein heutiger Stundenlohn mit etwas Glück die schwindelerregende Höhe von fünf Euro fünfzig erreichen könnte.

Als ich mich bücke, um neue Ware hervorzukramen, höre ich eine mir bekannte Stimme sagen: «Ich sehe, das Geschäft läuft blendend.»

Ich schnelle erfreut hoch. «Schamski!»

Er lächelt. «Hallo, Paul.»

Gut sieht er aus. Vielleicht ein bißchen blass, aber das

ist normal. Unter den braungebrannten Insulanern wirkt jeder Neuankömmling blass.

«Du hast noch weiter abgenommen», stelle ich fest.

«Stress», erwidert Schamski. «Hast du Zeit für einen Kaffee?»

«Roberto, ich bin mal kurz weg», rufe ich zum gegenüberliegenden Stand. «Halbe Stunde vielleicht.» Roberto nickt.

Schamski und ich setzen uns auf die Terrasse meines Stammcafés. Von hier aus hat man einen schönen Blick auf das bunte Treiben.

«Erzähl! Wie geht's? Was macht der Verlag? Wie läuft's mit Melissa?»

Schamski fingert eine Zigarette hervor. «Tja. Das ist leider alles vorbei.» Er klingt müde und enttäuscht.

«Was ist vorbei?»

«Alles», wiederholt Schamski und inhaliert. «Der Verlag ist pleite, Melissa ebenfalls. Und ich nebenbei auch.»

Ich greife zu Schamskis Zigaretten und winke nach dem Kellner, um meinen bereits bestellten Kaffee gegen einen Schnaps einzutauschen.

«Du hattest recht. Ihr Unternehmen war auf Krediten vom Verlag aufgebaut. Als Timothy sie fälligstellen musste, hab ich Melissa mit meinen gesamten Ersparnissen ausgeholfen. Sogar der Porsche ist weg.»

Kommt hier vielleicht mal ein Kellner? Ich brauch einen Schnaps.

«Aber es hat nichts geholfen. Der Verlag ist insolvent, Melissas Firma ebenfalls. Mein ganzes Geld ist futsch. Obendrein gibt sie mir die Schuld an dem Debakel. Sie glaubt, ich hätte ihr nicht die ganze Wahrheit erzählt.»

Schamski streicht sich über seinen fast kahlen Schädel.

Der Kellner rauscht vorbei, ohne meine erhobene Hand zur Kenntnis zu nehmen.

«Vielleicht ist da sogar was dran. Ich wusste nicht, wie schlecht es um den Verlag steht, und dachte, wir hätten mehr Zeit, um neue Investoren für Melissas Firma zu finden.» Schamski zuckt mit den Schultern.

Der Kellner erbarmt sich endlich. «Bringen Sie mir statt des Kaffees einen Schnaps», sage ich. «Nein, besser ein Glas Rotwein.»

«Bringen Sie gleich eine ganze Flasche», vollendet Schamski.

Der Kellner nickt und huscht davon. Einen Moment schweigen wir.

«Aber das heißt nicht ...?», beginne ich und sehe, dass Schamski nickt.

«Doch», sagt er. «Das heißt, Melissa und ich sind getrennt.»

Er zieht eine Zigarette hervor, zündet sie mit jener an, die er gerade raucht, und lehnt sich zurück. «Deshalb bin ich hier. Ich dachte, du könntest vielleicht Unterstützung im Honiggeschäft brauchen.»

«Das tut mir alles sehr leid», sage ich.

«Mir auch», erwidert Schamski. «Aber es hilft ja nichts. Ich mach jetzt 'ne Pause, tank ein bisschen Sonne, und dann sehen wir weiter. Vorausgesetzt, ich kann bei dir wohnen. Ich bin völlig abgebrannt.»

«Klar. Kein Problem.»

Der Kellner bringt den Wein.

«Weißt du, wie es Timothy und Iris geht?», frage ich.

Schamski schüttelt den Kopf. «Ich glaube, sie gehen wieder nach London. Timothy hat wohl ein Angebot bekommen oder so. Keine Ahnung.»

Ich nicke.

«Denkst du immer noch an sie?», fragt Schamski.

Ich wiege den Kopf hin und her und schweige. Wir trinken und hängen unseren Gedanken nach. Dabei lasse ich meinen Blick über den Markt schweifen und sehe, dass Günther am anderen Ende des Platzes mit einer Kiste Honig durch die Menge balanciert. Er hat Fred an der Leine. Ich erhebe mich und spähe durch das Marktgewimmel, um beruhigt festzustellen, dass Fred einen Maulkorb trägt. Dann ist ja gut.

Im nächsten Moment hält mein Hund inne und bewegt witternd den Kopf hin und her, um dann nervös in eine Ecke des Platzes zu schauen. Ich folge seinem Blick und sehe gerade noch, wie ein anderer Hund in einer Gasse verschwindet. Erschrocken wende ich den Kopf zu Fred. Der stößt sich nun kraftvoll mit den Hinterbeinen ab und prescht los. Günther hat keine Chance, er wird von Fred herumgewirbelt, stolpert und fällt zu Boden. Dabei rutscht ihm die Kiste aus den Händen, und die Honiggläser zerbersten krachend auf dem Asphalt.

Schamski springt nun ebenfalls auf. «Ist das nicht ...?»

«Fred!», rufe ich, doch mein Hund hört mich nicht. Er hechtet den Gang entlang und schleppt dabei die Leine hinter sich her. Deren Schlaufe flattert wild durch die Gegend und verfängt sich nun unglücklicherweise im Rollator jener Frau, die eben bei mir keinen Honig kaufen wollte. Die Gehhilfe wird ihr von Fred aus den Händen gerissen. Für einen Moment steht sie mit erstauntem Gesicht da, dann fällt sie wie in Zeitlupe in einen Stand mit mallorquinischem Töpferhandwerk. Der Tisch zerbricht knirschend in zwei Hälften und katapultiert Becher, Teller und Schüsseln in die Menge. Empörte Rufe, fluchende Händler, Mütter zerren ihre Kinder aus der Schusslinie. Ein Mann weicht zurück, stolpert dabei in meinen Honigstand und fegt bei seinem Sturz mein komplettes Sortiment zu Boden.

«Fred!», versuche ich zu meinem Hund durchzudringen, aber der ist in Panik, weil er sich von einem Rollator verfolgt wähnt. Er hechtet zwischen zwei Ständen hindurch, um das furchterregende Ding, das ihm da auf den Fersen ist, abzuschütteln. Der Rollator verfängt sich im Klapptisch eines Standes für Haushaltswaren. Töpfe, Pfannen und Besteck gehen scheppernd und klirrend zu Boden. Für Fred gibt es nun kein Halten mehr.

Während ich mich rasch in Bewegung setze, um irgendwie meinen Hund zu bändigen, schleift Fred in wilder Panik den Rollator mitsamt daranhängendem Klapptisch durch die Gasse und räumt links und rechts die Stände ab. Tapas fliegen durch die Luft. Fische schlittern über den Boden. Obst und Gemüse werden zermatscht. Wein, Essig und Öl spritzen umher. Antiquitäten und Souvenirs gehen zu Bruch. Alles, was nicht zerbrechen kann, landet in einer unappetitlichen Pampe aus mallorquinischen Spezialitäten.

Die entsetzten Wochenmarktbesucher flüchten panisch in die ohnehin mit Menschen vollgestopften Quergassen, wo es nun zu Tumulten kommt, weil die Flüchtenden weitere Stände mit sich reißen. Gackernde Hühner suchen hektisch flatternd das Weite, eine riesige Voliere geht zu Bruch, und Dutzende Singvögel nehmen zirpend Reißaus. Überall hört man Rufe und Flüche, in der Ferne ist eine Polizeisirene zu hören.

Ich schaffe es, mich durch die Menschenmenge zu drängen, um Fred den Weg abzuschneiden, doch der schlägt einen Haken und springt mit dem Mut der Verzweiflung über die Auslagen eine Textilstandes. Rollator und Klapptisch verkanten sich in den Aufbauten, und Fred wird unsanft zurückgerissen. Für eine Sekunde hoffe ich, dass der Spuk vorbei ist, doch Fred kämpft wie ein Löwe gegen das Gewicht an seiner Leine und zerrt den gesamten Textilstand mit zwei, drei ruckartigen Bewegungen in Richtung Grillimbiss.

«Nein! Fred!», rufe ich panisch, aber da steht der Textilstand auch schon in Flammen. Geistesgegenwärtig zieht der Besitzer des Grillimbisses einen Feuerlöscher hervor und bringt den Brand glücklicherweise rasch unter Kontrolle. Dabei nebelt er den halben Marktplatz ein. Jetzt sieht er nicht nur wie ein Schlachtfeld aus, sondern wie ein Schlachtfeld im Pulverdampf.

Ich versuche, Fred im Getümmel zu erspähen, und sehe, dass seine Leine gerissen ist. Wie der Teufel jagt Fred durchs Chaos und nimmt Kurs auf jene Gasse, in der kurz zuvor der andere Hund verschwunden ist.

Ich sprinte hinterher. Schamski kommt mir entgegengelaufen.

«Ich muss Fred fangen», keuche ich. «Sonst baut er noch mehr Mist.»

«Noch mehr? Wie soll das gehen?», ruft Schamski mir hinterher.

Ich biege in die Gasse ein und werde dabei von einem galoppierenden Pony und einem Bauern, der es einzufangen versucht, überholt. Keine Spur von Fred. Ich laufe weiter und spähe in die Nebengassen.

Langsam wird die Geräuschkulisse vom Markt leiser. Schließlich bin ich so weit in die Altstadt vorgedrungen, dass Freds Marktchaos kaum noch zu hören ist.

Ich schaue in eine Gasse, halte inne und traue meinen Augen nicht.

Fred hat den anderen Hund gefunden. Es ist Elisabeth von Beutens preisgekrönter Saluki Maja von Aschaffenburg. Gerade vögeln Fred und Maja auf offener Straße, als wäre das die selbstverständlichste Sache der Welt. Seufzend lasse ich mich auf einem Treppenabsatz nieder.

Am Ende der Gasse erscheint nun Elisabeth von Beuten. «Maja?», ruft sie und erstarrt. Sie sieht das mit seiner Orgie beschäftigte Hunde-Liebespaar, dann fällt ihr Blick auf mich. Eine Weile steht sie nur da.

«Ich werde Sie verklagen, Dr. Schuberth», sagt sie tonlos.

«Sie sind sicher nicht die Einzige», erwidere ich matt.

An der wenig touristischen Westküste von Mallorca gibt es ein sehr gutes und dennoch preiswertes Fischrestaurant. Im Sommer speist man auf der Promenade unter Tamarindenbäumen, nur einen Steinwurf vom Meer entfernt. Der Wellengang ist hier stärker als an den anderen Stränden, weshalb sich selten Familien in diese Gegend verirren. Tagsüber bestimmen Surfer und vereinzelte Yachten das Bild der Küste, abends kehrt Ruhe ein.

Das Restaurant eignet sich für ein romantisches Dinner, ist aber auch eine gute Wahl, wenn man etwas zu feiern hat und dabei nicht von Touristen umringt sein möchte. Wir haben es ausgewählt, um mit unserem letzten Geld darauf anzustoßen, dass wir jetzt alle komplett pleite sind.

Nach Freds Amoklauf hatte ich die Wahl, in den Knast zu gehen oder für den Schaden aufzukommen. Ich habe mich für Letzteres entschieden. Theoretisch bin ich jetzt im Besitz einer riesigen Müllhalde, die früher mal ein Wochenmarkt war. Immerhin wurde in dem ganzen Chaos niemand ernsthaft verletzt. Am schlimmsten traf es einen britischen Touristen, der sich ein Bein brach. Der Mann war allerdings derart betrunken, dass ihm das nach Ansicht der Sanitäter auch ohne fremde Hilfe gelungen wäre.

Es blieb nicht aus, dass unser Unglück publik wurde. Die deutschsprachigen Medien auf der Insel sind gewöhnlich damit beschäftigt, das deutsche und das mallorquinische Wetter zu vergleichen und sich allmorgendlich ausgiebig darüber zu freuen, dass es auf Mallorca wieder mal wärmer ist als im kalten und verregneten Deutschland.

Der verwüstete Wochenmarkt lieferte der Presse eine willkommene Abwechslung. Freds Untaten waren einem der Blätter sogar eine Titelstory wert. Unter der Überschrift «Der Hund ist los!» prangte ein großformatiges Foto, das Fred beim Anzünden des Textilstandes zeigte. Das Bild muss irgendein Marktbesucher geschossen haben. Ich bewahre die Zeitung auf, damit ich immer daran erinnert werde, wer mir das alles eingebrockt hat. Außerdem kann ich mich damit zudecken, wenn es kälter wird.

Unser Vermieter hat uns rausgeworfen. Die Frau mit dem Rollator ist seit fast zwanzig Jahren mit ihm verheiratet. Alle Versuche, sie milde zu stimmen, sind fehlgeschlagen. Da wir uns das Haus sowieso nicht mehr leisten können, ist das aber nicht weiter tragisch.

Ursprünglich wollten wir eine Weile bei Henning unterkommen, aber der hat den unglücklichen Markttag als Wink des Schicksals verstanden und beschlossen, nach Deutschland zurückzukehren. Seine Konzession liegt sowieso auf Eis. In der Uckermark hat er eine kleine Datscha, dort will Henning ganz von vorn anfangen. Seine Frau Clarissa wohnt jetzt wieder auf der Finca, zusammen mit den Kindern und ihrem Freund Rocco. Dass die beiden eine Affäre haben, hat Clarissa Henning inzwischen gestanden.

Früher oder später hätte er es sowieso erfahren, denn Clarissa ist im vierten Monat schwanger.

In gewisser Weise hat es etwas Befreiendes, mit seinen besten Freunden an der mallorquinischen Küste zu sitzen, Wein zu trinken, Fisch zu essen und dem Sonnenuntergang zuzusehen, obwohl man nicht weiß, wie man den morgigen Tag bestreiten soll. Irgendwie schmeckt die Luft nach Freiheit, außerdem gibt es Schlimmeres, als pleite zu sein. Während sich andere Leute mit Ratenkrediten, vermurksten Ehen und langweiligen Jobs herumplagen müssen, leben wir eben von jetzt an für den Augenblick.

Unser gesamtes Hab und Gut befindet sich in meinem klapprigen Kastenwagen. Neben zwei Koffern mit Kleidung und ein paar lumpigen Kröten ist mir sonst nichts geblieben.

«Nun lass ihn schon an den Tisch kommen», bittet Günther.

«Kommt nicht in Frage», erwidere ich entschieden. «Er hält Abstand. Mindestens fünf Meter. Und damit basta.»

Fred hockt ein paar Meter von unserem Tisch entfernt. Seit der Sache auf dem Marktplatz sind wir auf Distanz, weil ich sauer auf ihn bin. Fred hat das nur zu gut verstanden, Günther offenbar noch nicht.

«Es ist jetzt immerhin schon ein paar Wochen her», wirft Schamski ein.

«Mir egal», sage ich. «Er kann froh sein, dass ich ihn überhaupt behalte. Andere Hunde sind schon für weniger im Tierheim eingerückt.»

Eine Weile ist nur das Klappern des Bestecks zu hören. Der Seeteufel in Salzkruste ist ausgezeichnet, dazu gibt es einen ordentlichen Weißwein von der Insel. Trotzdem ist die Stimmung merklich angespannt.

«Im Grunde hat Fred doch alles richtig gemacht», sagt Bronko, lehnt sich entspannt zurück und nimmt einen Schluck Wein.

Alle sehen erstaunt in seine Richtung.

Bronko lächelt. «Na ja. Er hat sich durch nichts aufhalten lassen, um zu seiner Geliebten zu kommen. Er hat gekämpft wie ein Löwe, und es war ihm völlig egal, ob ganz Mallorca in Schutt und Asche versinken würde. Die Hauptsache für ihn war, seine Saluki-Dame zu finden.»

So hab ich es noch nie betrachtet.

«Wäre er ein Mensch, würde man wahrscheinlich einen Film über ihn drehen», setzt Bronko nach und nimmt noch ein Schlückchen Wein.

Ich nicke nachdenklich und wende mich wieder meinem Seeteufel zu, merke aber, dass vorwurfsvolle Blicke auf mir ruhen.

«Was?», frage ich leicht genervt in die Runde.

Schweigen.

Ich seufze, lege das Besteck zur Seite, nehme einen großen Schluck Wein und blicke zu Fred. Im gleichen Moment spitzt der seine anderthalb Ohren und schaut mich erwartungsvoll an.

«Okay. Du kannst herkommen», sage ich. Fred springt auf, macht einen eleganten Satz und landet direkt vor meinen Füßen, wo er sich sichtlich zufrieden ausstreckt. Ich tätschle ihm kurz den Kopf.

«Einverstanden?», frage ich in die Runde.

Schamski nickt und hebt sein Glas. «Auf uns. Auf die Zukunft. Und auf deinen Höllenhund.»

Wir prosten und trinken.

Die Zukunft beginnt wenig später mit ernsten Problemen. Zuerst kann ich die Rechnung nicht ganz bezahlen, weil wir zu viel Wein hatten. Der Wirt lässt fünf gerade sein und wünscht uns einen schönen Abend.

Dann stellen wir fest, dass uns während des Essens der Wagen aufgebrochen wurde. Sämtliches Gepäck ist verschwunden. Jetzt besitzen wir nur noch einen klapprigen Kastenwagen und das, was wir am Leib tragen.

«Keine Panik», sagt Günther angeschickert. «So schnell stürzt man auf Mallorca nun auch wieder nicht ab.»

ICH MACH DAS NICHT

Man stürzt auf Mallorca schneller ab, als man «Olé!» sagen kann.

Unser Plan, ein oder zwei Nächte im Freien zu verbringen, bis wir Jobs gefunden haben und uns eine neue Bleibe leisten können, ist dadurch vereitelt worden, dass es auch im Süden manchmal wie aus Kübeln schüttet. Nachdem wir zwei Nächte in unserem Kastenwagen verbracht haben, klagt Schamski über heftige Rückenschmerzen, Günthers Nasennebenhöhlen sind dicht, und ich selbst rechne stündlich mit einem Gichtanfall. Bronko geht es physisch einigermaßen gut, er befürchtet jedoch, den Verstand zu verlieren, wenn er noch länger Günthers Gejammer ertragen muss.

Unser Vorrat an Lebensmitteln geht zur Neige. Wir haben bei einem zwielichtigen Typ unsere Handys versetzt. Bald wären sie sowieso nicht mehr zu gebrauchen gewesen, weil mit unserem Gepäck auch die Ladekabel verschwunden sind. Von dem Geld haben wir Brot, Käse, Wurst, Wein und Wasser gekauft. Das meiste davon hat gleich am ersten Tag dran glauben müssen, inzwischen gibt es nur noch Brot und Wasser. Heute Mittag haben wir auf einer nahegelegenen Plantage ein paar Pfund Orangen geklaut, damit kommen wir einen weiteren Tag über die Runden.

Fred hat sich längst auf Selbstversorgung umgestellt. Er

plündert Mülltonnen oder versucht, den einen oder anderen Happen von Touristen zu erbetteln. Das klappt ganz gut. Fred sieht zwar nicht putzig aus, aber sein halbes Ohr erregt Mitleid. Trotzdem wird er sich nicht lange damit zufriedengeben, von Abfällen zu leben. Ich habe beobachtet, wie er eine Metzgerei ausgekundschaftet hat, und bin sicher, er plant einen Überfall.

Immerhin ist das besser, als in Lethargie zu versinken. Während Fred nichts unversucht lässt, um sein Schicksal herumzureißen, sitzen wir vier in unserem Kastenwagen, ertragen das monotone Prasseln des Regens und warten auf bessere Zeiten. Seit zwei Tagen haben wir die Klamotten nicht gewechselt. Damit erübrigt sich auch die Jobsuche. Selbst Aushilfstätigkeiten bekommt man nur, wenn man rasiert, gewaschen und halbwegs ordentlich gekleidet ist.

Der Diebstahl all unserer Sachen ist also schlicht eine Katastrophe. Wir haben nichts anzuziehen, kein Rasierzeug, keine Duschutensilien, nicht mal eine Bürste oder einen Kamm. Bei Schamski spielt das keine Rolle, aber Bronko sieht inzwischen aus wie ein verwahrlostes Shetlandpony. Günthers Computer hätte uns retten können, aber die Buchungssoftware, die er für ein Hotel in Palma programmieren sollte, ist mitsamt dem Gerät verschwunden. Deshalb wird der Auftrag nicht bezahlt. Auch jene Bilder von Bronko, die das Wochenmarktdesaster überlebt haben, sind futsch. Ebenso die Malutensilien. Wir haben also nichts, was wir zu Geld machen können, und keine Idee, wie es weitergehen soll.

«Wir könnten den Wagen verkaufen», schlägt Schamski vor.

Das bedrückende Schweigen wird vom Prasseln des Regens untermalt.

«Ich weiß», fährt Schamski fort. «Dann verlieren wir unseren Schlafplatz, und die Jobsuche wird noch schwieriger. Aber wir hätten etwas Geld.»

«Die Papiere sind gestohlen worden», erwidere ich. «Wir sind nicht mal die rechtmäßigen Besitzer. Und selbst wenn wir trotzdem zwei- oder dreihundert Mäuse rausschlagen – was machen wir dann?»

«Könntest du nicht Iggy anrufen?», fragt Schamski und wendet sich zu Günther, der hinten neben Bronko sitzt.

«Hast du was gesagt?», erwidert Günther und klopft mit der flachen Hand auf sein rechtes Ohr. «Ich glaube, die Entzündung schlägt aufs Gehör.»

Bronko verdreht seine ohnehin verdrehten Augen.

«Ich hab gefragt, ob du nicht Iggy anrufen könntest», wiederholt Schamski deutlich lauter.

«Tolle Idee!», motzt Günther. «Ich sag: ‹Hey, Iggy! Ich bin obdachlos, besitze nur noch eine Unterhose und müsste mir Geld von dir leihen. Aber das mit der Familie und dem Haus im Grünen kriegen wir bestimmt hin.›»

«Man könnte es etwas cleverer aufziehen», erwidert Schamski ungerührt.

«Warum ruft Paul nicht einfach Lisa an?», fragt Günther gereizt.

«Weil Paul lieber zwanzig Jahre bei trocken Brot und Wasser verbringt, als sich Predigten von Tommi anzuhören», sage ich barsch.

Schweigen.

«Ich könnte Kathrin fragen», meldet sich Bronko zu Wort. Alle Köpfe drehen sich zu ihm. «Wir bräuchten aber ein bisschen Geld zum Telefonieren.»

Eine halbe Stunde später erreichen wir Palma. Der Regen hat nachgelassen.

«Ich mach das nicht», sagt Günther zum wiederholten Male.

«Und ob du das machst», entgegne ich ohne einen Funken Mitleid. «Du warst einverstanden, dass wir Lose ziehen. Du hast verloren. Und deshalb gehst du jetzt betteln.»

«Ich bin krank», wehrt sich Günther verzweifelt.

Schamski drückt ihm einen alten Pappbecher in die Hand. «Je eher du es hinter dich gebracht hast, desto früher kannst du dich auskurieren.»

Günther verzieht missmutig das Gesicht, dann schnappt er sich den Becher und dackelt die Fußgängerzone hoch.

Zwei Stunden später sind wir im Besitz von etwas mehr als zehn Euro.

Der Anruf bei Kathrin bringt keinen durchschlagenden Erfolg, aber einen kleinen Lichtblick. «Sie überweist zweihundert Euro an das Konsulat», verkündet Bronko. «Wir können es übermorgen abholen. Mehr war leider nicht drin.»

«Das dürfte genug sein, um wieder auf die Beine zu kommen», mutmaße ich. «Wir können davon tanken und einkaufen. Dann duschen wir, waschen unsere Klamotten und suchen uns Jobs.»

«Und was tragen wir, während wir unsere Klamotten waschen?», fragt Günther höhnisch.

Ich überlege. Der Regen wird wieder stärker. Wir wollen zurück zum Auto, aber Schamski reagiert nicht. Er betrachtet ein leerstehendes Ladenlokal auf der gegenüberliegenden Straßenseite.

«Was ist denn?», will ich wissen.

Schamski sieht mich an. «Wie viele unbewohnte Häuser gibt es wohl auf der Insel?»

«Um diese Zeit nicht sehr viele», sage ich, und dabei wird

mir klar, was Schamski im Schilde führt. «Außerdem ist es illegal, in fremde Häuser einzubrechen. Selbst wenn man nichts stehlen, sondern nur übernachten will.»

Schamski nickt nachdenklich.

Wir verlassen Palma auf der Küstenstraße in südwestlicher Richtung. Es wird langsam dunkel. Die Straßen, Strände und Grünflächen wirken verwaist. Bei dem Wetter befindet sich keine Menschenseele im Freien. Wer das Geld dazu hat, lässt sich jetzt massieren, genießt ein gutes Essen oder feiert eine Party. Neidisch betrachte ich im Vorbeifahren die erleuchteten Fenster der Hotelkästen.

«Halt mal da vorn», sagt Schamski. Ich tue es, er springt raus und verschwindet im Gebüsch. Wenig später ist er wieder zurück und zerrt eine Sonnenliege hinter sich her.

«Das ist ebenfalls illegal», sage ich ungerührt.

«Es gäbe vier davon», erwidert Schamski. «Wenn wir eine Bauruine finden würden oder einen anderen trockenen Platz, könnten wir uns heute Nacht wenigstens mal ausschlafen.»

Bronko und Günther sind ebenfalls ausgestiegen.

«Was meint ihr?», frage ich. Beide zucken mit den Schultern.

«Okay. Wir machen es», entscheide ich.

Vier Männer, vier Sonnenliegen und ein Hund passen nur knapp in einen kleinen Kastenwagen. Nachdem wir keine fünf Minuten gebraucht haben, um die Liegen zu stehlen, benötigen wir fast eine halbe Stunde, um sie im Wagen unterzubringen. Dann ist auch das geschafft.

«Moment noch», sagt Schamski, schlägt sich erneut in die Büsche und bleibt diesmal deutlich länger weg als zuvor. Wir beginnen schon, uns Sorgen zu machen, da kehrt

Schamski zurück, springt in den Wagen, lässt einen Packen Kleidung in den Fußraum fallen und sagt: «Fahr los.»

«Du hast auch noch Klamotten geklaut», stelle ich nüchtern fest.

«So ist es», erwidert Schamski zufrieden. «Günther hat völlig recht. Was ziehen wir an, während wir unsere Sachen waschen? Außerdem war das Zeug zum Trocknen rausgehängt. Die Besitzer haben sicher noch andere Klamotten dabei und können den Verlust verschmerzen.»

Irgendwo an der Küste finden wir einen verlassenen Rohbau, der alles andere als einladend wirkt, aber zumindest den Regen abhält. Zuvor haben wir das wenige Geld, das uns von Günthers Bettelei geblieben ist, in Wurst und Käse investiert. Schamski und ich wollten lieber eine Flasche Wein kaufen, haben uns aber breitschlagen lassen, damit zu warten, bis das Geld von Kathrin angekommen ist.

Unser neues, vorübergehendes Zuhause ist ein mehrgeschossiges Objekt, das wahrscheinlich einmal eine Apartmentanlage werden sollte. Vor dem Innenausbau ist den Investoren offenbar das Geld ausgegangen. Fenster und Türen fehlen, Wände und Decken sind unverputzt, auch der Boden besteht aus nacktem Beton. Im Erdgeschoss haben sich Wasserlachen gebildet, weiter oben sind die Räume trocken. Überall liegt Bauschutt herum, trotzdem ist zu erahnen, dass die Wohnungen sehr schön geworden wären. Das Haus ist terrassenförmig an den Hang gebaut, und von den Balkonen aus hat man einen phantastischen Blick aufs Meer. Die Räume sind großzügig geschnitten und mit breiten Fensterfronten ausgestattet.

Letzteres ist ein Problem, weil ein scharfer Wind durch die Bude pfeift. Erst nach längerem Suchen finden wir einen Platz, der genug Schutz vor Wind und Wetter bietet und außerdem so weit von der Straße entfernt liegt, dass wir ein kleines Feuer aus Bauholz anzünden können, ohne auf uns aufmerksam zu machen.

Als wir unsere Sonnenliegen um das Lagerfeuer verteilt und etwas gegessen haben, sieht die Welt schon wieder freundlicher aus.

«Ist doch gar nicht so schlecht hier», sage ich und lasse mich zufrieden auf meine Liege sinken.

«Wahrscheinlich gibt's Ratten», unkt Günther.

Fast gleichzeitig ist unweit ein kurzes, entschlossenes Knurren, gefolgt von einem erschrockenen Fiepen zu hören. Zwei Ratten schießen panisch an uns vorbei, dann kommt Fred seelenruhig angetrottet.

«Wegen der Ratten brauchen wir uns also keine Sorgen zu machen», stellt Bronko fest.

«Wir brauchen uns sowieso keine Sorgen zu machen», ergänzt Schamski. «Es kommen auch wieder bessere Zeiten. Da bin ich ganz sicher.»

Tatsächlich scheint am nächsten Morgen die Sonne. Nach einer erholsamen Nacht starten wir optimistisch in den Tag. Schamski hat die Idee, unsere Sonnenliegen nach Palma zu bringen und dort am Strand zu vermieten. «Wir nehmen fünf Euro pro Stück. Macht zwanzig Mäuse. Davon können wir Wäsche waschen und uns duschen. Vielleicht ist sogar noch ein Kaffee drin. Und heute Abend nehmen wir die Liegen einfach wieder mit zurück.»

Brillanter Plan. Wir verstauen die Liegen im Wagen und tuckern in Vorfreude auf unseren Badetag Richtung Palma.

«Ups», sagt Schamski, während er die gestohlene Kleidung inspiziert.

«Was ist?», frage ich alarmiert.

«Ich glaub, ich hab ein paar Flittchen beklaut.» Schamski hält einen knallroten, sehr billig aussehenden Spitzen-BH hoch.

«Heißt das, wir haben nichts anzuziehen?», fragt Bronko von hinten.

«Doch», sagt Schamski, derweil er weiter die Wäsche durchwühlt. «Hier sind ein paar T-Shirts und Trainingshosen. Wird schon gehen.»

Ein paar Stunden später fühlen wir uns wie neue Menschen. Wir haben unsere Liegen vermieten können und sind nun geduscht und rasiert.

Der zweite Teil unseres Plans hat einen kleinen Haken. Schamski hat beim Durchwühlen der gestohlenen Wäsche nicht genau hingesehen. Die angeblichen Trainingshosen sind Leggings, und bei den T-Shirts handelt es sich um knallbunte, mit Strass besetzte und tiefdekolletierte Discofummel. Immerhin hat Schamski offenbar recht korpulente Flittchen beklaut, denn die Sachen passen einigermaßen.

«Und? Wie sehe ich aus?», fragt Schamski bester Laune. Er hat schwarze Leggings mit einem grünen Shirt kombiniert.

«Ausgezeichnet», sage ich. «Der tiefe Ausschnitt bringt deine wunderschöne Brustbehaarung gut zur Geltung.»

«Gelb steht mir nicht!», motzt Günther und zeigt uns türkisfarbene Leggings, die er mit einem eidotterfarbenen Shirt kombiniert hat.

«Du kannst die hier haben», sagt Bronko und hält Günther eine weiße Rüschenbluse hin.

«Können wir langsam mal zum Ende kommen?», frage ich. Meine pinkfarbenen Leggings sind ein bisschen eng im

Schritt, ich möchte deshalb so schnell wie möglich wieder meine eigenen Klamotten anziehen.

Günther nimmt die Rüschenbluse, zieht sie an und ist offenbar zufrieden mit dem Ergebnis. Er dreht sich zu mir. «Geht das so?»

«Wunderschön», sage ich. «Wie eine Prinzessin.»

Günther nickt zufrieden und zupft seine Rüschen zurecht.

«Auf geht's», sagt Schamski. «Wenn jemand fragt, dann sind wir drei Balletttänzer und ein stämmiger Homosexueller.»

«Wer soll denn der stämmige Homosexuelle sein?», fragt Günther und überprüft noch kurz im Spiegel, ob seine Rüschenbluse richtig sitzt.

Am frühen Nachmittag sind wir rasierte und gewaschene Männer in frisch gewaschenen Klamotten. Da unsere Liegen sowieso bis zum Abend vermietet sind, werden wir die Zeit bis dahin zur Jobsuche nutzen.

«Wir teilen uns auf», schlägt Schamski vor. «Damit grasen wir in kurzer Zeit möglichst viel von der Stadt ab.»

Ich habe Glück. Ich soll in den Bars und Cafés am Strand nach offenen Stellen fragen. So bekomme ich wenigstens ein bisschen Sonne ab.

Meine Vorstellungsgespräche verlaufen frustrierend. Es gibt nur wenige Jobs, und die sind obendrein lausig, doch nicht einmal dafür reichen meine Qualifikationen. Gastronomieerfahrung und erstklassige Sprachkenntnisse sind nötig, wenn man auf Mallorca Aushilfskellner werden will. Selbst die dreiste Lüge, dass ich in Deutschland zwei Jahre in der Gastronomie gearbeitet habe, hilft nichts. Die Sache scheitert an meinen Spanischkenntnissen. Ich kann es den Leuten nicht verdenken. Wäre ich an ihrer Stelle, würde ich mich auch nicht einstellen. Nach fast vier Stunden Jobsuche bin ich erledigt. Vielleicht hatten die anderen mehr Glück.

«Keine Chance», sagt Schamski. «Ohne Spanisch läuft gar nichts.»

Bronko und Günther nicken zustimmend.

Auf dem Rückweg ist die Stimmung gedämpft.

«Wenn schon jetzt keine Jobs zu kriegen sind, wie soll es dann erst nach der Saison aussehen?», überlege ich laut.

«Genau wie jetzt, nur viel kälter», antwortet Bronko.

Wir schweigen und hängen unseren Gedanken nach. Ich spüre, dass meine Gesichtshaut ein wenig brennt, und berühre vorsichtig Stirn und Wangen mit den Fingerspitzen. Fühlt sich unangenehm an.

Schamski pfeift anerkennend. «Du hast dir einen fürstlichen Sonnenbrand geholt. Man wird dich tagelang für einen Briten halten.»

Das macht den Kohl jetzt auch nicht mehr fett, denke ich, wende den Kopf zum Fenster und schaue in den mallorquinischen Abendhimmel.

Erneut schweigen wir eine Weile.

«Im Prinzip ist die Lösung unseres Problems ganz einfach», sagt Günther plötzlich. «Wir müssen Jobs finden, bei denen Spanisch keine Rolle spielt.»

«Zum Beispiel?», fragt Schamski interessiert.

«Müsste ich selbst mal überlegen», erwidert Günther. «Aber es bringt ganz sicher nichts, wenn wir uns weiterhin um Kellnerjobs bewerben.»

«Da ist was dran», wirft Bronko ein.

Wir überlegen.

«Fensterputzer wäre so ein Job», denkt Günther laut.

«Ja, keine schlechte Idee», sinniert Schamski.

«Wir könnten auch Zeitungen austragen. Oder Prospekte verteilen», fährt Günther fort. «Es müssen doch bestimmt jeden Tag Millionen von Handzetteln auf der Insel unter die Leute gebracht werden, oder?»

Abrupt wende ich den Kopf zu Günther.

«Du bist ganz rot im Gesicht», stellt er fest.

Ich winke unwirsch ab.

«Okay. Das willst du nicht wissen», setzt Günther nach. «Aber du hast eine Idee.»

Ich nicke. «Vielleicht kann ich uns Jobs besorgen. Vorausgesetzt, wir haben kein Problem damit, dass wir uns verkleiden müssen.»

«Als was?», fragt Schamski verdutzt.

«Als Tiere, beispielsweise», antworte ich.

Es kostet mich eine Menge Überzeugungsarbeit, aber dann ist beschlossene Sache, dass ich nach Porto Colom fahre, um zuerst Karl von Beutens Schauspielkünste zu bewundern und ihn dann zu bitten, uns Jobs als Prospektverteiler zu besorgen.

Ein wesentlicher Diskussionspunkt ist die Finanzierung meiner Dienstreise, denn für die Theaterkarte und das Benzin geht ein Teil von Kathrins Geld drauf. Da aber mein Theaterbesuch eine Investition in unsere berufliche Zukunft darstellt, müssen wir das in Kauf nehmen.

Die Vorstellung fällt heute aus. Die beiden anderen potenziellen Zuschauer, ein Touristenpaar aus Süddeutschland, wirken erleichtert. Sie haben die Karten am Strand geschenkt bekommen und waren nur zu geizig, um sie verfallen zu lassen. Eigentlich wären sie sowieso lieber in eine Tapasbar gegangen. Nun steht dem nichts mehr im Wege.

Beim Anblick der Bühne bin auch ich froh, dass mir die Vorstellung erspart geblieben ist. Der notdürftig zusammengezimmerte Kasten sieht aus, als würde er zusammenbrechen, sobald man den gammeligen Vorhang bewegt. In diesem Moment öffnet sich der Lappen, und Karl von Beuten steht mir gegenüber.

«Paul! Du bist wirklich gekommen!» Er humpelt zur Seite der Bühne, von wo aus eine kleine Stiege in den Zuschauerraum führt. «Wie du siehst, bin ich leider verletzt, deshalb fällt die Vorstellung heute aus. Ein Jammer.» Er reicht mir die Hand und begrüßt mich herzlich. «Was ist? Hast du Zeit? Wollen wir was trinken gehen?»

Ich habe den Eintritt gespart, also spricht nichts dagegen, das Geld für ein paar Gläser Wein auf den Kopf zu hauen. Außerdem schäme ich mich ein bisschen, dass Karl sich wie ein Schneekönig über meinen Besuch freut und ich nicht des Stückes wegen hier bin, sondern weil ich seine Hilfe brauche. Es ist also nur fair, ihn wenigstens auf einen Drink einzuladen.

Als ich nach ein paar Gläsern mit der Sprache rausrücke, reagiert Karl zu meinem Erstaunen sehr erfreut. «Perfekt! Du kannst mich vertreten, bis mein Fuß wieder in Ordnung ist. Dann kommt Santos auch nicht auf die Idee, mich zu feuern. Das war nämlich meine größte Sorge.» Karl kippt einen Brandy und winkt nach der Kellnerin. «Ob er für deine Freunde auch was hat, weiß ich nicht, aber eigentlich werden immer gute Leute gesucht.»

Während Karl mir Santos' Kontaktdaten auf einen Zettel kritzelt, ist die Kellnerin an unseren Tisch gekommen. Karl bekommt einen weiteren Brandy, ich gönne mir noch ein Glas Wein. Es gibt ja immerhin was zu feiern: Wir sind wieder im Geschäft.

OKAY, ICH BIN DABEI

Man braucht gut zwei Wochen, um ein alter Hase im Promotiongeschäft zu werden. Es läuft folgendermaßen: Santos, ein Spanier mit schwarzer Seele und weißem Geländewagen, wird von irgendeinem Geschäftsmann angerufen, der eine bestimmte Menge Werbeprospekte an potenzielle Kunden verteilen möchte. Santos erarbeitet nun ein Konzept. Das macht er, indem er uns in irgendwelche Kostüme steckt und sich dann binnen zwei Sekunden einen passenden Slogan dazu einfallen lässt. Die Kostüme besorgt er sich von notleidenden Theatergruppen. Bezahlt wird dafür nichts, Santos revanchiert sich mit Werbeaktionen. Will ein Gewerbetreibender Santos' Promotionleute buchen, zahlt der Kunde zwischen vierzig und fünfzig Euro pro Arbeitsstunde, je nach Umfang der Werbeaktion. Wir Promoter bekommen drei Euro fünfzig pro Stunde. Das Geld wird am Ende der Schicht in bar ausbezahlt. Wir müssen es selbst versteuern, was natürlich keiner tut. Santos juckt das nicht, er hat sich von jedem schriftlich geben lassen, dass niemand ihn belangen kann. Die bescheidene Gewinnspanne von irgendwas jenseits der tausend Prozent hat Santos in Kneipen investiert, für die er seine Promoter ebenfalls Werbung machen lässt. Jahr für Jahr kommen neue Kneipen hinzu, irgendwas muss Santos ja schließlich mit dem vielen Geld machen, das er uns vom Munde abspart.

Aber ich will nicht undankbar sein. Santos hat immerhin dafür gesorgt, dass wir es inzwischen zu bescheidenem Wohlstand gebracht haben. Die Liegen in unserem Rohbau sind nun mit Decken und Kissen ausgestattet, es gibt eine Apfelsinenkiste mit einer Kerze darauf, und jeder von uns hat einen Teller, eine Tasse und einen Löffel. Ich persönlich spare gerade auf eine Badehose. Mit Glück und harter Arbeit werde ich das Geld im Spätherbst zusammenhaben.

«Ist er gerade da?», fragt Bronko.

Ich spähe durch die Sehschlitze meines Kostüms und suche nach Santos. Keine Spur von ihm. Glücklicherweise ist er zu misstrauisch, um Leute einzustellen, die uns kontrollieren. Das macht er lieber selbst. Weil er dazu verschiedene Strandabschnitte besuchen muss, hat man immer mal wieder eine Weile Ruhe vor ihm.

Bronko und ich ziehen die Köpfe unserer Kostüme ab und lassen uns in den Sand fallen. Wir sind heute als Pinguine verkleidet und machen Werbung für ein Erlebnisbad. «Da fühlen sich selbst die Pinguine wohl», lautet der Slogan. So ganz passend ist das nicht, weil Pinguine ja eigentlich kältere Regionen bevorzugen, aber Santos hat im letzten Moment umdisponieren müssen. Die Seepferdchenkostüme, die wir ursprünglich tragen sollten, wurden weiter südlich bei der Eröffnung eines Fischrestaurants benötigt.

Uns ist es gleichgültig, in welchen Klamotten wir geschmort werden. Bei Außentemperaturen von um die dreißig Grad herrschen im Inneren sämtlicher Kostüme klimatische Bedingungen wie in der Sahara, nur feuchter. Leider gehören wir nicht zu jenen privilegierten Mitarbeitern des Promotionteams, die man ohne Verkleidung auf die Leute loslassen kann. Drahtige Surfertypen und vollbusige Cheerleaderinnen dürfen ihre Prospekte an den Partyständen in Badekleidung verteilen. Männer wie uns lässt Santos da gar nicht hin, weil wir nicht wie Promoter aussehen, sondern wie eine Horde besorgter Väter.

«Wollen wir mal wieder?», frage ich, und Bronko nickt.

Wir setzen die Pinguinköpfe auf und sind gerade im Begriff weiterzugehen, da rollt Santos' blitzender Geländewagen auf die Promenade. Unser Boss erscheint.

«Hey! Wart ihr nicht da vorn, als ich weggefahren bin?», ruft er und zeigt auf eine Stelle unweit unseres Standortes. «Habt ihr etwa in der letzten halben Stunde nur fünfzig Meter geschafft, oder was?»

«Wir sind schon einmal da ganz hinten gewesen», rufe ich zurück und zeige mit einer Flosse ans Ende des Strandes.

«Dann ist ja gut», erwidert Santos, greift zu seinem Handy, nimmt ein Gespräch an und wendet sich wieder seinem Geländewagen zu.

«Arschloch», sagt Bronko leise und watschelt los.

«Aber wirklich», ergänze ich und watschele hinterher.

Wenn nur ein oder zwei Promotionjobs vergeben werden, was meistens der Fall ist, dann kümmern sich die anderen um Fred und um unser zweites Geschäftsfeld: die illegale Vermietung von Sonnenliegen. Mehr als vier Liegen bekommen wir zwar nicht in unseren Transporter, aber Schamski hat inzwischen weitere sechs Liegen an verschiedenen Stellen in Palma versteckt, wo sie morgens abgeholt und dann zum Strand gefahren werden. In unserem Rohbau stapeln sich weitere neunundzwanzig Liegen, die wir im Laufe der Wochen zusammengeklaut haben. Schamski bemüht sich offiziell um eine Konzession. Wenn wir die bekämen und lediglich ein, zwei Monate der laufenden

Saison mitnehmen könnten, wären damit locker ein paar tausend Euro zu verdienen.

«Es sieht nicht schlecht aus», sagt Schamski, als wir auf dem Nachhauseweg sind. «Eigentlich müssten wir viel Schmiergeld im Voraus zahlen, aber ich hab einen Beamten gefunden, bei dem wir es vielleicht abstottern können. Er will sich meinen Vorschlag durch den Kopf gehen lassen.»

Schamski greift in eine Plastiktüte, zieht eine Flasche Wein hervor. «Und deshalb habe ich uns zur Feier des heutigen Tages ...»

«Was ist das?», unterbreche ich schockiert.

Gerade bin ich in unsere Straße eingebogen. Vor unserem Haus steht ein Streifenwagen der Lokalpolizei. Daneben wird ein kleiner Lkw von einer Gruppe Arbeiter mit unseren Sonnenliegen beladen.

Ich vermindere die Geschwindigkeit und bringe unseren Pkw am Straßenrand zum Stehen.

«Dreh um», sagt Bronko geistesgegenwärtig. «Wenn sie uns mit den anderen Liegen erwischen, dann sind wir dran.»

Einer der Polizisten schaut misstrauisch in unsere Richtung. Die Straße ist praktisch unbefahren, er fragt sich also wahrscheinlich, was wir hier zu suchen haben. Der Beamte sagt etwas zu seinem Kollegen, rückt die Mütze zurecht und kommt dann langsam auf uns zu.

«Bronko hat recht», sagt Schamski. «Fahr los!»

Ich werfe den Rückwärtsgang rein, wende rasch den Wagen und will durchstarten, da geht der Motor aus.

«Stimmt. Ich wollte ja noch tanken», sagt Günther kleinlaut.

Ich seufze, im nächsten Moment ist der Uniformierte bei uns angelangt. Er wirft einen Blick in den Wagen, sieht die Sonnenliegen, tritt ein Stück zurück und legt dabei die Hand auf sein Pistolenholster. Dann bedeutet er uns, ganz langsam auszusteigen.

Auf der Wache werden wir getrennt verhört. Wie sich später herausstellt, lässt sich jeder von uns ein anderes Märchen einfallen. Immerhin behaupten wir unisono, mit den Sonnenliegen im Rohbau nichts zu tun zu haben. Was die Liegen im Auto betrifft, so will Schamski sie auf einem Flohmarkt gekauft und ich sie auf dem Müll gefunden haben. Bronko hat sie angeblich von einem Unbekannten geschenkt bekommen, und bei Günther sollen sie der erste Preis in einer Tombola gewesen sein. Wann und wo diese stattgefunden haben soll, kann Günther ebenso wenig erklären wie den Umstand, dass er gleich vier Liegen gewonnen hat, obendrein vier unterschiedliche.

Nach drei Stunden geben die genervten Beamten auf. Sie wissen, dass wir das Blaue vom mallorquinischen Himmel lügen, können uns aber im Moment nichts beweisen. Nebenbei will wahrscheinlich keiner unseretwegen Überstunden machen. So schwer wiegen unsere Missetaten dann auch wieder nicht, zumal ja die Sonnenliegen wieder da sind. Trotzdem sollen wir in einer Woche wieder vorstellig werden, denn bis dahin will man entscheiden, ob ein Verfahren gegen uns eröffnet wird. Bis dahin sollen wir uns hüten, auch nur ansatzweise mit dem Gesetz in Konflikt zu geraten. Nachdem man unsere Personalien aufgenommen hat, werden wir also, versehen mit strengen Ermahnungen, wieder auf die Straße gesetzt.

Es ist inzwischen dunkel. Die Luft ist lau. Ein schöner Abend, wenn man ihn auf der Terrasse eines guten Restaurants verbringen kann.

«Wie viel Geld haben wir?», fragt Schamski.

Wir kommen zusammen auf knapp fünfzig Euro. Wie üblich zu wenig zum Leben, zum Sterben zu viel.

«Lasst uns eine bezahlbare Kneipe suchen», schlage ich vor. «Nur ein, zwei Gläser Wein. Dabei überlegen wir, wie es weitergeht.»

Schamski nickt bedächtig. «Okay, machen wir 'ne Pause.»

Günther und Bronko überlegen, dann nicken sie ebenfalls.

Wir schlendern durch Palma und haben Schwierigkeiten, eine bezahlbare Kneipe zu finden. Immer wieder lassen uns die ausgehängten Speise- und Getränkekarten zurückschrecken. Manchmal hilft auch ein Blick durchs Fenster, um festzustellen, dass ein Laden deutlich oberhalb unseres Budgets angesiedelt ist. Dann werden wir doch noch fündig.

Am Eingang findet sich keine Karte, aber die Inneneinrichtung ist derart heruntergekommen, dass sie unser Preisniveau widerspiegelt. Wie wir beim Blick durch die Butzenglasfenster erkennen können, sind nur fünf Gäste anwesend, allesamt vierschrötige Spanier mit Muskelshirts und Goldketten. Der massige Wirt steht in einem speckigen Hemd hinterm Tresen und blättert gelangweilt in einer Zeitung.

«Sieht bezahlbar aus, oder?», frage ich in die Runde. Schamski und Bronko raunen zustimmend. Günther sagt nichts. «Günther?», hake ich nach.

«Da steht mein Computer», sagt Günther tonlos.

Wir starren durch die Butzenglasscheiben und erkennen nun verschwommen, dass die Spanier mit einem Laptop beschäftigt sind.

«Bist du sicher?», fragt Bronko. «Die Dinger sehen doch alle gleich aus.»

«Ganz sicher. Das ist mein Laptop», erwidert Günther vorwurfsvoll.

«Es ist sein Laptop», stelle ich fest.

«Ja», sagt Schamski. «Jetzt seh ich es auch. Da vorn steht mein Koffer.»

«Genau», ergänze ich. «Und daneben meine Aktentasche.»

Wir schauen uns an.

«Ich hol die Polizei», sagt Bronko.

«Ich glaube, wir brauchen keine Polizei», erwidert Schamski gemütlich und beginnt sich die Hemdsärmel hochzukrempeln. «Die Typen sind dafür verantwortlich, dass wir drei Tage nicht aus unseren Unterhosen rausgekommen sind. Zumindest ich würde mich gerne persönlich dafür bedanken.»

Ich sehe ihn an und überlege, dann nicke ich. «Okay, ich bin dabei.»

Günther kratzt sich am Bart. «Ich hab mich schon länger nicht mehr geprügelt. Keine Ahnung, ob ich das überhaupt noch kann.»

Erstaunlich. Ich hätte geschworen, dass Günther kneift. Und Bronko ebenfalls. Aber der rollt nun die Schultern, um sich locker zu machen, und sagt: «Also gut, auf geht's! Hauen wir den Ärschen eins auf die Mütze!»

Bronko öffnet die Tür, und mein ständig zu Prügeleien aufgelegter Hund läuft freudig in die Kneipe. Diesmal soll es mir recht sein.

Warum meine besten Freunde so selbstverständlich zum Gefecht schreiten, erfahre ich erst später. Günther war Jugendmeister im Ringen, Bronko hat eine Judoausbildung, und Schamski ist bis vor ein paar Jahren passionierter Amateurboxer gewesen. Der Einzige, der keine Kampfsportausbildung hat und folgerichtig zusammengeschlagen wird, bin ich. Zwei Spanier prügeln mich zuerst windelweich und werfen mich dann über den Tresen, wo ich krachend in den Auslagen lande. Nur dem glücklichen Umstand, dass der korpulente Wirt meinen Sturz abmildert, ist es zuzuschreiben, dass ich mir dabei nicht sämtliche Knochen breche. Verzweifelt wehre ich die beiden Angreifer mit zwei leeren Bierkrügen ab und hoffe auf Unterstützung.

Von den anderen ist jedoch momentan keine Hilfe zu erwarten. Schamski vermöbelt einen Hünen, der einfach nicht umfallen will. Günther hat einen Spanier in den Schwitzkasten genommen, und Bronko müht sich damit, einen Angreifer abzuwehren, der ihn mit Dekorationsstücken bewirft.

Fred lässt diese Schlägerei ausnahmsweise völlig kalt. Statt mir zu helfen, ist er in die Küche gelaufen, um sich dort den Wanst vollzuschlagen. Zwischendurch schaut er mal kurz rein, leckt sich Chili con Carne von der Schnauze und verschwindet dann wieder im Küchenbereich.

Erst als Polizeisirenen zu hören sind, lassen meine Peiniger von mir ab. Wenig später betreten mehrere Uniformierte das Schlachtfeld. Drei der Spanier werden festgenommen, zwei können fliehen. Auch wir werden verhaftet. Der Einsatzleiter ist jener Polizist, der uns eben noch ermahnt hat, keinen Unfug mehr anzustellen. Er ist demgemäß nicht gut auf uns zu sprechen. Unsere Sachen werden konfisziert, bis geklärt ist, wem sie rechtmäßig gehören.

Die Zelle ist nicht geräumig, aber gemütlich. Fred haut sich ganz selbstverständlich auf eine der vier Pritschen.

«Kommt nicht in die Tüte», sage ich barsch. «Die Betten sind für Leute, die was geleistet haben.»

Fred verzieht sich missmutig unter die Pritsche.

Ein von der Polizei gerufener Arzt stellt fest, dass ich mir ein paar Prellungen und Abschürfungen zugezogen habe. Nicht weiter tragisch. Ich bekomme eine Salbe und Pflaster. Schamski hat ein blaues Auge, Bronko einen Kratzer an der Stirn, ein herumfliegender Stuhl hat ihn gestreift. Günther ist gänzlich unverletzt, ganz im Gegensatz zu seinem Widersacher.

«Sie haben ihm mehrere Wirbel verrenkt und den Arm ausgekugelt», sagt der Arzt vorwurfsvoll.

«Tja, gelernt ist gelernt», erwidert Günther sonnig und streckt sich wohlig auf seiner Pritsche aus.

Als wir am nächsten Morgen frischen Kaffee, Toasts und Marmelade serviert bekommen, spielen wir mit dem Gedanken, von nun an jeden Abend eine Schlägerei anzuzetteln. So luxuriös wie hier haben wir in den vergangenen Wochen weder übernachtet noch gefrühstückt.

Ein Beamter der Nationalpolizei klärt uns wenig später darüber auf, warum wir so freundlich behandelt werden. «Sie haben uns sehr geholfen. Die Jungs, die Sie gestern aufgemischt haben, gehören zum Führungskreis einer Hehlerbande, der wir schon lange auf den Fersen sind.»

«Gern geschehen», erwidert Schamski mit zugeschwollenem Auge.

«Ich möchte mich dafür revanchieren», fährt der Beamte fort. «Eine Belohnung ist leider nicht ausgesetzt, aber ich könnte die Sache mit den Sonnenliegen aus der Welt schaffen.» Er schaut in unsere erfreuten Gesichter und lächelt. «Außerdem bekommen Sie selbstverständlich Ihr Gepäck zurück. Sobald Sie zu Ende gefrühstückt haben, können Sie gehen. Sie sind frei.»

Wer hätte das gedacht? Wir sind so erstaunt, dass keiner von uns ein Wort des Dankes herausbringt.

«Ach ja», sagt der Beamte, als er schon im Begriff ist, sich abzuwenden. «Außerdem warten draußen zwei Damen auf Sie.»

Wir wechseln fragende Blicke.

«Wie heißen denn die beiden?», will ich wissen.

Der Beamte zuckt mit den Schultern. «Ich hab nicht mit ihnen gesprochen. Aber die Kollegen wissen das bestimmt.» Er grüßt und verschwindet.

«Das ist Iggy», sagt Günther mit prophetischem Blick zur Decke.

Ich vermute, jetzt hat er wieder eine von seinen Panikattacken, aber diesmal irre ich mich gewaltig.

«Wenn Iggy wirklich da draußen auf mich wartet, dann ist das ein Wink des Schicksals», verkündet Günther mit leichtem Pathos. «Dann sollen wir beide noch eine zweite Chance bekommen.»

«Wow», sagt Schamski. «Was ist mit deiner Panik?»

«Weg», erwidert Günther leichthin. «Wenn man ein paar Wochen in der Gosse gelegen hat, ohne ins Gras zu beißen, dann erledigen sich einige Existenzängste ganz von selbst.»

«Okay», sage ich rasch, bevor Günther es sich nochmal anders überlegt. «Dann wollen wir unserem Schicksal mal entgegengehen.»

Günther bekommt seine zweite Chance. Eine der beiden Frauen, die auf uns warten, ist tatsächlich Iggy. Als sie Günther sieht, rollen ihr die Tränen übers Gesicht. Die beiden fallen sich in die Arme, und Günther schwört ihr an Ort und Stelle, dass er mit ihr ein Haus im Grünen nebst einer großen Familie haben will, vorausgesetzt, Iggy kann ihm vergeben, dass er sich wie ein Idiot benommen hat. Sie nickt glücklich unter Tränen und küsst ihn.

Ich weiß nicht, ob ich Günthers radikalen Umschwung gesund finde. Sein Pessimismus war sicher übertrieben, sein Optimismus ist es jetzt aber auch. Vielleicht sollte ein Mann mit durchgewetzter Hose und ohne einen Cent in der Tasche einer Frau nicht gleich Landhäuser und Großfamilien versprechen, aber das ist jetzt Günthers Problem. Ich wünsche ihm und Iggy jedenfalls alles Glück der Welt.

«Ich muss mich auch bei dir entschuldigen», sagt Melissa leise zu Schamski und schaut flehentlich in sein nicht zugeschwollenes Auge.

Schamski nickt, dann zieht er sie sanft zu sich und nimmt sie in den Arm. «Wie habt ihr uns überhaupt gefunden?»

Melissa schmiegt sich an ihn. «Wir haben alle Behörden abgeklappert. Alle Polizeidienststellen. Wir suchen schon seit fast einem Monat nach euch. Aber ihr wart nicht aufzufinden. Bis gestern.»

Schamski wendet sich zu Bronko und mir. «Wir gehen ein Stück spazieren. Möchtet ihr vielleicht dahinten auf uns warten?» Er deutet mit dem Kopf in Richtung eines kleinen Cafés.

Wir nicken und wollen uns rasch davonmachen, um das Versöhnungstreffen nicht länger zu stören.

«Moment noch», sagt Melissa, zieht aus ihrer Umhängetasche einen Brief hervor und reicht ihn Bronko. «Für dich.»

«Gute Nachrichten?», frage ich wenig später, nippe an einem starken Kaffee und genieße die Sonne.

Bronko runzelt die Stirn, legt den Brief zur Seite. «Ja, sogar sehr gute Nachrichten. Ich kann es kaum glauben.»

«Mach's nicht so spannend», sage ich.

Bronko reicht mir den Brief. Er stammt von einem

Schweizer Galeristen, der Bronkos Ausstellung in China gesehen hat. Der Kunstliebhaber offeriert ein Stipendium. Ein Jahr lang soll Bronko bei freier Kost und Logis in Zürich leben und sich ganz der Malerei widmen. Dem Schreiben liegt ein Scheck über fünfhundert Euro bei. Damit möge Bronko die Reisekosten begleichen.

«Aber das ist doch großartig!», sage ich. «Gratuliere!»

Bronko nickt. «Ja. Ich freu mich auch.» Er lässt seinen Blick über den malerischen Platz flattern und wirkt ein wenig melancholisch. «Andererseits hat das hier mit euch auch viel Spaß gemacht», sagt er.

«Das ist jetzt sowieso vorbei», erwidere ich. «Schamski und Günther haben ihre Frauen zurück, du hast ein Stipendium. Wir werden uns in alle Winde verstreuen. Zumindest für eine Weile. Aber so ist das Leben.»

Bronkos Blick flattert zurück, er sieht mir direkt in die Augen. «Und du? Was wirst du jetzt machen?»

Fred schaut hoch und spitzt seine anderthalb Ohren. Meine Antwort scheint ihn ebenfalls zu interessieren.

«Ich glaub, ich geh zurück nach Deutschland. Ich hab gehört, die haben da Jobs, für die man keine Spanischkenntnisse braucht.»

Bronko muss grinsen.

«Außerdem ist das hier nicht meine Welt. Ich mag die Sonne und das Meer, aber auf Dauer reicht mir das nicht, um glücklich zu sein.»

«Und was brauchst du, um glücklich zu sein?», fragt Bronko.

«Ich glaube, fürs Erste brauche ich das deutsche Sozialsystem.»

AHA

«Paul, mir wäre sehr geholfen, wenn du meine Zeitungen nicht immer nur lesen, sondern auch hin und wieder mal kaufen würdest.»

«Sei nicht kindisch, Kostas. Du weißt genau, dass ich arbeitslos bin und kein Geld habe.»

«Schon klar, aber ich bin Zeitschriftenhändler. Wenn es alle so machen wie du, bin ich auch bald arbeitslos.»

Ich falte die Zeitung zusammen, lege sie zurück ins Regal und wende mich zum Tresen. Dort sitzt Kostas mit verschränkten Armen inmitten von Süßigkeiten, Ansichtskarten und Tabakwaren. Er ist eine Seele von Mensch, kaschiert das aber mit einem großen Schnurrbart, der dem kleinen Griechen ein grimmiges Aussehen verleiht.

«Vielleicht musst du deine potenziellen Kunden einfach besser pflegen. Mir ist zum Beispiel heute noch kein Kaffee angeboten worden, damit ich mich in deinem Laden wohl fühle.»

Kostas seufzt, erhebt sich und wendet sich zur Kaffeekanne.

«Viel Milch und Zucker», sage ich.

«Ich weiß», erwidert Kostas genervt und stellt mir die Tasse hin.

Ich nippe. «Nächsten Monat zahle ich meine Schulden», verspreche ich und greife nach einem Paket, das ich eben auf dem Tresen deponiert habe. «Mein bester Anzug, frisch aus der Reinigung. Gleich gehe ich zur Arbeitsagentur.»

Kostas blickt erfreut auf das Paket. «Hört sich gut an. Aber ich dachte, da müsste man frühmorgens erscheinen.»

Ich schüttele den Kopf. «Kurz vor Mittag halte ich für optimal. Der halbe Tag ist schon rum, und alle freuen sich auf die Pause.»

Kostas verzieht skeptisch das Gesicht.

«Ich dachte, du könntest mir vielleicht dein Auto leihen und ein paar Stunden auf Fred gucken, so bis um ...»

«Kommt nicht in Frage», unterbricht Kostas. «Letztes Mal hab ich bis weit nach Ladenschluss auf dich gewartet und Ärger mit meiner Frau gekriegt.»

«Dann nicht», sage ich leichthin. «Danke für den Kaffee.»

Ich bin schon in der Tür, da murrt Kostas: «Du kannst Fred hierlassen. Den Wagen brauch ich aber heute selbst.»

«Danke», sage ich und binde Freds Leine an die Heizung. Mein Hund lässt sich gemächlich davor nieder. Er kennt das Procedere bereits.

Ich wohne in einer möblierten Dachkammer.

Nach meiner Rückkehr stattete ich meinem ehemaligen Vermieter einen Besuch ab und bat ihn, mir irgendeines seiner unzähligen Objekte zwei Monate mietfrei zur Verfügung zu stellen.

«Warum sollte ich das tun?», fragte er.

«Weil ich Ihnen in den letzten Jahren sehr viel Geld für Miete bezahlt habe und Sie mir dafür nun einen kleinen Gefallen erweisen könnten.»

«Aha. Und warum noch?»

«Na, weil es eine gute Tat ist!», ereiferte ich mich.

«Ich komme also dafür in den Himmel?», meinte er belustigt.

«Nein, das nicht. Aber man serviert Ihnen in der Hölle ein Erfrischungsgetränk, bevor man Sie ins Fegefeuer wirft.»

Er grinste und rief dann seine Hausverwaltung an.

Meine Bank zeigte sich weniger sportiv. Trotz langer Verhandlung bekam ich keinen Dispo. Kostas gab mir den Tipp, mich beim Großmarkt zu bewerben, seitdem schleppe ich dort hin und wieder stundenweise Kisten. Es läuft wie bei Santos auf Mallorca. Man erledigt den Job, kriegt seine Kohle und macht sich vom Acker.

Die Agentur für Arbeit ist wesentlich größer, als ich gedacht habe. Noch in meiner Eigenschaft als Personalchef hatte ich die verrückte Idee, dass die Behörde dem Verlag Mitarbeiter vermitteln könnte. Da aber nie jemand auf meine vielen Mails und Briefe geantwortet hat, bin ich irgendwann zu der Überzeugung gelangt, dass die Agentur für Arbeit entweder nie besetzt ist oder aber überhaupt nicht existiert.

Ich stehe am Empfang und warte darauf, dass eine Mitarbeiterin, die sich gerade einen Kaffee zubereitet, meine Anwesenheit registriert.

«Ich bin gleich bei Ihnen», sagt sie, und fast im gleichen Moment wendet sie mir ihr Gesicht zu. Es ist Ellen Preez, unsere ehemalige Vorstandsassistentin. Das hätte mir schon eben auffallen können, denn sie trägt eines ihrer vielen mausgrauen Kostüme.

«Oh. Guten Tag, Herr Dr. Schuberth», sagt sie tonlos und wirkt verlegen.

«Guten Tag, Frau Preez», erwidere ich und versuche die etwas klamme Situation zu überspielen, indem ich anfüge:

«Das ist ja eine Überraschung, Sie hier zu sehen. Wie geht es Ihnen?»

«Gut, danke.» Sie lächelt unsicher. «Und Ihnen?»

Was soll ich darauf antworten? Wer hier aufkreuzt, steht gewöhnlich nicht auf der Sonnenseite des Lebens.

«Es geht so», antworte ich.

Sie nickt. Wir stehen unschlüssig voreinander.

«Tja. Ich habe ein etwas kompliziertes Problem», beginne ich, um mal zum eigentlichen Grund meines Besuches zu kommen. «Ich war eine Weile im Ausland, und nun bräuchte ich Informationen ...»

«Was halten Sie davon, wenn wir eine Kleinigkeit essen gehen?», unterbricht sie. «Hier gibt es eine ganz ordentliche Kantine. Da können wir alles in Ruhe besprechen.»

Die Kantine hat den für Kantinen üblichen Charme einer Wartehalle, aber das Essen ist gut. Frau Preez ist mit meinem fachlichen Anliegen schnell fertig. Sie will mir einen Termin bei einer befreundeten Mitarbeiterin besorgen, die sich um mich kümmern und alles Weitere regeln soll. Diesbezüglich kann ich mich also entspannen. Bleibt die Frage, warum Frau Preez mich zum Essen einlädt.

«Ich möchte mich noch bei Ihnen bedanken.»

«Wofür?», frage ich erstaunt.

Sie lächelt unsicher. «Ich weiß sehr wohl, dass Sie über meine Affäre mit Timothy informiert waren. Ich glaube, es gab im Verlag kaum etwas, das man vor Ihnen geheim halten konnte.»

Da überschätzt sie mich maßlos, aber das muss ich ihr ja nicht auf die Nase binden. Also schweige ich.

«Jedenfalls fand ich es sehr anständig von Ihnen, dass Sie diese Sache diskret behandelt haben. Sie müssen wissen, es war nie meine Absicht, mit Timothy anzubändeln. Die Initiative ging von ihm aus, nicht von mir.»

Und dafür kriegt der Arsch auch noch von Iris eine zweite Chance, denke ich und schiebe meinen Teller zur Seite, weil mir der Appetit vergangen ist.

«Leider habe ich mich Hals über Kopf in Timothy verliebt», fährt Frau Preez fort. «Sonst hätte ich es sicher nicht so weit kommen lassen.»

Ich ziehe meinen Teller wieder zu mir heran. Da das Essen gut ist und ich großen Hunger habe, kann ich auf meinen Appetit momentan keine Rücksicht nehmen.

«Ich wollte nur, dass Sie das wissen», sagt Frau Preez.

«Es ist vorbei», erwidere ich in versöhnlichem Tonfall. «Und es ist lange her.» Das Gespräch mit Iris liegt vielleicht vier Monate zurück. Das ist zwar keine Ewigkeit, aber inzwischen ist so viel passiert, dass es mir dennoch so vorkommt.

Ellen Preez sieht mich mit traurigen Augen an. «Einen Monat würde ich noch nicht als lange bezeichnen», sagt sie gedehnt.

Ich stutze. «Ich dachte, Sie beide wären länger getrennt.»

Sie schüttelt den Kopf. «Nein. Endgültig vorbei war unsere Affäre erst, als Timothy mit seiner Familie nach London zurückgegangen ist. Also vor knapp einem Monat.»

Ich schiebe meinen Teller erneut weg. Die Vorstellung, dass Timothy Iris noch über die Geburt des gemeinsamen Kindes hinaus betrogen hat, ist selbst mir zuwider, obwohl ich mich in Fragen der menschlichen Niedertracht als hartgesotten bezeichnen würde.

Frau Preez scheint meine Gedanken zu erraten. «Timothy hat auch mich betrogen. Bis zum Schluss hat er so getan, als würde er darüber nachdenken, sich scheiden zu lassen und mit mir ein neues Leben anzufangen. Und dann hat er sich nicht mal verabschiedet.» Sie kämpft mit den Tränen.

«Das ist alles sehr traurig», sage ich und denke dabei an Iris.

Frau Preez münzt meine Bemerkung auf sich und nickt wehmütig.

Ich sitze ihr gegenüber, und obwohl mich ihr Leiden nicht kaltlässt, finde ich keine tröstenden Worte. Einerseits habe ich selbst bei dieser Geschichte einen schlimmen Nackenschlag erlitten, andererseits fühle ich mich nicht zuständig. Nebenbei habe ich gerade selbst Probleme. Also rette ich mich in eine Floskel: «Tut mir sehr leid für Sie, Frau Preez.»

«Ellen», sagt sie mit einem schmalen Lächeln.

Ich halte es nicht für nötig, dass wir uns duzen. «Paul», erwidere ich dennoch fügsam, weil Ellen mir schließlich bei der Lösung einiger meiner Probleme helfen soll.

Sie lächelt. Dann faltet sie ihre Serviette sorgfältig zusammen, legt sie neben den Teller und sagt: «Gut, Paul. Dann lass uns mal einen Job für dich finden.»

Zwei Wochen später habe ich zwar noch keinen Job, aber das Amt bewilligt mir finanzielle Unterstützung. Ich kann also meine Schulden bei Kostas bezahlen, und er hat zudem gute Chancen, dass ich eines Tages eine Zeitung bei ihm kaufe. Das Geld reicht auch, um meine Dachkammer und die laufenden Kosten zu finanzieren. Selbst Wein und Zigaretten sind drin, aber irgendwie bin ich trotzdem unzufrieden.

Für Lichtblicke in meinem tristen Leben sorgen Nachrichten aus der Fremde. Günther und Iggy schreiben mir regelmäßig Mails aus Palma, wo er als Programmierer und sie in der Gastronomie arbeitet. Iggy spricht fließend Spanisch, weil sie als junge Frau ein paar Jahre auf Ibiza gekellnert hat. Das Haus im Grünen ist momentan kein Thema, aber die Familienplanung der beiden läuft auf Hochtouren.

«Das Klima hier ist so günstig, dass man bis zum Herbst Sex im Freien haben kann», schrieb Günther mir kürzlich.

«So genau wollte ich es gar nicht wissen», schrieb ich zurück.

Bronko hat mir einen langen Brief aus Zürich geschickt. Er hat noch nicht viel gemalt, wird aber andauernd zu irgendwelchen Partys und Abendessen eingeladen, wo er reiche, gelangweilte Schweizer mit seinen chinesischen und mallorquinischen Abenteuern unterhält. Bei einer dieser Gelegenheiten ist er in eine Affäre mit der Gattin eines Diplomaten geschlittert und weiß jetzt nicht, wie er da halbwegs diplomatisch wieder rauskommen soll.

Alle paar Tage telefoniere ich mit Schamski. Er und Melissa sind in London und bemühen sich, die Reste von Melissas Firmenimperium zusammenzukehren. Viel wird nicht übrig bleiben, das ist abzusehen, aber die beiden müssen auch nicht darben. Schamski hat Lust, wieder ganz unten anzufangen. Am besten als Verkäufer in einer kleinen Bude, wo er kein Personal führen muss und allein für sich und seine Umsätze verantwortlich ist. Momentan schwankt er noch, ob er Luxuskarossen in London, Immobilien auf Mallorca oder Fernsehwerbung in Deutschland verticken möchte.

«Du könntest auch Schwiegermütter nach Übersee verkaufen», witzelte ich.

«Vergiss es. Der Markt ist dicht», gab Schamski zurück.

Sosehr es mich einerseits freut, von Bronko, Günther und Schamski zu hören, so frustrierend ist es andererseits. Während meine Freunde zielstrebig ihr Leben in die Hand nehmen, dümpelt meines ziellos dahin.

Der Sommer ist durchwachsen. Die wenigen schönen Tage, die er sich abringt, versuche ich zu genießen, indem ich lange Spaziergänge mit Fred unternehme. Ich möchte allein sein. Bislang habe ich weder Lisa noch sonst jemandem, den ich kenne, gesagt, dass ich in der Stadt bin. Der tägliche Plausch mit Kostas und regelmäßige Anstandsbesuche bei der Arbeitsagentur sind die kommunikativen Höhepunkte meines Lebens. Ich rede mit Kostas übers Wetter, ich trinke mit Ellen einen Kaffee und höre mir dabei an, dass ich den Kopf nicht hängen lassen soll. Sie denkt, dass ich zerknirscht darüber bin, noch immer arbeitslos zu sein.

Dabei hab ich es nicht eilig, einen Job zu finden. Selbst wenn ich morgen in mein altes Leben zurückkehren könnte, wenn ich wieder eine große Wohnung, viel Geld, Verantwortung und einen Dienstwagen hätte, wäre mein eigentliches Problem dadurch nicht vom Tisch.

«Willst du wissen, was mein eigentliches Problem ist?», frage ich. Fred, der gerade noch auf eine nahegelegene Wiese laufen wollte, hält inne, dreht sich um und hockt sich vor meine Bank wie ein alter Kumpel, der sich Zeit zum Zuhören nimmt.

«Okay, wenn du es wirklich wissen willst, sage ich es dir.» Fred spitzt seine anderthalb Ohren. «Mein eigentliches Problem ist, dass ich mich völlig überflüssig fühle.»

Mein Hund sieht mich ratlos an. Ich nicke. «Ja. Ich weiß nicht, was ich auf diesem Planeten verloren habe.»

Fred hockt unbeweglich da und wartet. Ich lasse mich

auf die Bank sinken, strecke die Beine aus, schiebe eine Hand unter den Hinterkopf und blicke durch eine Baumkrone in die Nachmittagssonne.

«In der Liebe hab ich kein Glück. Im Job auch nicht. Ich habe keine besonderen Fähigkeiten und nichts, wofür ich mich wirklich begeistere. Ich bin einer von Milliarden Mittelmäßigen, die in irgendeinem Büro irgendeinen Job erledigen, den ein anderer ebenso gut machen könnte. Eines Tages werde ich vielleicht eine Frau heiraten, die auch mit einem anderen glücklich geworden wäre. Ich bin völlig austauschbar. Ich könnte mein Leben auch damit verbringen, auf dieser Parkbank zu liegen und mit einem Hund zu reden. Versteh mich nicht falsch, Fred.» Ich schaue zur Seite. «Das ist nichts gegen dich persön...» Ich stutze. «Fred?» Fred ist nicht mehr da.

Ich erhebe mich, blicke über die Wiese und sehe, dass mein Hund inzwischen mit irgendwelchen Pudeldamen herumtollt.

«Danke fürs Gespräch, du Arsch!», rufe ich über die Wiese und kassiere indignierte Blicke von einem vorbeispazierenden Rentnerpaar.

Ich beschließe, meine Tage von nun an optimistisch zu beginnen. Dazu gehört, dass ich mich darüber informiere, was in der Welt passiert.

«Du willst wirklich eine Zeitung bei mir kaufen?», fragt Kostas ungläubig.

Ich lege das Geld auf den Tresen, er greift zum Handy. «Das muss ich gleich meinem Bankberater erzählen.»

Mit einem starken Kaffee lasse ich mich am Küchentisch nieder und breite die Zeitung vor mir aus. Meine Laune verschlechtert sich. Es wimmelt von Katastrophen, Kriegen, Unfällen, Krisen, Familiendramen und anderen Grausamkeiten. Ein Artikel erregt mein Interesse. Auf einem Jahrmarkt ist die Gondel eines Riesenrads abgerissen und dreißig Meter in die Tiefe gestürzt, aber wie durch ein Wunder hat der einzige Insasse unverletzt überlebt. Auf dem Foto ist der kleine Alphons zu erkennen, der von einem sichtlich schockierten Konstantin auf den Armen gehalten wird.

Mit einem Lächeln schiebe ich die Zeitung zur Seite und blicke zu Fred, der gelangweilt in einer Ecke liegt. «Hast du eigentlich auch das Gefühl, dass heute ein besonderer Tag ist?», scherze ich. Keine Reaktion.

Es klingelt.

«Siehst du?», sage ich zu Fred und erhebe mich.

Ich öffne. Es ist Audrey.

«Musstest du unbedingt in ein Haus ohne Aufzug ziehen?», fragt sie schnaufend. Sie ist schwanger.

«Komm rein», sage ich erstaunt.

«Nein. Wir können das auch gleich hier ...» Sie unterbricht sich, umfasst ihren Bauch und verzieht dabei schmerzvoll das Gesicht. Dann drängt sie sich an mir vorbei, setzt sich auf einen Stuhl und atmet ein paarmal durch.

«Möchtest du ein Glas Wasser oder so?», frage ich hilflos.

Sie schüttelt den Kopf. «Geht schon wieder.»

Ich setze mich. «Okay. Was ist los?»

«Ich wollte unser Kind eigentlich zur Adoption freigeben», beginnt sie.

«Aha», sage ich, ohne wirklich zu begreifen, was sie da gerade gesagt hat.

Sie atmet hörbar aus. «Ich hab gedacht, es wäre unmöglich, um die Welt zu fliegen und nebenbei ein Kind großzuziehen. Andererseits kann ich meinen Job nicht aufgeben. Ich würde depressiv werden. Oder wahnsinnig.»

«Unser Kind?», rekapituliere ich wie jemand, der vom Dach gefallen ist und jetzt überlegen muss, wie er heißt und wo er wohnt.

«Ja», erwidert sie und blickt auf ihren Bauch. «Unser Sohn. Ein Quickie unter der Dusche hat offenbar gereicht. Soll ja vorkommen.»

«Aha», sage ich erneut und beginne nun langsam, die Dimension dieser Nachricht zu begreifen.

«Ich weiß, was du denkst», sagt sie. «Aber es ist definitiv von dir. Ich rede zwar viel über Sex, das gehört zu meinem Job. Aber eigentlich führe ich das unspektakuläre Liebesleben eines ganz normalen Singles. Außerdem hatte ich damals eine Krise mit Shawn. Du bist jedenfalls der Einzige, der als Vater in Frage kommt.»

«Die Frage hab ich mir gar nicht gestellt», bemerke ich.

«Egal», fährt sie fort. «Jedenfalls hatte ich ursprünglich geplant, dass du es nie erfährst. Aber in den letzten Wochen habe ich meine Meinung geändert.»

Die Gedanken rauschen durch meinen Kopf wie ein reißender Gebirgsfluss. «Ja, das merke ich gerade», erwidere ich hilflos.

Sie sieht mich mit ernster Miene an. «Paul, ich bin nicht hier, weil ich irgendetwas von dir erwarte. Ich kann unser Kind allein aufziehen. Ich hab mit Lissy gesprochen, und sie wird mich unterstützen.»

«War sie begeistert, dass ich der Vater bin?», werfe ich ein.

«Großmutter sieht die Sache pragmatisch», erwidert Audrey. «Und sie hat mir versichert, dass ich mich auf meine Familie verlassen kann.»

«Ach? Und auf mich kannst du dich nicht verlassen.»

«So habe ich das nicht gemeint, Paul. Ich möchte dir

nur erklären, dass ich keinen Ernährer brauche. Und ich möchte auch nicht, dass du dich nur aus irgendwelchen moralischen Gründen um deinen Sohn kümmerst. Wenn du ihm ein Vater sein willst, dann solltest du das aus freien Stücken tun.»

Ich überlege kurz, dann nicke ich. «Ja, ich möchte ihm ein Vater sein.»

Es ist keine rationale Entscheidung, sondern ein Gefühl, das leicht und klar durch meinen Gedankenwust hindurchscheint und merkwürdigerweise keine andere Antwort zulässt.

Audrey zieht die Stirn kraus. «Du musst das nicht sofort entscheiden. Überleg es dir in aller Ruhe.»

«Nein, nicht nötig», erwidere ich. «Ich möchte für ihn da sein.»

«Paul!» Audrey klingt nun leicht verärgert. «Schlaf wenigstens eine Nacht drüber. Es ist eine weitreichende Entscheidung. Wenn du sie in einer Minute triffst und in der nächsten bereust, dann hat niemand was davon.»

«Aber ich bin mir sicher», insistiere ich. «Ich muss nicht überlegen.»

«Ich hab monatelang überlegen müssen», erwidert sie.

«Aber ich weiß es einfach», versuche ich einen weiteren Anlauf.

Audrey erhebt sich mühsam, sie wirkt verstimmt. «Ich nehme den nächsten Zug zurück nach London. Bis zur Geburt wohne ich bei Iris und Timothy.» Sie legt einen Zettel auf den Tisch. «Hier ist die Adresse, es ist ein kleines Cottage, etwas außerhalb. Denk in Ruhe über alles nach. Und wenn du dann immer noch der gleichen Meinung bist, dann komm nach London, und wir besprechen alles.»

«Bei Iris und Timothy?», frage ich. «Wissen die beiden Bescheid?»

«Klar», erwidert Audrey. «Das Kind wird wahrscheinlich in London aufwachsen. Wie du weißt, wohnen da meine Schwester und meine Tante. Und vielleicht auch bald meine Großmutter. Außerdem habe ich viele Freunde in London.»

«London, aha. Und ich habe in dieser Frage nichts zu melden?»

Audrey seufzt ungehalten, es ist mehr ein Schnaufen. «Willst du dich hier als alleinerziehender Vater durchschlagen, oder was?»

«Warum nicht?», erwidere ich trotzig.

Audrey sieht mich an, und in ihrem Gesicht lese ich, dass das Gespräch nun beendet ist. «Bitte. Denk in Ruhe über alles nach, Paul. Und dann sehen wir weiter. Okay?»

Ich überlege. Sie hat recht. Kann ja durchaus sein, dass ich mich gerade in etwas hineinsteigere, was ich schon morgen völlig anders sehe.

«Okay», nicke ich.

In der folgenden Nacht finde ich kaum Schlaf. Ich wälze mich im Bett hin und her und stelle irgendwann fest, dass die rechte Seite für Euphorie und die linke für Depression steht. Das System gefällt mir ganz gut, und so beginne ich, damit zu arbeiten. Ich rolle mich also nach links und sehe einen abgehalfterten Paul Schuberth, der mit einer Drehorgel durch die Straßen zieht, während sein schäbig gekleidetes Kind von den Passanten Kleingeld erbittet. Dann rolle ich mich nach rechts und erblicke ein gemütliches Haus im Herzen von London, in dessen Garten ein glückliches Kind spielt, während Audrey und ich auf der großzügigen Terrasse ein Tässchen Tee genießen. Ich rolle mich nach links und klopfe an wildfremde Häuser, um ein Stück Brot zu erbetteln, ich rolle mich nach rechts und klatsche Beifall zum Universitätsabschluss meines Sohnes. Links: Ich werde im Tower in Ketten gelegt, weil ich einen Apfel gestohlen habe. Rechts: Mein Sohn gewinnt den America's Cup. So geht das bis zum Morgengrauen.

«In welcher Zeitung werden billige Reisen angeboten?», frage ich.

Kostas hebt den Kopf. «Ich dachte, du wolltest arbeiten. Das klingt aber eher nach Urlaub.»

«Ich muss für ein paar Tage nach London. Könntest du übrigens auf Fred aufpassen?»

«Jaja», knurrt Kostas, kommt um den Tresen herum und greift nach einer Illustrierten. Er blättert darin und findet, was er sucht. «Hier. Busreisen nach London.»

«Busreisen?», frage ich erstaunt.

«Ist am billigsten. Brauchst du ein Hotel?»

Ich schüttele den Kopf.

Er zeigt auf eine Werbung. «Dann ist das hier das Richtige. Hin- und Rückfahrt für neunundzwanzig Euro.»

«Kannst du mir was pumpen?»

«Ach, Paul!»

«Bitte, Kostas! Es ist wirklich wichtig.»

Er sieht mich an, und mein Gesichtsausdruck scheint ihn davon zu überzeugen, dass ich tatsächlich in Not bin. Kostas schüttelt bedächtig den Kopf, dann geht er zum Tresen und öffnet die Kasse.

Ein paar Stunden später sitze ich in einem uralten Bus, dessen Fahrgeräusche entfernt an «Let's spend the night together» von den Stones erinnern. Passenderweise wird es langsam dunkel. Der Fahrer hat uns eben mit schwerer Zunge eine gute Nacht gewünscht. Auf den durchgesessenen Sitzen kann man mit dem Hintern die Sprungfedern zählen, die Rückenlehnen lassen sich keinen Millimeter nach hinten stellen. Deshalb denkt auch niemand an Schlaf. Wer das Glück hat, eine funktionierende Leselampe erwischt zu haben, der hält sich damit wach, die anderen plaudern oder spielen Karten. Wir alle wissen, dass diese Fahrt nicht ewig dauert, sondern lediglich elendige fünfzehn Stunden.

Ich ziehe mein Handy hervor und wähle Schamskis Nummer.

«Paul! Wie geht's?»

«Ging schon besser. Ich bin auf dem Weg nach London. Audrey hat mir gestern einen Besuch abgestattet.»

Ein kurzes Schweigen.

«Dann weißt du es also», erwidert Schamski.

Ich stutze. «Du warst im Bilde und hast mir nichts gesagt?»

«Ich weiß es auch erst seit ein paar Tagen. Das wurde alles im engsten Familienkreis verhandelt. Aber lass uns doch gleich reden. Ich hol dich ab. Sag mir, wann du ankommst.»

«Morgen, am späten Vormittag», erwidere ich.

«Womit bist du unterwegs?», fragt er. «Mit dem Fahrrad?»

«Nein, mit 'nem Bus», sage ich und will nicht weiter drüber reden.

«Okay», sagt Schamski gedehnt.

«Kannst du mir in London einen Job besorgen?», frage ich.

«Du willst wirklich nach London ziehen?»

«Ich weiß noch nicht. Vielleicht erst mal für 'ne Weile.»

Schamski atmet hörbar aus. «Da du ja jetzt zur Familie

gehörst, könntest du dich um die Familienangelegenheiten kümmern. Da gibt es genug zu tun.»

«Ja, guter Witz», erwidere ich matt. «Kannst du mir jetzt einen Job besorgen oder nicht?»

«Ich meine es ernst», sagt Schamski. «Im Moment arbeiten alle daran, zu retten, was zu retten ist. Vielleicht reicht es für einen Neuanfang. Wir könnten deine Hilfe gebrauchen.»

«Elisabeth würde eher ins Armenhaus gehen, als mir einen Job zu geben.»

«Ach was! Großmutter ist Pragmatikerin ...»

«Großmutter?», wiederhole ich entrüstet. «Du nennst sie Großmutter?»

«Klar», erwidert Schamski. «Solltest du übrigens auch tun. Sie mag das.»

«Verstehe. Du erwartest, dass ich bei ihr zu Kreuze krieche.»

«Deine Entscheidung», sagt Schamski. «Aber es wäre in jeder Hinsicht besser. Außerdem hast du ja schon einen ziemlich guten Rückhalt in der Familie. Timothy steht auf deiner Seite, ich sowieso ...»

«Moment!», sage ich entschieden. «Ich gehöre überhaupt nicht zu dieser Familie ...»

«Tust du doch», geht Schamski dazwischen. «Wenn du deinem Kind helfen willst, dann musst du dich mit der Familie arrangieren. So einfach ist das.»

Ich schweige abrupt. Er hat, verdammt nochmal, recht.

«Ich kann dir aber gerne einen anderen Job besorgen», fährt Schamski fort. «Sicher nichts Tolles, aber irgendwas, wovon man leben kann.»

«Nein», sage ich. «Ich überleg mir das alles nochmal. Du hast wahrscheinlich recht.»

«Natürlich hab ich recht!», sagt Schamski gutgelaunt. «Ich bin ja auch quasi dein Schwiegeronkel.»

«Danke für deine Hilfe, Schwiegeronkel. Wir sehen uns morgen.»

«Ruf einfach an», sagt Schamski und beendet das Gespräch.

Ich stecke mein Handy weg, wende den Kopf zum Fenster und blicke nachdenklich in die Dunkelheit. Dann bemerke ich, dass mein Sitznachbar mich beobachtet, ein älterer Herr mit einem feinen Oberlippenbart und einem freundlichen Gesicht.

«Ärger mit der lieben Familie?», fragt er und lächelt verständnisvoll.

«Ja», antworte ich. «Dabei hab ich sie erst seit gestern.»